本书编委会

主　编

邵晓锋

副主编

孙利军

执行主编

润　商　孙秋月　陈彧清

梦想还需颠沛

阿里巴巴脱贫实践全记录

阿里巴巴公益基金会 ——— 著

浙江人民出版社

序言　我们有一个梦想

袁隆平先生有一个梦——"禾下乘凉"。他致力于用科学技术让国人摆脱饥荒。如今，他梦想成真，超级杂交水稻亩产超过1000公斤。

我们也有一个梦想——"土地生金"。我们希望，把数字技术带给老乡，帮助他们打开致富的大门，让农村土地的亩产值达到1万元、10万元、100万元。

党和政府一直以来将"三农"问题作为重中之重，尤其是党的十八大以来，中央提出全面脱贫目标、实施乡村振兴战略，我国"三农"发展突飞猛进，加上互联网技术的蓬勃发展，让我们的梦想不只是想，而是有了现实的基础和空间。

15年前，淘宝刚刚兴起，就有农民和创业青年将自家和乡亲的农特产品、手工艺品拿到网上销售，成为第一批农民网商，第一批产销一体的特色"淘宝村"因此诞生。这让我们特别感动，看到了农民的努力，看到了农村的力量。

2014年起，阿里巴巴将农村淘宝列为集团三大战略之一，让电商服务在"千县万村"落地生根，逐渐发展起以菜鸟农村物流、蚂蚁农村金融、农产品新零售为主要支撑的业务矩阵。8年来，阿里巴巴平台农产品销售额共计超1万亿元。最近3年，832个原国家级贫困县在阿里巴巴平台的销售额超2700亿元。

5年前，我们成立阿里巴巴脱贫基金，努力在电商、生态、健康、女性和教育等方向，探索"可持续、可参与、可借鉴"的互联网脱贫模式，让更多人有更多发展的机会。

我们希望，我们的努力，不只是帮助农民卖产品，而是帮助他们拥有持续致富的能力；我们的努力，不只是改变农民的增收方式，而是想改变农民的生产生活方式；我们的努力，不只是解决当下的困难和贫穷，而是着眼于未来，帮助农村跟上数字时代的步伐，努力让新技术成为农村发展的"新引擎"。

我们希望有一天，农民不再面朝黄土背朝天，靠天吃饭；而是可以面朝屏幕，背靠计算，靠技术吃饭。希望有一天，农业劳动不再是繁重的体力活，而是一个技术活、艺术活。

希望有一天，农民种出来的马铃薯，不再按车卖、按筐卖，而是按个卖。土地越来越值钱，农民在家门口就可以发家致富，农村成为越来越多的年轻人的创业热土。

希望有一天，农村实现了现代化，但永远是绿水青山、蓝天白云。

我们的梦想在一点点变成现实，我们的努力还在继续。感恩国家和时代，感谢所有客户、消费者，让我们有机会、有能力去追逐这个梦想，为乡村振兴贡献一份力量。

阿里巴巴脱贫基金

目 录
CONTENTS

第一章
CHAPTER 1

网"商"致富

如果笑容有颜色，
那一定和丰收的玉米一样，
是最明媚的金色。

甘肃礼县"村播"张加成

1. 同一片地，增收 25 倍

从田间地头采摘的果蔬特产只是农产品，与成为可在批发市场、零售终端、淘宝网店销售的农商品距离甚远。由于农产品的天然生长环境、品种特性等差异，很难成为标准化产品，其商品属性便大打折扣。

如何用工业化、标准化、数字化手段提升农产品的商品价值，为农民实现丰产增收，是阿里巴巴电商脱贫的头等大事。

小菜园成了"致富园"

在一个不足 50 户人家的小山村，那片祖辈赖以生存的黑土地上，

65 岁的赵秀莲刚刚经历了一场灾难。

老天像是有用不完的力气，瓢泼大雨一泻而下，赵秀莲忙着把瘫痪的老公从被打湿的炕上挪到屋里为数不多的还没有湿透的角落。丈夫瘫痪 22 年，身体早已没了知觉，等将他安置妥当，她也用尽了最后一丝力气。赵秀莲扶着墙颤巍巍地坐下，眼睁睁地看着房前屋后种的一亩地玉米泡在了水里，一年的收成就这么打了水漂。

低垂着头、泡烂了根的玉米，就像这个小家庭，不管怎样顽强生长，命运似乎总是不遂人心意。

处于北纬 47°的黑龙江省海伦市，是世界三大黑土地之一。海伦享有"黑土硒都"的美誉，是著名的产粮大市，也曾是国家级贫困县和黑龙江省深度贫困地区。

赵秀莲曾是海伦市向新村贫困户。老伴生活不能自理，家里的活全靠她一个人操持。儿子远在长春打工，很少回家。东北乡村兴早结婚，赵秀莲家拿不出钱操办婚礼。直到 35 岁才娶上媳妇的儿子，偶尔才回家，大都是匆匆住两天就走了。

雨灾过后的那个夏天，赵秀莲的老伴去世了。

有一次，赵秀莲在农忙中扭伤了腰。伤筋动骨一百天，实在疼得直不起腰了，她才在旁人劝说下到县城拍了个片。

赵秀莲常年在田里劳作，脸颊被晒得黝黑，玉米小豆轮着种，从没有空闲过。

突然有一天，乡里的干部告诉她，有一个种玉米的曲老板不仅免费送种子，还会高价上门收玉米，那时的赵秀莲压根儿就没有把这当回事，哪还有这种好事？

她没有想到的是，有一天，这个别人口中的"曲老板"真的来到自己家中，送上了新一季的玉米种子。

曲加利是土生土长的海伦市人，种了10多年的玉米。因2018年一次偶然的机会，他开始接触电商，借助电商打开了销路，生意渐渐做大。

宫立民同样出生在海伦。10年前他考上大学，靠着村民东拼西凑补齐了学费，寒门学子这才得以改变命运。工作以后，宫立民捣鼓起了电商，在淘宝开了一家叫作"爱心农场"的网店，卖黑土地上优质的东北大米，慢慢从0做到了天猫大米类目TOP级商家。

宫立民和曲加利一拍即合，打算在老家海伦市推广价值更高的鲜食玉米，提高当地农民的收益。

政府正好提倡发展"小菜园"经济，两人当即响应政府号召，在两个乡镇进行试点。他们给各家各户发种子、送技术，让村民们用自家闲置的小菜园种植鲜食玉米，收割时免费上门按保护价收购，再通过自己的电商渠道进行线上销售。

就在赵秀莲的小菜园里，曲老板送来的鲜食玉米种子正在地里茁壮成长。玉米的生长周期是80天，在经过勤勤恳恳3个月的劳作后，这个让她将信将疑的"新玉米"，竟然一次就卖出2000多元！

那一年，孑然一身的农村妇女赵秀莲，脱贫了。

幸福的笑容重新回到了赵秀莲被晒黑的脸上，风雕雪刻的皱纹从没有这般舒展过。

不只赵秀莲，种了鲜食玉米的村民们都迎来了令人惊喜的好收成。但这还远远不够，海伦需要更多的机会。

于是，宫立民和曲加利找到了阿里巴巴兴农脱贫平台，通过阿里平台开始参与扶贫工作。他们和阿里巴巴多部门共创，最终策划出"海伦农家小菜园"项目，让农户用房前屋后闲置或用不完的小菜园来种植鲜食玉米，并通过阿里平台销售，使小菜园变成农户自家的致富园。

2019 年，首个"一县一业"项目落地在海伦，阿里巴巴积极开展"互联网＋订单农业"，打造海伦玉米地域品牌，助力海伦"玉满天下"。

2019 年 5 月 8 日，赵秀莲家人头攒动，一场振奋人心的活动即将上演。由海伦市人民政府与阿里巴巴集团共同举办的阿里巴巴兴农脱贫"一县一业"海伦站暨"海伦农家小菜园"启动仪式，在赵秀莲家的小菜园里举行。

这一天，宫立民给赵秀莲塞了 1000 多元钱，赵秀莲与村民们都想不到，脚底下的这片黑土地即将孕育出更幸福的生活。

第二天，技术人员早早地到了赵秀莲家，给她翻新了房子，平整了土地，还为这个辛劳了一辈子却没留下什么纪念的老人家拍了照片，做成了海报。海报上，赵秀莲捧着黄灿灿的玉米，笑得合不拢嘴。

2019 年 5 月 18 日，新一季的玉米开始播种。种下鲜食玉米后，赵秀莲心里时刻有一本账："房前一共种了 45 垄，屋后还有 40 垄，每一垄种 64 棵，阿里巴巴的人帮我算了一算，说今年我这院子收入能翻好几倍。"赵秀莲和土地打了一辈子的交道，黑色的泥土在她眼里闪耀着金子般的光芒。

这个夏天，赵秀莲过得很忐忑。院子里的玉米秆一天比一天高，她没事就去地里看一看，给玉米苗儿松松土、锄锄草。玉米抽穗了，她比天上下黄金还要高兴，围着玉米左转右转之后，狠心打掉了好几个穗儿。

一棵玉米只留一个穗，这是阿里巴巴来的专家的意见。赵秀莲不懂这些专业知识，但打掉这些日夜呵护的果实无疑是十指连心般的痛。不过，她还是按专家说的"不能施肥，一株只留一个穗"，严格照做。"提心吊胆呀，你不按人家的标准种，万一人家到时候不收咋办？"她盼望着这些"百里挑一"的玉米成熟的那一天。

转眼 3 个月过去了，海伦玉米迎来了大丰收。可这黄灿灿的玉米，真的能卖出去吗？

很快，人们发现自己的担心简直太多余了。8 月 29 日，聚划算的"卖空计划"来到了黑龙江，第一站就来到了海伦。短短 3 天时间，100 万穗鲜食玉米被抢购一空，成交额突破 250 万元，创有史以来玉米行业单场最高销量。其中，淘宝第一主播薇娅在直播间仅仅用时 30 秒，就卖出了 12000 箱玉米。紧接着，产业脱贫联盟还向海伦预订了 4600 万穗海伦玉米，预订成交量将助力 18000 多家农户增收，实现良性发展。

海伦模式的成功，还引来海伦周边 5 个县市政府观摩学习。

仅赵秀莲房前屋后的一亩玉米地，就为她增收了将近 6000 元钱。质朴的老大娘拉着曲加利的手问道："明年还种不种了？"

"种！一直种下去！"得到肯定的答复后，赵秀莲脸上的笑容更多了。

在海伦市，像赵秀莲这样在自己家院子里种玉米的农户还有 500 户。通过阿里巴巴电商平台，村民们的收益陡增 25 倍。

截至 2019 年底，阿里巴巴平台已累计销售海伦玉米 800 万穗，共帮助 2107 户建档立卡贫困户人均增收 1000 元以上，独居贫困户年增收 8000 元以上。

在国家政策的扶持下，勤劳的赵秀莲顺利脱贫，生活也有了盼头，恨不得每天都到自己的小园子里走一走。如果笑容有颜色，那一定和丰收的玉米一样，是最明媚的金色。

在千里之外的湖南，年轻人邓奇也正在感受着人生的五彩斑斓。他曾花费很长时间穿越贫苦的灰暗色调。

蜂蜜与青钱柳

少数民族给人们的印象，总是神秘、迷人且多彩。湖南省城步苗族自治县是我国第二个苗族自治县。山川秀丽，溪河纵横，县境内有着被称为"南方的呼伦贝尔"的南山景区，美景还上过央视《行走的风景》之国家公园系列。人杰地灵的城步培养了一代又一代莘莘学子，他们都迫不及待地展翅翱翔，志在四方。可大学生邓奇却义无反顾地回到了家乡——这个刚刚摘掉贫困帽的城步县城。

从月销 10 瓶到月销 40000 瓶蜂蜜，27 岁的邓奇究竟是如何用电商，撬动了这个被现代化遗忘的远山呢？

2013 年的邓奇，还是个刚刚从山东大学毕业的懵懂大学生。在从学校到社会的换乘站上，他拿到了令旁人羡慕不已的"通行证"：海南航空，一家世界 500 强企业的 offer（录取通知），那是很多人削尖了脑袋都想要挤进去的地方。

拿起 offer，邓奇的眼里浮现了未来的模样：他将从这间两三百元钱一个月的出租屋搬离，他将西装革履地穿梭在高楼大厦间，他将与优秀的人并肩作战。对于这个农村来的孩子而言，曾经遥不可及的成功梦，模模糊糊地显现了诱人的轮廓。

手中的香烟渐渐燃灭，空气中只有沉默。良久，邓奇转过 offer 背面，眼睛渐渐湿润了。在那人人羡慕的另一面，他想到了那个清澈的、宽厚的，却仍旧落后的家乡。那里的孩子，很多从没有见过外面的世界。

想到这里，邓奇拿起手机，拨通了原先特意留下的坚果粉老板的电话，开始了自己与电商的第一次接触。面对这一趟通往新世界的列车，邓奇义无反顾地走向了回程方向。他如愿成了淘宝千万商家中小小的一个，销售坚果品牌"柠乐健"的产品。

回顾邓奇最初的淘宝之路，可谓顺风顺水。产品刚上线 3 个月，他就赚了 1 万元；经营网店 1 年后，邓奇的团队从白手起家发展到了

70 多人，还一举购入了让他起家的"柠乐健"品牌；2015 年，邓奇的网店营业额达到了历史性的最高点。

邓奇身先士卒，每天最早上班，最晚离开。虽说"火车跑得快，全靠车头带"，可一辆只有车头向前的火车，注定将四分五裂。邓奇虽有精明的头脑，但从一人创业到管理团队，他的经营管理方式却没有改变，这为矛盾埋下了伏笔。

眼看着经营的数据越来越差，日夜盯着后台数据的邓奇几近崩溃。2015 年中，日渐疲软的团队开始分崩离析，邓奇再次成了孤零零的一个人。

天将降大任于斯人也，必先苦其心志，劳其筋骨。

如果说先前的经历都是一种磨炼，那么 2015 年才是创业之神真正垂青邓奇的那一年。"我整个人生价值观的改变发生在 2015 年。"当一切又回到大学毕业的起点，邓奇反而变得平静。或许是城步县缭绕的云雾滋养了他，他气定神闲，摒弃浮躁，不断看书、上课，专注于自我的提升。

正是在这个时候，邓奇接触到了电商培训课程。在学习了一系列营销、市场分析、企业管理的相关课程后，邓奇意识到自己的方向没有错，只是经营管理的方式错了。

他开始重燃对电商的信心。

在与时俱进的课程中，邓奇就像目光敏锐的鹰，盘旋在森林上空伺机等待自己的猎物。2016 年，这只老鹰出击了。

邓奇拉了几个朋友，用之前创业仅剩的 50 万元，合伙成立了新公司。这次，他改变了公司架构和经营模式，目光也不再只盯着眼前的数据，而是立足于行业未来的发展。邓奇开始具备企业家思维，"柠乐健"也从一个品牌正式变成了柠乐生物有限公司。

天赋和努力就像成功的左右手，支撑着邓奇的事业越做越大。2018 年，邓奇成了淘宝的行业头部商家，同时，柠乐生物作为湖南的脱贫运营商，将与阿里巴巴一起参与扶贫事业！

正是这次扶贫合作，成了邓奇"反哺"城步的起点。他终于等到了能为城步做贡献的机会。可是，究竟做什么好呢？

邓奇对城步的一草一木都有着极深的感情。城步的气候舒适、空气清新、植被茂密，山涧随处可见青钱柳。蜜源植物丰富多样，尤其适合蜜蜂的生存。

青钱柳，被称作植物界的"大熊猫"。大约四五年前，当地瞄准了青钱柳入茶能调理身体的功效，想要打造一款网红产品，不光大面积引进青钱柳的种植，还投资了两家企业。但由于产品定位尴尬，企业没两年就倒闭了。漫山遍野的青钱柳也成了鸡肋，路过的人都不会多看一眼。

珍贵的蜂蜜，和无人问津的青钱柳，在邓奇的眼里是全新的"天生一对"，他看准了年轻人讲究养生的新商机，打算用养颜的蜂蜜和甜润的青钱柳做一款袋装的女性滋补产品。可是这一次，事情能顺利进行吗？

城步似乎从没有欢迎过邓奇这个归家的游子，反而屡次对他亮起了红灯。远山连绵的翠色，成了第一个考验，物流怎么办？"一山放过一山拦"，那些造化钟神秀的奇山，反而成了物流天然的屏障。

蜂蜜的市场价不过 50 元一公斤，可若要从城步收购，每发出一单包裹，平均价格在 12 元上下，加上物流成本的蜂蜜价格要比市场零售价还高。难道村民们冒着生命危险采下来的蜂蜜，辛辛苦苦生产的农副产品，就注定走不出这大山吗？

这时，阿里巴巴派驻城步特派员刘寒来了。

他请来了当地物流企业负责人一同商量，商量的结果却是他和邓奇直接被企业老板拉黑了。上一次因青钱柳亏空的情况还历历在目，商人们早已对此失去了信心。

邓奇相信事在人为，更何况他并不是单打独斗。阿里巴巴请了薇娅免费为扶贫项目做公益直播，3 秒卖光 12000 盒蜂蜜、一晚上几万单的销量让快递企业开始改变固有偏见。特派员刘寒也始终在为城步的经济发展奔忙，逐渐稳定了单量。

看着可观的销量，观望的物流负责人终于选择尝试，将物流单价从 12 元渐渐降低到 5 元、3.5 元，两个月后，城步县的物流成本降至每单 2.5 元。物流成本的下降，打通了山货进城的"最后一公里"，来自远山的献礼，整装待发，走向全国。

短短 2 个月，邓奇的网店销售额达 150 多万元，平均每天卖出 1000 多瓶产品。"蜂蜜卖爆了，赶紧安排加货！"邓奇的脸上洋溢着喜悦。

不只邓奇一人，依托逐渐完善的市场体系以及成熟的供应链体系，城步的优质农副产品和不断涌现的地方特产加工企业发展更快了。据阿里巴巴数据显示，2019年城步产品在阿里巴巴平台的成交额达到1145万元，与2018年的176万元相比，提高了550%。

对农户来说，最直观的感受就是蜂蜜卖得越来越快，到手的钱越来越多，日子越过越好了。田间地头的劳动者总是一边农作一边谈论着电商带来的好处。有村民说起前段时间合作社来人给自己架起直播，没想到这么个小小的玩意儿一晚上竟能卖出5000多元的营业额，当场就收到了现金。人们就这么说着笑着，欢声笑语不绝于耳。

率先富裕起来的邓奇对电商的推广更是不遗余力："未来希望能够将青钱柳茶带入整个花草茶的行业，让更多人了解城步蜂蜜的优秀品质，把整个产业带动起来。"

依托电商，城步打造了一批绿色生态农特产品，有越来越受到都市人欢迎的青钱柳茶、美味的竹筒酒、醇厚的羊酸奶、脆嫩的绿冬笋、延续千年的苗乡油茶……城步县的农副产品生产开始蓬勃发展，而对于越来越美好的未来，城步的致富故事才刚刚开始。

从黑龙江海伦的赵秀莲更换农产品种鲜食玉米，到湖南城步的邓奇结合蜂蜜与青钱柳打造女性滋补产品，让农民种出好产品、卖出好价格，让城市消费者能吃到安全、健康、优质的食物，这是一个良性循环、可持续发展的电商脱贫模式。

2. 新农人的新农活

不管是脱贫攻坚还是乡村振兴，要把农村发展好，关键在人，关键在干。农村发展离不开人，离不开懂农业、爱农村的农民。让农民成为一种有尊严、有追求、值得向往的职业，是摆在脱贫攻坚路上的无法回避的现实课题。

59 岁"带货王"的新农活

村里人怎么也想不到，作为一个普通果农，张加成大爷竟然通过直播卖苹果，短短 1 年增收了 20 多万元，还给家里添了三轮车、电动车、小汽车。不仅如此，经历了 2020 年国庆小长假直播带货的火爆，

59岁的张大爷现在有了一个更大的目标:"10年靠电商挣到100万元!"

张加成是甘肃省陇南市礼县永兴镇龙槐村人。在这个素有"秦皇故里"之称的秦文化发祥地礼县,他只上了两年学就辍学了。那个年代,为了生计,张加成放过羊、做过木工、盖过房子,18岁外出打工,在北京、上海等城市当建筑工。异乡的饭吃得越多,张加成却越怀念家乡那香甜粉糯的大苹果。

张加成出生的时候,礼县已经种了近10年的红元帅苹果,苹果也成了当地特产。这里平均海拔1350米以上,年平均光照1900个小时,长出的苹果饱满红亮、果肉香甜。然而,由于交通和当地人观念的限制,礼县的苹果业一直没什么发展,仍然延续着低价打包出售的落后方式,几毛钱就能买到一斤又大又圆的红苹果。

在外漂泊了20多年,张加成愈发想念家乡。2004年,西安果友协会到礼县进行苹果树栽培培训。听到这个消息,张加成赶紧回乡参加。这一次培训,彻底改变了他的人生轨迹。学习了苹果的栽种方式后,张加成决定返乡创业。

第二年,张加成流转来11亩地,开始种苹果。他特地从外地引进新品种树苗,一共800多棵。为了种好苹果,他自掏腰包到北京昌平、山东烟台等地到处学习,靠翻字典写下10多本《苹果日记》,里面密密麻麻地写着关于种苹果的知识和经验。

2013年,适逢陇南市提出"433"发展战略,其中有一条是在电子商务上集中突破,礼县也在全县范围内多次开展电子商务培训。在礼县园艺站举办的苹果树修剪班上，张加成第一次听说了"网络销售苹果"，他也想试试。听到张加成要在网上卖苹果，好些村民都笑话他。要知道当时在礼县，网络可是新鲜事物，要说这玩意儿能把东西卖出去，谁也不信。

没想到，就在那一年，这个在村里人看来"不安分、爱折腾"的男人，在有关部门的帮助下，真的开起了淘宝店铺，成了礼县为数不多的开网店卖苹果的农民。

更让人没想到的是，初试网店的张加成居然小获成功。2014年，赶上阿里巴巴启动农村战略，礼县苹果"进城"的道路更顺畅了。那一年，张加成的淘宝网店卖出了1.5万斤苹果。到了2016年，这个数字又翻了一倍，卖出了3万多斤。随后，张加成的网店生意越来越好。到了2018年，张加成一家顺利脱贫了。村里人心想：这下张大爷该放心养老了吧？没想到一转头，张加成又捣鼓起了新花样。

2019年6月，阿里巴巴派驻礼县特派员尹贻盼针对当年秋季礼县苹果线上销售举行了一期淘宝直播培训班，张加成参加了。

别看张加成一股冲劲，他其实也有些担心，毕竟年纪也大了，学不会可怎么办？好在特派员给了他许多鼓励。

开通直播之后，张加成认真刻苦。一开始，朴实的张大爷并不习惯面对镜头，一到果园里就只记得埋头干活，忙着忙着，经常是人换地儿了、手机落下了，直播间里播了大半天都没个人影，粉丝更是没几个。

张加成大爷（左）和脱贫特派员尹贻盼（右）

尹贻盼经常跟着张加成一块到果园里，实地给他指导，使张加成逐渐掌握了直播的门道，热情也越来越高涨。一连3个月的时间，张加成每天都坚持直播10个小时以上，整个80多人的培训班只有3个人做到了这个程度。

每天清晨5点半，山间的雾气还混合着残留的夜色，张加成就已经出现在镜头前，开始为一天的直播做准备。透过张加成的镜头，农村的生活被原原本本地呈现。他天天都会到果园里逛一逛，检查一下苹果的生长情况，接下来便是一阵常规而真实的忙碌：剪枝、采摘、分拣、套袋、装箱、运输……张加成也渐渐习惯了对着手机说话，这给他省下了不少拍照和打字的功夫。他开始熟络地称粉丝为"宝宝们"，随后又憨厚地笑道："我还不太习惯称宝宝，你们都是我忠实的客户。"

在张加成的直播间里，除了苹果，越来越多地出现了本地花椒、粉条、核桃、胡麻油、木耳、中药材的身影。原来，张加成不光卖自己的苹果，还联合了周围二三十家农户，把他们的土特产放进自己的直播间里，让大伙儿一起搭上了直播电商的快车。

两个月下来，张加成的直播平均每天有四五千人观看，有时多达1万人。曝光量上来了，订单也逐渐稳定，平均每天都有四五十单的销量，多的时候还能达到100来单。一段时间下来，所有商品的毛收入大概有20多万元，张加成和周围的农户们都高兴极了。

眼看着生意越来越忙，张加成一个人忙不过来，经常需要全家人一起出动。疫情期间，在外打工的女儿也回到了老家，跟着张加成学起了电商。2020年国庆小长假，礼县苹果正值大丰收，老张家更是儿子、女儿、儿媳妇一齐上阵，全家一起做起了淘宝主播。张加成很自豪："'十一'长假期间，全家人每天从早上五六点忙到晚上12点，孩子们换着播，装货的装货，播的播，效果特别好。7天卖掉了5000多斤苹果，直播间的粉丝也翻倍了。"

俗话说，水涨船高。张加成的这艘直播船，在礼县苹果的蓬勃发展中行得越来越好。过去礼县苹果只靠人工简单分选、打包出售，品质不一，价格不高。后来，在国家市场监督管理总局的协调对接下，县里引进了智能分选生产线，对苹果进行分级分价销售。礼县是国家市场监督管理总局定点扶贫县，总局还帮助礼县苹果实现标准化管理。阿里巴巴集团的扶贫项目也深入产业基地，通过新零售渠道及营销资源，对接更广阔的消费市场，助力礼县苹果形成成熟品牌。

标准建立了，品质保证了，市场找准了，品牌也就更响了。2020年，礼县苹果每箱最高售价达到198元，大山里的好苹果终于卖上了好价钱。

2020年"双11"促销期间，礼县苹果进一步在网上拓宽销售渠道，不仅参加了丰收节公益直播盛典和"双11"晚会，还创下了3小时销售苹果1.5万件、15万斤的销售纪录。

从2019年到2020年，靠着直播卖苹果，老张家在这一年里发生了显著变化。以前全家人辛苦一年，收入满打满算不过2000多元钱。现在通过直播电商，一年收入10多万元。致富之后，热心的张加成没有闲着，每天除了自己直播，还叫同村人一起进到了直播间。他毫不吝啬地把自己最朴实的经验告诉村民："从家里到果园，摘苹果、包装、发货，我都在直播，所以客户相信我。"

一人致富不算富，全村一起才叫好。张加成打定主意，他要继续在家乡把直播卖苹果做下去，带动更多的村民一起过上幸福的生活。

海归"新女农"

王淑娟，一位80后海归美女，竟跑回深山卖蜂蜜，从不被乡亲信任到做出了年销 2200 万元的好成绩，成了青川县远近闻名的致富"新农人"。

2014 年，王淑娟跟着马云敲响了上市钟，被称为"阿里巴巴上市敲钟女孩"。聚光灯外，人们不免感到好奇：音乐系大学生回乡养蜜蜂，背后究竟有着怎样的故事呢？

2008 年 5 月 12 日，汶川大地震，山河悲恸、举国同哀，位于四川广元市的青川县，在地震中几乎被夷为平地。地震中，王淑娟永远地失去了最爱的爷爷，那位用蜂蜜甜蜜了她整个童年的老人。

这件事情成了王淑娟一辈子的伤痛。当王淑娟辗转从成都回到了满目疮痍的家乡，站在爷爷家门前废墟横亘的尘烟中，女孩的人生轨迹就此改写。

王淑娟永远忘不了童年最美好的回忆。小时候，她总是屁颠屁颠地跟在爷爷身后，农村人家里少糖果，爷爷疼她，总是带她一起掏蜂蜜。年幼的小淑娟手里拿着一个馒头，躲在一旁眼巴巴地等啊等，终于等到爷爷把割下来的蜂巢放进桶里，她顾不得周围还有几只不甘离去的小蜜蜂，赶紧把馒头蘸到金黄的蜂蜜里。浓厚的蜂蜜被洁白的馒头挂起来，小淑娟赶紧用嘴去接住一口的甜蜜，爷爷则在一旁笑眯眯地看着她。等到小淑娟心满意足地连手指头都挨个嗦了一遍，爷孙俩这才拿起桶儿晃晃悠悠地向家里走去。

也许是山间的灵气滋润了王淑娟的灵魂，从小她就是一个艺术天赋很高的孩子，父母对她寄予厚望。如果没有这场大地震，王淑娟将会过着安稳的生活：毕业后在大学当一个老师，平时上上课、练练琴，拥有一个美满的小家庭。

田间地头、风吹日晒、养蜂农，这几个词语怎么看都和这个家族五代内唯一的女孩、从小备受宠爱的掌上明珠连不到一块儿。

出乎所有人意料，2009年6月，当王淑娟从四川音乐学院音乐教育系毕业后，她放弃了上海一份不错的工作，也没有选择留在近家的绵阳市当音乐老师，毅然回到家乡青川，捡起了爷爷当年做的事情——养蜂。

王淑娟拿出了10万元，承包了两亩地，雇了几个工人，用了好几天时间组装起了200多个木箱子，就这样养起了200箱蜜蜂，又在县城开了一家店，专卖土特产。

每天，王淑娟都跟着木工师傅们一起忙上忙下，耳边的"叮叮咣咣"让她得以暂时逃离亲朋好友的一片反对声，更逃离村民们的流言蜚语。

女孩的倔劲儿上来了，任谁来都拉不住。谁也不知道，王淑娟一心想要兑现自己在地震中、在爷爷家倒塌的房子前许下的誓言：我一定要为家乡做点什么。

短短两个月，豪情壮志遭遇了滑铁卢，200箱蜜蜂跑了一半，损失惨重。性格要强的王淑娟没有气馁，爷爷就是她内心的铠甲，她暗暗给自己打气："我一定要把蜜蜂养好，希望爷爷在另一个世界看到。"

一天，王淑娟的土特产专卖店里走进了两位奇怪的客人，他们走走看看，好像并不是来采购的。王淑娟赶紧上前招待，原来这是阿里巴巴援建青川的两位工作人员，专程来到店里邀请王淑娟和附近的店主参加电商培训。

阿里巴巴的工作人员走进青川并不是偶然的。当时浙江省对口援建青川，阿里巴巴和青川县政府定下了援建的 7 年之约，并在当地建立了"阿里之家"，培养年轻人从事电商创业。

王淑娟敏锐地意识到，电商，也许将成为青川蜂蜜未来发展的重要机遇。

在"阿里之家"电商培训的指引下，王淑娟开始了自己的电商之路，网店刚起步就赶上了淘宝聚划算。王淑娟注册了淘宝店，入驻了成都淘宝创业园，成为青川最老的一批网商。

2010 年，王淑娟再次筹集了 20 万元，建起 300 多平方米的蜂蜜加工厂，并与当地的蜂农合作，高价收购蜂蜜，帮助蜂农实现创收。

通过电商平台，王淑娟的蜂蜜打开了销往全国各地的渠道，事业渐渐做大，她成功地赚到了自己的第一桶金——整整 80 万元。

当时，在阿里巴巴的扶持下，青川，这个本地常住人口不过两三万的小县城，顶峰时期竟发展了 100 多家网商。许多青川人因此积累了财富，彻底改变了命运。

突如其来的财富，是天堂也是泥沼。王淑娟并没有沾沾自喜，她开始有意识地在市面上寻找对标，这一找就发现了问题：青川县的蜂蜜，缺少品牌化，根本无法形成核心竞争力。

　　王淑娟深知，自己的网店之所以开办得风生水起，除了青川蜂蜜品质优秀，很大程度上是因为全国人民对青川灾后重建的关注度，这才得以在短时间内迅速做大。这一点让王淑娟忧心忡忡：如果没有了热度，青川县的土特产又该何去何从？

　　正当王淑娟苦于求变无门的时候，一件始料不及的事情发生了。有媒体爆出某地蜂蜜造假，舆论迅速发酵，严重影响了国内的蜂蜜加工业。那一阵子人心惶惶，王淑娟的淘宝店也受到波及，所有蜂蜜品类都被下架了。

　　怀揣着永不熄灭的斗志，王淑娟处理了剩下的蜂蜜，赔偿了蜂农的损失，再次踏上新的征程，出国留学。她要到外面的世界看一看，

王淑娟毕业了

学学国外最好的蜂蜜是怎么做出来的，看看别人都是怎么做品牌的。

2011年，王淑娟成功申请了澳大利亚迪肯大学。如果说玄奘西行为求知，神农尝百草是躬行，那么在国外的两年时间里，王淑娟带着中国人骨子里的踏实好学，学习了大量蜜蜂养殖的前沿知识，还几乎尝遍了澳大利亚与新西兰各种品牌的蜂蜜，真正开始了知行合一的生活。

2013年，学成归来的王淑娟再次回到了青川，那个生她养她、让她魂牵梦萦的地方。这一次，她有了更大的野心：要发挥电商与品牌优势，带动当地的蜂农一起致富！

回到青川的第一件事，王淑娟组建了自己的电商团队，还牵头成立了青川县蜀蕊蜂业专业合作社，积极邀请当地的蜂农加入。

最开始的时候，蜂农们对这个年轻的女孩可是抱着十足的成见。许多人认为王淑娟不靠谱，是骗子，还有一些人觉得王淑娟成立合作社根本就是为了骗取国家政策性资金。

误会和诋毁如洪水猛兽般袭来，但王淑娟没有退缩。不服输的她独自翻山越岭，挨家挨户地敲开了蜂农的家门，好不容易才说服了16位蜂农加入合作社。

拉到蜂农加入合作社后，王淑娟没有松懈，她对蜂蜜的质量有着近乎完美的追求。在她看来，品质才是成就品牌的基础。王淑娟不仅找来土蜂专家研究和设计了适合青川当地蜂农使用的改良式蜂箱，还成立了蜂农之家，请专家免费为蜂农提供技术培训。每次收购，王淑娟都会亲自到场验收。

王淑娟将蜂蜜按质量分级，收购价从蜂农自己出售的 6—8 元一斤涨到了 60 元一斤。不仅合作社会进行补贴，她还把村民没有渠道出售、囤积在家的散装蜂蜜悉数收回，这一做法降低了蜂农的成本，免除了蜂农们的后顾之忧，使他们更有信心去扩大蜂蜜的生产了。

为了拓展销售渠道，2014 年，王淑娟成立了青川县智宸网络服务有限公司。这样一来，一条集生产、加工、销售于一体的完整产业链初步形成了。同时，王淑娟还和阿里巴巴对接，成功申办了"淘宝特色中国·青川馆"，进一步扩大了青川农副产品的知名度。通过线上线下双渠道营销，王淑娟成功实现了"农户＋合作社＋公司＋电商"的新型经营模式，事业越做越大。

接下来发生的一件事，在王淑娟的人生中留下了不可磨灭的印记。2014 年 9 月，阿里巴巴在美国纽交所上市，王淑娟作为网商代表参加了敲钟仪式。

从此，"阿里巴巴上市敲钟女孩"成为王淑娟的身份标签，但王淑娟没有忘记自己的初心，她总是自豪地说："我的主业是养蜂，我是卖蜂蜜的！"她很清楚，敲钟的荣誉不仅是阿里巴巴向灾区重建的中国速度致敬，也是对无数像王淑娟这样致富后反哺农村的奉献者的鼓励——这是所有参与者为中国农村脱贫致富进程共同奏响的希望响钟。

现在，王淑娟每年的销售额稳定在 3000 万元左右，经过多年耕耘，她一人带动了青川 3000 多人进行中蜂养殖，1000 多人脱贫致富。未来，王淑娟也希望把品牌"青川中蜂"和"念初心"蜂蜜做成行业标杆。

在青川，还有更多年轻力量正在闪闪发光。同样在 2009 年毕业后毅然回乡创业的，还有被称为"山货大王"的赵海伶。

赵海伶也是个敢想敢做的青年创业者。在进入"阿里之家"培训的第二天，她就立马创立了网店"海伶山珍"，做起了土特产销售。短短 1 年时间，赵海伶的淘宝店销售额突破了 180 万元。尔后，这位心系家乡的女孩用 10 年的奋斗，实现了从一家网店到省级龙头企业的转型，示范带动 60 多名青年返乡创业，牵头与重庆大学返乡青年建设 300 亩标准基地，基地累计为留守贫困妇女、老人提供务工岗位 1300 多个，帮助农户年均增收 1.5 万元。

2019 年 10 月 1 日，在举国同庆的新中国成立 70 周年阅兵庆典上，赵海伶作为乡村振兴代表参加庆典并站上花车。2020 年，因在脱贫攻坚中的杰出表现，赵海伶还获得"2020 年全国脱贫攻坚奖奉献奖"。

海归硕士养蜂人王淑娟、"山货大王"赵海伶……越来越多的青年创业者克服万难，不仅实现了个人价值，还主动承担起社会责任，开启带领家乡脱贫致富的新篇章。

那希望的钟响，正在通往幸福的大道上久久回荡……

3. 城市和乡村的连接点

在城市与乡村之间，横亘着一条难以逾越的鸿沟：一方面，城里生活水平日益提高，庞大的消费者群体渴望得到健康、美味的食品；另一方面，农产品藏在深山人未识、丰产却不能丰收的怪现象司空见惯。

随着通信网络、数字技术、物流体系等"新基建"的日臻完善，电商成为中国经济发展的新动力，脱贫攻坚的新引擎。

太行山崖洞里的"隐居生活"

留在城市打拼，还是回归故土奋斗？"困守"和"逃离"是东西方文化一个共同的永恒主题。

2018 年底，90 后夫妻王美娜和高磊不再纠结于城市与农村之间的选择，他们告别打拼多年的石家庄，回到高磊的老家。在他们看来，工作奋斗并不意味着必须在城市，在家门口也可以。

王美娜是河北张家口人，高磊生于河北井陉县。2012 年，两人相识于互联网，通过网络交流，感情不断升温，3 个月就牵手闪婚。王美娜的人生规划很简单，那就是成为一名贤惠的家庭主妇，相夫教子。6 年之后，当王美娜看到高磊家乡的秀美风光，想法发生了变化，她觉得这片风光秀丽的土地将为他们的人生创造另一种可能。

高磊的老家是太行山脚下一个名叫测鱼村的偏僻小村落，村子处于群山环抱之中，附近还有远近闻名的张河湾水库。徜徉在蓝天白云下，置身于鸟语花香中，潺潺流水蜿蜒流淌，完全是一派世外桃源风光。

2019 年 7 月，王美娜和高磊把家乡的青山绿水拍成短视频发到网上，收获 3000 多万点击量，这让夫妻二人兴奋激动，逐渐萌生拍摄原生态生活视频的念头。夫妻俩打算养羊，刚好村边的山崖下有一处纵深 3 米的废弃崖洞，可以作为放羊时避雨、休息的场所。高磊认为如果将这个天然崖洞与群山、树林组合的胜景，配上每天养羊的真实生活记录，拍成视频，一定能收到奇效。然而，由于资金短缺，这对夫妻的养羊计划被迫取消。

即便如此，王美娜和高磊仍然对崖洞进行了改造。当地山上石头多，他们就捡来石块，在洞口处垒成小石头房，作为他们拍摄崖洞生活的基地。悬崖边不通水电，也没有网络，王美娜从村口拉来一条500米长的网线。夫妻俩就以峭壁、崖洞、溪流等自然风光为背景，拍摄原汁原味的太行山下的农村生活短视频，向亲朋好友分享。在大多数视频中，王美娜身穿粗布麻衣，或在山间行走，或在峭壁下喝茶，或在崖洞中烹饪美食。王美娜有两个可爱的女儿，她们也经常出现在镜头之中，为视频锦上添花。

为了拍好短视频，夫妻俩不断琢磨各种故事情节、脚本，几乎走遍了周边的山水村落。高磊说："随着我们拍摄短视频内容的不断增加，发现城里人特别向往山里的生活，我们就觉得这个崖洞是一个不错的拍摄地点。"

网友们被这种现实版杨过和小龙女式的隐居生活深深吸引，纷纷点赞关注，甚至给他们取了"山大王"的雅号。仅仅几个月时间，夫妻俩的账号"山大王的山村生活"就积累了60多万名粉丝。

测鱼村东边的龙凤山村海拔有1000多米，常住人口只有30多人。由于地处山顶，有"高山平原"之称，也被誉为高山上最后的净土。山里昼夜温差大，植被资源丰富，村民们种植的蔬菜瓜果都是天然无污染的绿色食品。村里的农产品在王美娜夫妇眼里可是宝贝，他们开办了村里第一家淘宝店，想努力把太行山下的各种农产品和根雕工艺品介绍给外面的世界。

由于短视频日渐火爆，流量不断攀升，而且天然绿色农产品本身就受城里人欢迎，夫妻俩的淘宝店生意越来越好。他们通过强大的人气直播带货，除了自己销售农产品之外，还帮村民销售核桃、柿饼、花椒、蜂蜜、土鸡蛋、棒子面、干萝卜丝等农产品。在村民们眼里，王美娜夫妻是村里"最有头脑的人"。

高磊在 2020 年接受媒体采访时说："我的家乡有核桃还有柿饼，都是纯天然的，以前因为卖不上价钱，所以这东西都没人摘，都烂掉了，我觉得挺可惜的。我通过短视频把这些特产销了出去，今年村民都开始摘了，树也不砍了。"

以视频传播风土人情，以电商销售农副产品，夫妻俩的淘宝店成为打通村庄和外界的重要连接点。

2020 年，新冠疫情波及测鱼村，由于实行封闭式管理，收购商没法进村庄，村民们的农产品销售渠道被阻隔，许多靠销售土特产为生的家庭突然遭遇生活困难。

镇领导发动干部职工主动购买、推销农产品，千方百计寻找出路。听说本地有一对年轻夫妻通过直播带货帮助老乡们脱贫致富，而且在网络上已形成影响力，就登门拜访，鼓励他们帮助困难群众缓解燃眉之急。

王美娜爽快地答应下来："没啥，乡亲们的农产品销路不好，在疫情期间更是遇到了困难，能帮大家做点事，特别开心。"

那段时间，王美娜夫妇通过镇里提供的困难家庭名单，挨家挨户到村民家里收集山货信息，每天以直播方式免费帮村民销售农产品。

龙凤山村山高路远，道路特别难走，他们俩每次上山、下山都得花费两三个小时，碰上有些行动不便的村民还得帮忙当搬运工。有一个村民身体有残疾，没法出门打工，只能在家里养鸡，2020年疫情期间鸡蛋严重滞销，王美娜夫妻帮他卖了500多斤鸡蛋、3000斤玉米。

还有一个孙大伯，靠一条胳膊养活了一家人，王美娜非常敬佩。老人家通过夫妻俩的淘宝店卖出很多农产品，他每天收了豆角、西红柿等果蔬都舍不得吃，拿过来请王美娜帮忙销售。王美娜感慨，一家小小的淘宝店成了村里人生活的希望，自己的辛苦也有了更多的价值。

尽管夫妻俩越来越忙，但只要有时间，他们一定会全身心投入直播之中。在镜头面前他们早已轻车熟路，表现得热情大方又亲切自然。

一个秋天的午后，王美娜在小院里架起直播设备，她站在硕果累累的梨树下向粉丝推荐本村农户生产的蜂蜜。"欢迎大家进入直播间，帮忙把小红心点一点啊，谢谢大家。"这样的场景已经成了王美娜的日常。

整个疫情前后，王美娜夫妇通过直播带货帮乡亲们卖出5万多斤山核桃、5万多斤柿饼、2000多斤土鸡蛋，还有许多玉米面、蜂蜜、花椒、萝卜干等农产品。

随着2020年下半年疫情形势逐渐好转，许多粉丝慕名前来，跑到测鱼村参观，体验峭壁下的崖洞生活，感受当地的田园风光和生态美食，对夫妻俩闹中取静的生活状态羡慕不已，流连忘返。有些人希望他们能开办民宿，让游客多住几天，玩得尽兴，不留遗憾。

2020年8月，王美娜夫妻把一处山脚下闲置的老宅进行翻新，修建成极具太行山民居特色的窑洞民宿，并且给这处农家院起了一个生动形象的名字——"石窑舍"。

王美娜介绍说："这个窑洞是全部用石头砌成的，我们山里石头多，房子基本上都是用石头砌的，非常结实，冬暖夏凉。"走进石窑舍的房间，电视、冰箱、无线网络、热水器等生活设施一应俱全，并且打理得干净整洁。

这个偏僻的山村如今成了游客们驾车前来打卡的网红景点，崖洞里唱出了婉转动人的太行之歌。

在此后的短视频拍摄与视频直播中，王美娜亲身体验并推荐石窑舍，网友们络绎不绝地预订房间。每逢周末，这处农家院都特别抢手，很多父母带着孩子前来体验乡居生活，感受大自然的安宁与美好。

考虑到石窑舍供不应求，王美娜夫妇继续扩大规模，赶在"十一"旅游黄金周到来之前，租下附近几处民宅改造成民宿，以满足更多需求。王美娜说："这么好的风光不利用起来、不推广出去太可惜了。"

夫妻俩有个心愿，那就是将太行风光与特色民宿结合起来，通过视频和直播等网络平台传播出去，让更多村民看到他们的成功，大家共同发展特色旅游增收致富，让家乡真正成为家喻户晓的网红旅游地。

90后重回农村，正在成为新的潮流，他们是"新一代留守青年"。曾经，90后身上特立独行、追求个性的性格特征让前辈担心他们无法承受建设祖国未来的重任。王美娜夫妻"隐居崖洞"的故事作为一个经典案例，证明了90后通过科技力量与创新精神在广阔乡村可以大有作为，他们同样勤劳、勇敢、善良、坚强，完全有能力、有情怀成为从脱贫攻坚到乡村振兴的生力军。

"扼住命运的咽喉"

2011 年，32 岁的李亚军在经历生意的巨大失败和身体的惨痛创伤之后，带着满身的痛苦、愤怒、迷茫回到家乡——陕西宜君县雷塬乡李家河村。

这是一个在逆境中坚韧成长的男人。李亚军 8 岁那年父母离异，母亲带着姐姐改嫁河南，他学会了独立生活，挑水、劈柴、做饭。他说如今左肩低弯、脊椎变形就是当年承受重压所致。

初中毕业后他外出闯荡，苦活、累活全干过，只为担负养家的责任。噩运在 20 岁时不期而至，李亚军被查出患有进行性肌无力症，他咬咬牙，倔强地昂首前行。他在内蒙古赤峰做中药材生意，因为交友不慎赔光所有积蓄，还出了一场车祸。祸不单行，当时父亲又瘫痪了，李亚军只好放下纠缠不清的生意官司，身心俱疲地回到李家河村。

可是家里只有四五亩地，李亚军身体不方便，父亲又瘫痪在床，靠种地根本养活不了自己。李亚军左思右想，寝食难安，再加上此前遭遇的打击和变故，回乡初期他每天都承受着巨大的精神压力，3 个月不到头发就掉光了。

走投无路之际，李亚军找朋友借了 5000 元，买回一辆小三轮车。

他本来打算鼓起勇气收破烂，挣点儿零花钱，可毕竟也是在外头做过生意的人，终究拉不下脸来，摇头作罢。

不久之后，他决定卖菜，每天凌晨两点开着三轮车到铜川菜市场批发一车菜，再运回李家河村卖。"每一趟可以拉三四百块钱的菜，进价5毛一斤，可以卖到3块，而且在村里卖得还挺快。别人都以为我赚钱了，其实我赔了。"李亚军不好意思地笑着说，"我卖菜的时候称重比较宽松，在斤两上容易吃亏。有时候几毛钱的零头我不收，都抹掉了，还是以前大手大脚惯了。"

对于一个残疾人来说，在黑夜里开着三轮车沿陡峭的山路往返100多公里，简直就是生死考验。三轮车刚买回来那天，李亚军就直接开翻到山脚下去了。有一天晚上他从山路上翻下去，三轮车和鞋子都掉到山沟里去，幸亏人跌落下来时被一棵槐树枝挂住，不然当场就没命了。李亚军回忆说："那天特别惊险，如果出事，我早就化成灰了。这一生死过多少回都没死掉。还是那句话：生死看淡，不服就干。"

几番折腾下来，李亚军只剩下400元钱，连父亲都替他着急："要不你看看咱家的土蜂蜜能不能卖点钱？"

父亲所说的土蜂蜜其实是中华蜂产的蜜。中华蜂是中华大地上古老而独有的蜜蜂品种，自原始人在洞穴采集食物时就已出现，《神农本草经》《本草纲目》等古代医学典籍中都有论证中华蜂的营养价值。宜君被誉为"秦岭以北最大的一叶绿肺"，平均海拔1395米，森林覆盖率50.1%，自然生态条件得天独厚。李家河村靠近雁门山，气温低、花期长、无污染，每年春天漫山的野花次第开放，养土蜂的习俗在当地世代流传，编个柳筐、砌个砖箱就可以养。

李亚军同意了父亲的建议，把土蜂蜜装在三轮车上四处推销。刚开始托亲戚找朋友往政府单位送，"第一回在文教局卖了一天，一车蜂蜜卖了八九千块"。不到一个月，李亚军就把家里的土蜂蜜全卖光了，赚了4万元钱。

2012年，他开始扩大养殖规模，专门掏工钱托人帮忙照顾父亲，自己则开着三轮车到镇上摆摊，后来跑得更远，铜川新区、矿区基本上跑遍了，一个冬天就能把蜂蜜卖完，每天能收入一两千元钱。

没想到好景不长，2013年春天，李亚军辛苦培育的50多箱蜂全部死了。他事后总结这与当年的气候不稳定有关，蜜蜂整个冬天都被关在蜂箱里，春暖花开时节争先恐后出来觅食、放风，天气忽冷忽热就很容易生病，甚至会因为回不到蜂箱而冻死。

饱受病痛折磨的父亲没有熬过2014年冬天。那天李亚军在外卖蜂蜜，回家时父亲已经走了，连最后一面都没有见上。他伤心欲绝。

"我要扼住命运的咽喉，它将无法使我屈服。"这是贝多芬的话，也是李亚军性格的写照。

父亲走后，他专心致志养蜂、卖蜂蜜。2016年，李亚军报名参加县人社局组织的电商培训，每天往返100多公里路，早上8点出门，晚上10点回家，他学会了淘宝注册、运营，还会PS图片，然后在淘宝店一口气上架了蜂蜜、苹果、核桃、红枣、玉米糁等宜君土特产，每天能发十几单，全国各地不少回头客长期购买他的土蜂蜜。

2017年，李亚军成立合作社，带动周边农户一起养中华蜂。他掏钱买蜂箱发给农户，等蜂蜜成熟时再统一收购。县里为了鼓励李亚军继续带领蜂农发家致富，给他1万元创业基金补贴，残联还补贴他5000元。

这一年，李亚军干了一桩赔本买卖。"我25元收购蜂蜜，卖35元，还送10元优惠券。后来我看别人用推广工具赚钱，也想这样做，但是设定的佣金太高了，再加上快递、包装、人工等费用，算下来一单亏了30元。"运营不到3个月，李亚军就赔了7万元。"还是因为咱不懂运营，资源又太少，就当花钱买经验。"

就这样，李亚军在跌跌撞撞中摸索着成长。2020年4月，阿里巴巴派驻宜君特派员刘亚辉第一次接触到李亚军，夸他淘宝店做得不错，只是单款销量不够，给了一些有益建议。没过多久，刘亚辉又来找李亚军商量，他准备在宜君做一次直播带货助力脱贫的帮扶活动，希望李亚军积极参与，提前做好准备。

李亚军答应了刘亚辉，只是没抱多大希望，毕竟这是宜君历史上第一次直播带货，而且他还曾在网上被直播主播骗过。

5月初，刘亚辉带着淘宝公益主播和宜君当地电商卖家一起做直播，一炮打响。李亚军兴奋地说："不到1分钟，我的蜂蜜就全卖光了，我在后台当客服，根本忙不过来。"

尽管销量不错，可结果并不顺利。客户收到蜂蜜之后，有一半包装破损烂掉。刘亚辉原本想帮李亚军一把，没想到却让他赔钱了。心里过意不去，刘亚辉表示愿意帮他承担这些损失，可李亚军说什么都不同意。他说："我要从自身找原因，以前我都是用泡沫包装，一个5元钱。这次改用气囊，才5毛钱。夏天热，气囊充太满容易爆掉，就出事了。后来我全部改用泡沫，再也没出过问题。"

如今，李亚军的淘宝店还在热火朝天地运营着，即便遇到再大的困难，李亚军也不再焦虑，他用陕西话学父亲的口吻说道："娃！常做事，不怕慢，但怕站！"

互联网时代，年轻人已成为不可忽视的脱贫力量，他们贡献着独特的智慧与青春激情，在农村刮起一股互联网脱贫新风潮。不管是太行山下的王美娜夫妇，还是雁门关外的李亚军，他们都是互联网环境中成长起来的年轻人，他们都曾经在城市打拼，甚至具备一定的创业经验和商业思维。在接触新事物、运用新技术、迎接新挑战方面，他们比上一代人更有优势，也比从未走出农村的老乡们走得更快。

在众多电商扶贫的平台中，阿里巴巴是最广为人知的渠道之一，甚至成为大多数人的天然选择。在城市生活时，这些年轻人用淘宝购物；回到农村创业时，他们又用淘宝卖农产品。

进退之间，买卖之间，淘宝不仅是城市经济发展的参与者，也是农村脱贫攻坚的助力者。

4. 淘宝直播镜头里的"新农景"

有一段关于农村脱贫的新说法在 2020 年被广为流传:"手机成为新农具,数据成为新农资,直播成为新农活,大棚成为直播间。"这段描述既道出了电商脱贫的新思路,也对这项伟大事业的参与者提出了新要求。

鼠标一点,手机一架……看似轻松简单,实则充满挑战。它不仅考验每一位脱贫攻坚助力者的智慧和耐心,更折射出爱心、责任与担当。

潘秋霞是土生土长的江西省寻乌县人,是个 90 后。在成为淘宝"村播"前,她经常为怎么把家里的百香果卖出去而发愁。现在靠着直播,潘秋霞一天可以卖出几百箱百香果,每个月收入将近 7 万元,带动寻乌 4 个乡镇、30 个村、2000 多家农户脱贫致富,她也因此成为寻乌县远近闻名的"百香姐"。

2007年时，潘秋霞还在深圳从事幼师工作。在这个互联网行业十分发达的城市，潘秋霞通过网络结识了寻乌老乡林瑞平，两人携手走进了婚姻的殿堂。考虑到家中的老人需要照顾，孝顺的潘秋霞夫妻决定回乡创业。

婚姻不易，创业更难。

一开始夫妻俩办了一个脐橙果园，但没多久果树就染上了黄龙病，不得不砍掉。眼看刚创业就陷入困境，不服输的夫妻俩开始寻找新的商机。此时，与寻乌一岸之隔的福建百香果引起了他们的注意。

盛产于东部沿海一带的百香果，色泽诱人、味道酸甜、生津解渴，且含有丰富的维生素C，十分受消费者欢迎。与脐橙不同的是，百香果当年就可挂果，亩产可达一两千斤，经济效益十分可观，这给处于困境中的夫妻俩带来了希望。

了解到就在与寻乌仅一岸之隔的福建龙岩长汀，阿里巴巴打造了一条以百香果为主的电商脱贫产业带，这无疑给担心市场的两人打了一剂强心针。为此，夫妻俩多次去福建、广西等地取经，渐渐地找到了种植方法。熬过前两年的亏空后，百香果园在第三年迎来了大丰收。眼看着枝头挂满沉甸甸的果实，夫妻二人意识到："光会种不行，还得会卖。"

潘秋霞是个活泼开朗的女孩，平时也很喜欢看直播，她最喜欢的主播就是薇娅和李佳琦。看着直播间里的女孩子们试衣服、尝美食，潘秋霞也想试一试当主播的感觉，很快她就开通了直播间，成为一名原汁原味的"村播"。

进入直播间后，爱玩爱笑的潘秋霞如鱼得水。她从不拘束，总是兴致勃勃地和粉丝们分享自己的生活，从下果园、进基地、摘果选品、吃百香果，到日常做饭、吃饭、做家务……

在潘秋霞的直播间里，百香果的吃法被玩出了花样，从加蜂蜜、配酸奶、兑养乐多，到蒸鸡蛋、浇凤爪……花式吃播惹得粉丝垂涎不已，纷纷下单。

潘秋霞每天直播近8个小时，努力的人总有收获，在潘秋霞的直

正在果园做直播的潘秋霞

播间，平均每天有 300 箱、1500 斤寻乌百香果售出。

通过淘宝直播，这些美味的百香果远销至新疆、青海、内蒙古、黑龙江等全国各地，让更多的人尝到了甜甜的滋味。

从 2019 年 3 月底淘宝直播启动了"村播计划"以来，许多农民从田间地头进入了直播间，成了网络主播。计划推行短短 100 天之内，"村播"便已覆盖全国各省、自治区、直辖市的 270 个县，参与农民已超 2 亿人。越来越多的农民选择透过手机镜头，向亿万消费者介绍产品，实现脱贫致富。

扎西卓玛是青海第一位藏族农民主播，她的主播之路不是一帆风顺的。青海有着蓝蓝的天、翠绿的草、淳朴的民风，却也有着常人无法想象的闭塞。

"扎西卓玛"，这个美丽的名字在藏语里的意思是"吉祥的花儿"。与名字的温婉不同，她从小就是一个刚强果断的女子。留寸头、扛更重的麻袋，比男孩子先学会开拖拉机，年幼的卓玛一直想要证明虽然不能上学，但女孩也和男孩一样，或许有机会比男孩做得更好。

做淘宝直播，最开始是她丈夫元旦的主意。头脑灵活的元旦曾经一个人背上家中最好的虫草，远赴香港，期望卖上一个好价钱。外面的世界很精彩，外面的世界也很无奈。在香港的一个星期，元旦连一根虫草都没卖出去，最终又灰溜溜地回到了西宁。日子又回归了平静，那是来自贫瘠的沉默。

生活的考验总是来得又快又密集。

父母突如其来的重病、因子女升学不断增加的开销与生活的压力交织在一起，卓玛一家只得向银行借了 3 万元贷款。这笔钱几乎压垮了这个家。

2018 年，卓玛家里的土房子倒了，还砸伤了卓玛的妈妈。好不容易还清贷款的一家人，又不得不向银行借钱看病、盖房子。

直到有一天，女儿不经意的一句话引起了元旦的注意："现在的人，买衣服都用淘宝了。"

第一次用淘宝买东西时，夫妻俩紧张了好几天。高原上的物流包裹就像天边的云，说不定什么时候才会飘到头上。直到收到的衣服穿在身上合身又漂亮，卓玛才稍微打消了一点顾虑。

尔后，这个家庭与淘宝的交集越来越多，就连采购大家具也是从网上订购。触摸着自己亲手下单的商品，卓玛悬着的心终于放下了。丈夫元旦和她商量，既然能够在淘宝买东西，那么卖东西也应该可行。

卓玛决定试一试。

语言不通是摆在眼前最大的难题。为此，卓玛独自北上，找到了汉族朋友宫海通帮忙。宫海通被她的诚意打动，"稀里糊涂"地回到了曾经支教过的藏区江西沟，从零开始协助卓玛搭建直播间。

2019 年 7 月，一个叫"藏族大姐扎西卓玛"的账号出现在了直播间里，卓玛开始了人生第一次直播。坐在镜头前的卓玛不停地搓手，生怕有一点做错的地方。就在几分钟前，她还特意跑出去洗了把手。她说："在草原上干活，手不太干净，我得整洁一点。"开播的一瞬间，卓玛的心提到了嗓子眼，看着粉丝陆陆续续地涌入，她紧张得几乎连自己的名字都忘了怎么说。

粉丝们好奇地看着这个直播间里的新面孔，卓玛羞涩质朴的笑脸和带有口音的"藏普"让他们感到很有趣。他们从来没有嘲笑过卓玛的口音，反而经常在评论里打上汉字拼音，帮着卓玛学会更多的词语和用法。

为了能和粉丝们更好地交流，卓玛私底下也没少费功夫。她最初跟着新闻联播"鹦鹉学舌"，主播专业的语速她根本跟不上。女儿给她找来了《甄嬛传》，里面的皇上和妃子说话都特别慢，她就这么听着声音、对口型，不知不觉把这部电视剧刷了几十遍。

卓玛的普通话越来越好了，她给粉丝们直播挖虫草，直播草原上的生活，大家叫她"藏族大姐"，他们都很喜欢这个笑得腼腆又淳朴的高原女人。

在粉丝的支持下，直播间销量慢慢变好了，卓玛一家的生活也得到了改善。不仅如此，帮卓玛干活的同乡小伙，也用手头攒下来的钱开了一间肉铺，还娶上了媳妇，每天都笑呵呵的。

起初，村民们并不理解卓玛，他们认为这个女人有问题："女人不在家干活，跑到外面抛头露面，肯定是要和别的男人跑了！"一时间草原上流言四起。卓玛认真面对生活的勇气，到头来成了别人口中不检点的"笑话"。

卓玛病倒了，草原上唯一的直播间消失了。

消息传到新任镇长的耳朵里，镇长第一次知道淘宝可以直播卖货。没过多久，当地政府开展了电子商务扶贫，镇长出面亲自帮卓玛辟谣，还向大家普及电商直播的知识。村民们开始对直播的好处将信将疑。

卓玛的病也有了好转的迹象。有一天，村民们突然看到一个熟悉的身影再次出现在草原上。卓玛的直播间回来了，她正戴着藏族特色的大檐帽，对着手机直播挖虫草。这一次，卓玛不只给自己带货，还义务为周围的村民们卖起了东西。

卓玛能帮大家卖货的消息传到了村民耳朵里。通过卓玛的直播间，许多人的生活被彻底改写。

靠着采黄蘑菇换钱的老太太，终于补上了掉了6年的牙，仿佛年轻了几岁；69公里外的快递站，经常加班清点卓玛家货物的老板，终于完成了今年总部下达的发单量，不用再担心被扣钱了；远近8个村近500户人家的东西，从卓玛的直播间去到了全国各地，不少农户因此脱贫。

淘宝直播的出现，让身处高原的人们看到了外面世界的光芒。恢复直播不到半年，卓玛网店的流水就已经有了30万元。据粗略统计，2020年秋天前，卓玛的直播间至少收了8000斤黄蘑菇、1万多根虫草，她也成了远近闻名的"高原薇娅"。

卓玛的直播间不仅像一个万能收购站，更像是一个帮助村民通往富裕的加油站。丈夫元旦当年远走香港也没能让虫草走出草原，如今卓玛坐在家里直播就实现了。

卓玛在直播

在淘宝上，像扎西卓玛、潘秋霞这样的农民主播超过 10 万名。

2020 年天猫"双 11"期间，他们在田头、果园、草原举行了超过 110 万场直播，通过直播的力量带领着更多的乡亲们一起脱贫致富，把优质农产品卖给了手机屏幕前的你我他。

在公益助农的直播间里，经常能看到主播薇娅的身影。薇娅是当今中国最炙手可热的知名电商主播之一，也是第一批投身公益直播的主播。自 2018 年 9 月以来，她共参与近百场阿里巴巴公益直播带货，累计引导成交额达 5.6 亿元，湖北秭归伦晚脐橙、安徽砀山梨膏、湖南城步蜂蜜等农产品都曾通过薇娅直播间卖向全国。

2020 年 10 月 17 日，全国脱贫攻坚奖表彰大会暨脱贫攻坚先进事迹报告会在北京举行，薇娅获得全国脱贫攻坚奖奉献奖。薇娅只是阿里巴巴平台上热心公益的明星、网红之一，除此之外，还有更多在淘宝直播上成长起来的当红主播们，正在主动发挥自己的影响力，加入为农民带货的行列中。他们不仅带动了直播的可持续发展，更增强了当地的自我造血能力。

扛起锄头干农活，拿起手机当主播。科技飞速向前发展，得益于小小的屏幕，农村田间地头的劳动者们成了幸福生活的直播主角。

在整个过程中，阿里巴巴始终是探索者、组织者与推动者，用"电商平台＋物流企业"的模式，以"原产地＋网络直播"的方式，让电商直播在销售农产品方面发挥奇效，帮助群众脱贫，助推乡村振兴。

5. 公益心，共赢链

当农业插上互联网的翅膀，农村就成为科技企业踊跃奔赴的新战场。他们的技术优势、平台能量和创新精神将为脱贫攻坚带来更多可能。

产业扶贫的重点在于如何集中优势生产资源，通过改造供应链缩减链路、降低成本、提高效率、提升品质。由于农村地区基础设施薄弱，反而容易率先尝试新思维，重建新模式。

高原上的物流洼地

比翼齐飞的鸟儿归巢，家的归宿感推动着年轻人从大城市回流农村。2005 年，18 岁的李玉龙从技校毕业，南下深圳做电焊工。后来他进入一家知名快递公司负责机修班，最多的时候手下管着 150 人。2015 年，李玉龙告别奋斗了 10 年的深圳，与打工相识的咸阳姑娘回宜君结婚，从此留在家乡邮政局工作。他说："我在深圳月薪 6000 多元，回到宜君只有 1600 元。从最基层的快递员起步，开着绿色邮政面包车从县城往各乡镇配送，一天也就送百十件货。"

由于收入不够养家，李玉龙在 2017 年辞职，夫妻俩在宜君某中学对面开了一家文具店，每天收入七八百元，有时候周日生意好的话能有两三千元。

大部分时候，小店只需要一人照看，李玉龙又是个闲不住的人，2019 年 3 月，他入职一家名叫全民合伙人的电商公司。这家机构在陕西有 15 家分公司，布局了将近 4000 个村级物流站点，由于中标了宜君国家电子商务进农村综合示范项目，需要建立一个电商公共服务中心和一个物流园区，李玉龙的职务是物流园区项目负责人。

初到宜君，全民合伙人的物流业务严重入不敷出，订单寥寥无几，每天收入只有 80 元。李玉龙另辟蹊径，跑到大山深处找蜂农谈合作，这在宜君的物流行业前所未有。夏季槐花盛开，全国各地养蜂人来此追花赶蜜，偏远山区的路很不好走，他们通常将 80 公斤的大桶灌满蜂蜜，装两桶分别绑在摩托车两侧运往县城，再采购米、面、油、菜等食物回到山里。请人托运的话每桶运费 130 元，还不帮忙采购生活物资。李玉龙看到了商机，蜂农随时打电话，他都会开车到山里装运，每桶运费只需 90 元，代购生活用品都不收配送费。就这样，公司的物流业务慢慢做起来了。

全民合伙人的重点工作是把各大物流公司引进并整合到宜君，完成县、乡、村三级物流站点布局，解决"最后一公里"问题。李玉龙在县城租了 16 间门面房，除了调度室、分拣中心、办公室之外，还为"四通一达"免费提供办公场所。整合之后，全民合伙人在宜君建立了 145 个物流站点，覆盖 117 个行政村。李玉龙介绍说："每个站点都是一点多能，除了收发快递，还配送农资、日常用品。收发货不出村，买卖不出村，哪怕买瓶矿泉水都能解决。"

物流是更便捷了，可费用仍然居高不下。

从宜君发一件货，运费通常得 19 元，哪怕寄一个纸杯到杭州也得 10 元。交通不便只是表面原因，更关键的是，宜君的物流公司都属于二级代理商，各种权限、费用不如一级代理商有优势。虽然李玉龙通过努力将宜君的发货运费降到 12 元，但也只解决了 30% 的问题，宜君 70% 的农产品等货源依然从周边邻县发快递。

2020 年 4 月，阿里巴巴特派员刘亚辉到宜君以后，经过马不停蹄的调研考察，他发现物流是制约当地电商发展的最大瓶颈。"物流问题不解决，电商不可能有发展。费用、时间、人工都是成本，到最后大家觉得做电商很累，而且不赚钱。"

刘亚辉在 2020 年 7 月向县领导提出，希望促成菜鸟物流到宜君考察，县里非常支持。

宜君位于关中平原与陕北黄土高原之间，当地人喜欢用"关中通往陕北的天桥"以彰显其区位优势，而且西延（西安至延安）高铁将在宜君设维修站，这也意味着当地可以通过高铁发展快递物流业。菜鸟物流派人实地考察过五六次，同意将全国第一个菜鸟乡村农产品上行中心和供配中心的综合体（以下简称"菜鸟仓"）落户宜君。

宜君菜鸟仓由三方合作共同打造：政府牵头协调各方资源，同时予以配套政策支持；菜鸟投入品牌、数智化仓配管理系统等资源，在运营过程中提供技术支持平台，并定期派专人到宜君做培训、指导；全民合伙人负责前期基础建设、装修及后期运营等工作。

在选址过程中，几位关键决策者都看上了南山公园路的一座冷库，可以将其用作上行冷链仓，旁边的一大块空地刚好能够建设下行仓。从项目启动建设的那天起，李玉龙就没有顺心过："这个冷库建成多年，连最基础的保温层都没有，设备锈的锈、坏的坏，根本没法用。"他只好把机器设备全部维修、置换一遍，将库房装点一新。

就在下行仓即将建设时，突然冒出一些人阻挠施工，李玉龙才得知这块地涉及 20 多人的债务纠纷。最后，经过县政府出面调停，纠纷才得以化解。

2020 年 12 月 1 日，宜君菜鸟仓投入试运营。这座物流园总占地面积 4500 多平方米，包括冷库 900 平方米、库房 500 平方米、综合分拣仓 3000 多平方米。这里将成为中国西北地区区县最大的中转仓之一，可实现日均 3000—30000 件农产品的发货量。

李玉龙欣喜于眼前的巨大变化和广阔前景，他以降费、提速、服

宜君菜鸟仓外景

务三个关键词总结道:"第一,我们拿到了物流公司一级代理商资格,再加上成本管控、订单量大,现在 1 公斤以下的包裹物流费用每单从 12 元直接降到 1.9 元,下降 84%。第二,原来从村里到西安分拨中心最少两天半,现在当天即可完成,最迟第二天早上能到,基本上 24 小时之内完成发件到派件整个流程,能节约一两天时间。第三,以前从村里到县城每两天运一次,现在只要超过 100 件我们随时上门服务,现场打单、贴单、发货,所有手续全部走完。"

在新落成的冷库里,工人们正在将刚入库的苹果码放整齐。虽然只是试运营阶段,李玉龙的每天发货量已达到 3000 件,是上年同期的

4倍多。他说："商家在乡下租冷库，每斤苹果存一个月收两毛五。我这里第一个月免费，超过的话每斤交一毛五就可以存半年，到那时肯定都卖完了。"

菜鸟仓对宜君电商发展的促进作用立竿见影，以前每年冬天都有大量商贩慕名来宜君批发苹果，如今很多商家直接在网上销售，宜君苹果从菜鸟仓源源不断地发往深圳、东莞、江苏、上海、北京等城市。

曾几何时，由于物流体系落后，宜君农产品需要运到周边的白水、富县、洛川、黄陵等地发货，如今宜君已成为物流洼地，不仅能带动本地电商、农业发展，而且将辐射周边县域的商家，加快铜川经济整体的发展步伐。李玉龙印证说："我们已经谈成了一家企业到宜君落户，他们现在日均发货量3万件，以后还会有更多企业来到宜君。"

这是刘亚辉乐见其成的局面，他一直在推动宜君电商产业发展，菜鸟仓的成果不过是他深藏内心的对宜君人民的众多承诺之一。以公益心打造供应链，使其真正成为"共赢链"，这是所有脱贫参与者的共同追求和奋斗目标。

"渭源"的致富之源

李晓梅在椅子上坐了将近3小时，她的身体几乎已经累到了极限。自从2008年遭遇车祸后，她很少这样长时间坐着，无力的脊椎就要撑不住沉重的身体，她疼得钻心。在最后一丝力量用尽前，李晓梅的眼里却聚齐了漫天星火，她异常坚定地说："我要自己做电商，培养自己的团队！"

这是一个奋斗不息的女人。1976年6月，李晓梅在甘肃省定西市渭源县的一个穷苦家庭出生。童年时的苦难磨炼了她吃苦耐劳、永不服输的精神。19岁那年，李晓梅毕业回乡，做过临时医护人员，办过个体医疗诊所，在滩地上种过中药材，经营过中药材公司，还成立了甘肃第一个天麻研究会……在她的带领下，渭源县药材种植面积由原来的3000亩发展到6000亩，仅药材一项，每年给农民带来的经济效益就达5000多万元。

李晓梅性格热情，为人正直，做事很少考虑自己，看到机遇总是带着乡亲们一起干，因此村民们对她非常热情。2008年，李晓梅继续开辟疆土，做起马铃薯产业。

渭源县位于北纬35°马铃薯黄金生长地，被誉为"中国马铃薯良种之乡"，所产的马铃薯品质优良，口感独具风味。李晓梅拿出辛苦攒下的200多万元，成立了田源泽马铃薯良种合作社，带动更多的农户走向致富道路。

噩运总在最意想不到的时刻来临。2008年10月，李晓梅在开车去广州考察良种基地的途中遭遇车祸。等她在医院醒来时，双腿早已没有了知觉。经过一年的康复，坐在轮椅上的李晓梅又出现在生产一线。高位截瘫的李晓梅，用顽强的拼搏精神生动地阐释一句至理名言："天行健，君子以自强不息。"

多年来，李晓梅坐着轮椅深入田间地头，每年带动 2500 多户农户（其中建档立卡贫困户 456 户）和 8000 个合作社会员发展经济，户均增收达到 5600 多元，解决当地就业 1000 多人次。由于李晓梅为脱贫攻坚作出的杰出贡献，她获得了 2019 年全国脱贫攻坚奖奉献奖。

虽然农户们的日子越过越好，但李晓梅却没有停止思考。村里的土豆哪怕卖得再多，如果只进行初加工，利润十分有限。她的公司是当地唯一一家马铃薯深加工企业，由于没有形成良好的供应链，一直处于亏损之中。李晓梅明白走深加工的路线没有错，找到突破点才是关键。

2020 年 4 月，阿里巴巴驻渭源特派员王巍连续 3 次出现在李晓梅的办公室里，每一次都扑了个空。倒不是运气不好，而是李晓梅避之不见。她对这个远方来的电商从业者并不信任。李晓梅不是没有动过进入电商的念头，她一直是个敢于吃螃蟹的人。就在 2019 年，她开网店吃了亏，当时她没有意识到电商与传统企业的思维不一样，导致埋头生产的大量货品卖不出去，积压在仓库里。没几个月，网店悄无声息地关门了，李晓梅的电商梦也就此关上了大门。

虽然抱有怀疑，李晓梅最终还是主动拨通王巍的电话，这才有了两人的第一次见面。

在李晓梅的办公室里，王巍从数字农业入手，细致地分析了未来电商、数字经济的发展趋势，针对李晓梅的企业给出了可行的产品规划与供应链升级方向。阿里巴特派员的专业与诚意打动了李晓梅，也让她明白，原来先前不是电商骗人，而是自己不了解的知识太多，她再次萌生了进入电商行业的念头。

在阿里巴巴平台数据的支持下，李晓梅团队从牛肉面、薯条等20多种商品中选出了两款最具市场潜力的土豆加工食品，一款是马铃薯色拉粉，一款是红油面皮，并将更具西北特色的红油面皮作为主打爆款。

选品结束之后，李晓梅遇到了新问题，她手上的"来点土豆"商标一直无法注册。王巍建议她取名"小帅妹"，终于顺利完成商标注册。随后，他又请来淘宝心选团队，专门为"小帅妹"进行了包装和设计优化。针对两个不同的场景，分别设计了桶装和袋装两款包装：以白色为底，让人对优质纯净的面皮充满期待；用红色点缀，就像一瓢滚烫的热辣红油浇在面皮上，让人食欲大增。

与此同时，红油面皮的口味也在不断地调整。为了生产出方便美味又健康的红油面皮，李晓梅团队对配方进行了许多次优化。在经过工厂内部的合规与管理审核后，一款融合了甘肃传统风味并添加四川香辣红油的非油炸速食面皮正式投入生产。

在产品升级的同时，李晓梅不断完善自己的电商团队。就这样，2020年5月，第一家"小帅妹"天猫旗舰店开起来了。

6月，"小帅妹"红油面皮准备正式开卖，但李晓梅还有两件非常重要的事情需要处理。首先是完善供应链体系。以物流为例，李晓梅与一条日常物流线达成合作意向，按月发货量谈下了比原先更优惠的价格。为了应对爆发式发货，阿里巴巴联合菜鸟裹裹引入快递公司，价格也从原先的 3 公斤以下 6 元钱降到 4.5 元，慢慢地又降到 2.8 元。

紧接着，阿里巴巴为李晓梅团队进行客户、物流、供应链备货等培训。李晓梅开始学着转换思维，将原料备量、生产时间、包装分类等都通过供应链备货，根据消费者需求调配生产。

此时，李晓梅收到了一个好消息：经过严格的选品过程，"小帅妹"红油面皮成功进入了薇娅直播间。李晓梅开通网店后最大的一场硬仗即将打响。

2020 年 7 月 15 日，"小帅妹"红油面皮在薇娅直播间首次亮相就实现 3 分钟卖出 25000 单的奇迹。李晓梅的电商团队高兴坏了，大家根本顾不上休息，通宵达旦地打单、装箱、发货。得益于先前的充分准备，仅仅 1 天时间，他们就完成发货 25000 单红油面皮。

眼看着亲手打造的商品一晚卖出几万件，电商团队震惊了，这可是他们无法想象的销量！

尝到甜头之后，他们主动积极地参与各种电视直播活动。通过自身的积极运营，李晓梅的面皮在 8 月 15 日"村播日"和阿里"95 公益"周活动中，分别通过李佳琦和薇娅各带货 20000 单，公益直播带货 3 场就超过了之前 1 年的销量。

对于电商，李晓梅再也不像从前那般忐忑。她的电商团队也日渐专业，接连参加了好几场大型活动，也能应对自如，走上了自力更生的可持续发展道路。

一直以来，李晓梅积极响应国家马铃薯主食化战略，通过给贫困群众免费提供种薯、化肥、技术、按保护价收购等方式来提高农户收益。她打算继续立足于马铃薯产业，挖掘深加工环节的含金量，努力把产品做得更丰富。

"奋斗是人生出彩的密码，蕴藏着无限可能。"这句话是李晓梅的人生座右铭，也是渭源人的精神底色。这种自强不息的文化，恰是这片"苦瘠甲天下"的土地上的致富之源。

数字经济时代，通过数据分析可以洞察市场需要。阿里巴巴将市场信息反馈到偏远地区，帮助当地根据市场需求因地制宜，精准发展特色产业。不仅帮助农民销售农产品，还为长远规划提供决策依据，助力当地打造可持续发展的支柱产业。

阿里巴巴不管是在宜君围绕菜鸟仓发展电商产业，盘活农业资源，还是帮助李晓梅做大做强马铃薯产业，在决策初期就发挥出沉淀多年的大数据优势，为后续顺利改造供应链铺平道路。

整合供应链是一项庞大复杂的系统工程，阿里巴巴以公益心态、共赢思维为主导，有序推进农产品的种植、包装、营销、物流等全链路发展，帮助当地打造完整的标准化供应链体系，真正让供应链思维的种子在农村生根发芽、开花结果。

6. 美好的事物需要被看见

一个品牌可以成就一个产业，富裕一方百姓。

阿里巴巴集团董事会主席兼首席执行官张勇认为，贫困地区农产品品牌化是商业的机会。品牌是质量标准、用户认知的凝结和沉淀，打造来自落后地区的品牌，不仅能提升产品的内涵价值，还会创造更多的地区价值溢价。

许多落后地区的产业基础不牢固，产品结构不丰富，品牌意识淡薄，市场竞争力不强。阿里巴巴深入基层，实事求是了解情况，为当地孵化特色产品，让更多原本品质高、知名度低的农产品形成品牌效应，实现从有产量向有销量、有品牌转变。

寻县记

每一个向美而行的人都值得尊重。审美是生命的本能，我们用热情和智慧去升华美的境界，于是便拥有了更丰盈的人生。

中国广袤的农村大地并不缺乏美，只是缺少欣赏美的理念、眼光与能力，千篇一律的设计风格配不上秀美风光和丰富物产，用暴殄天物来形容也不算过分。

李玉龙在宜君从事物流行业多年，他对此深有感触："我以前统计过，光苹果包装宜君至少就有上百种。为什么品牌打不响？你做一款，我做一款，五花八门的包装箱，用户根本记不住。消费者都知道洛川苹果，其实其中好多都是咱宜君苹果用了洛川苹果的包装。"

阿里巴巴驻宜君特派员刘亚辉第一时间向阿里巴巴脱贫基金寻求帮助，在阿里巴巴体系内的设计师团队中募集志愿者，为宜君苹果重塑品牌价值。其实，早在 2020 年初，阿里巴巴小二黄河（花名"三可"）与讲讲、泛拓等阿里巴巴设计师就组建了公益项目团队，他们自称"新农设计官"，与阿里巴巴脱贫基金讨论多次，希望选一个有脱贫特派员驻扎的帮扶县，来实现通过设计改变中国农村审美的理想。三可认为："脱贫特派员在前方一线，而我们就像后勤力量，为他们在农村解决具体问题提供枪支弹药。"

三可是阿里巴巴"十年陈"的设计师，在淘宝、天猫都工作过，到农村淘宝之后，发现农村是一个设计荒漠："许多县有好的生态、好的资源，却用了丑的设计。品牌要让人感知到，需要通过设计的手段把这种能力显现化。"

就这样，刘亚辉与三可一拍即合。

三可团队为项目取了个好听易懂的名字——"寻县记"。这些落后县都在离大城市很远的地方，这份美好需要被寻找到。后来大家异口同声地称此为"寻找远方的美好"，希望让更多人去听到、看到、尝到这份美好，比如将吃喝玩乐全部线上化。

这是一项系统工程，不只是农产品换包装，还要涵盖人文、资源、环境等所有领域。通过设计的力量和互联网平台重塑这些美好的事物，这也符合农村数字经济未来发展的大趋势。

在设计之前，三可团队定了一个内部原则：把宜君的文化特色挖掘出来，作为设计元素融入品牌包装，让产品更有识别性、独特性，更有竞争力，不必有太多设计感或商业味道。三可说："我们从来没有设计过宜君，所有的事情都来源于宜君本地，我们只是寻找美，发现美。"

寻找的方式并不复杂，互联网上有许多宜君素材。知名度最高的莫过于宜君农民画，这种艺术形式不仅进入国家非物质文化遗产名录，而且获得过国际大奖。宜君旱作梯田如同镶嵌在黄土高原上的"活化石"，线条柔美，景色壮观，被很多人称为"上帝的指纹"。包括当地人的服装特色、名优物产、历史传说等，三可团队梳理了网上能找到的所有宜君元素，以此为核心理念为当地打造文化名片。

三可说:"电商脱贫有两大需求,第一是帮农民把货卖出去,第二是帮政府把这个县推出去。我们要用宜君这个品牌把当地所有与生产经营相关的行业串联起来,建立一个品牌矩阵。"

2020年5月29日,新冠疫情稍有缓解,三可与同事第一时间赶往宜君实地调研。出发之前,三可已经做好了在漫天黄沙里吃土的准备,可没想到,宜君是塞北江南,堪称世外桃源。他说:"这是一片绿洲,森林覆盖率高,当地人热情、淳朴、友好,正如他们在农民画里表达出来的热情洋溢。"在匆忙而充实的行程中,他欣喜地感慨道:"宜君真的很漂亮、很美丽,完全配得上'寻找远方的美好'这个名字。"

"寻找远方的美好"设计团队到宜君实地调研合影(左二为三可)

回到杭州,三可团队更坚定了用地域文化特征来表现宜君设计风格的理念,连续拿出好几版设计稿,每一次都有新的提升与惊喜。经过几轮讨论、修改，他们最终拿出了令宜君县政府、商家、百姓都满意的设计方案。

新包装上市之后，李玉龙有一次开车往分拨中心送苹果，车门刚打开就被 50 多名员工轰一下团团围住，大家七嘴八舌地问他："包装这么漂亮，里面装的是啥？"

李玉龙骄傲地高声回答："这是我们宜君苹果。"

工人们问："下次能不能多带几箱？"

李玉龙满口答应。他心里清楚，这些人都吃过宜君苹果，人家想买的不是苹果，而是被重新包装、重新设计后饱含宜君文化的苹果，这背后寄托了丰富而复杂的家乡情怀。

说到这里，李玉龙挺感动："这是阿里巴巴为我们宜君免费设计的，人家没有收一分钱，来宜君考察连一顿饭都不让请，全部自己掏钱。有人估计，这套包装今年能给宜君带来的增收超过 3000 万元。"

关于设计方案的经济价值虽无官方统计，但姚明强对 3000 万元的说法深表认同。一方面，县政府倡导商户在不增加成本的前提下换成统一的新包装；另一方面，商户已经从品牌溢价中获得好处。2020 年 8 月，姚明强用了 6 万套新包装箱，他说："东西送到特产超市，新包装比老包装的明显要更畅销。"

阿里巴巴的设计方案为宜君苹果提升了品牌知名度，并广泛运用到核桃、红枣、玉米糁等土特产包装之中，这件好事在不到 10 万人口的县城家喻户晓。

宜君只是"寻找远方的美好"的开端，三可团队 7 月去了吉林汪清，11 月又赶往江西寻乌，将宜君设计模式复制到更多县域。他在阿里巴巴内部向 2000 多名设计师发起"新农设计官"招募活动，鼓励大家以公益心态共同参与这个项目。他说："除了帮农民提高收益，可能还会提升一个县的文化自信。"

"寻找远方的美好"始于设计，但又不止于此。它关于梦想与未来，是一代又一代中国人对美好生活的向往。

值得拥有更好的自己

草原上的变化就像春天吹开了鲜花，吸引着人们来到这个从未听过的小山村。

城里来的观光客坐上旅游大巴，兴奋地打量着内蒙古呼和浩特扎赉特旗的一切。伸手可摘的白云浮在碧蓝的天空，大片大片的草原连绵起伏，牛羊在悠闲地吃着草，偶尔甩甩尾巴向路过的客人致意。移步换景后，路旁长势喜人的水稻拿起了绿色的接力棒，鸭子在油绿的稻田里时隐时现。许多村民正举着手机站在田埂上直播，脸上的笑容洋溢着远距离也模糊不了的幸福。

变化实在是太大了。

回想起第一次来到扎赉特旗的情形，段松杰深有感触。1 年多以前，阿里巴巴为偏远县提供商家支持，引入公益服务商多恩集团助力扎赉特旗脱贫。可是当段松杰首次代表上海多恩集团来到扎赉特旗时，他差点儿就连县城的门儿都进不了。

段松杰从杭州出发，倒了两趟飞机，先到呼和浩特，再转机到乌兰浩特。落地之后，很快就傻眼了。

乌兰浩特机场没有巴士，需要先打车去乌兰浩特市中心，然后转大巴到扎赉特旗市后再打车到村里。光这样就得用上差不多1天时间。

好不容易去到了大米加工厂，段松杰却发现这里似乎并不加工本地产大米，流水线上的一颗颗大米正在被分装进写着"吉林大米"等品牌的袋子里。明明是质量上乘的扎赉特旗大米，为什么非要包装成别的品牌呢？

站在一旁的雨森农牧业公司负责人姜圣轩，解了段松杰的疑惑："只有这样才能卖得出去。"扎赉特旗大米没什么知名度，长久以来，当地大部分加工厂只能对水稻进行原料初加工，通过贴牌的方式以极其低的价格出售，才能卖得出去。初加工的利润很低，企业盈利少，农民就更挣不到钱了。

没有品牌知名度的扎赉特旗大米，早已习惯了被贴牌的命运。

虽然扎赉特旗素有"塞外粮仓"之称，但生产经验相对不足，销售渠道也没有打开。即将到来的丰收时节，90多万亩水稻、旱稻都面临着滞销窘境。

段松杰意识到，如果扎赉特旗大米一直顶着别的品牌生产，那么农民的收入水平将难有改善。只有做出扎赉特旗的本土品牌，让当地企业在网上自己卖，才能让老百姓真真正正赚到钱。

先前雨森和其他一些企业也曾试水电商，高价请外包公司代运营网店，不仅一单都卖不出去，还陷入了亏损之中。他们也曾试过重金从杭州聘请专业电商人才，但人家说什么也不愿意离开大城市。在尝试了各种方法后，网店销量仍然没有起色，眼看着亏损连连，只好把网店关闭了事。

电商经验丰富的段松杰，看到了扎赉特旗大米成为网红产品的优势。这里沃野千里、稻黄米香，由绰尔河、黑土地孕育出的润软弹、亮如玉、溢馨香的扎赉特旗大米，值得被更多消费者喜爱。他始终相信品牌的力量，那也正是希望的力量。

段松杰特地给大米起了个响亮的名字，叫"扎赉特味稻"。"扎赉特味稻"品牌化的起点就从大米的故事开始讲起。

小小的水稻田既是劳动人民创造幸福的舞台，也是乡村振兴的试验田。站在稻田里辛勤耕耘的农民们，成了蓝天白云下最动人的主角。

段松杰把镜头对准农人与稻田，拍了一部宣传片，slogan（口号）是"好大米就要做自己的味稻"。宣传片朴实真挚，一经上线，便引起了爆炸式传播。坐在格子间里的都市人，浮躁的心情被千里之外的辽阔、纯粹所治愈，自然而然地，他们也注意到了蓝天白云下的扎赉特旗大米。

得益于阿里巴巴大数据分析，"扎赉特味稻"在很多方面都提前做足了准备。光是产品包装就已经足够吸引人，草绿色的包装清新自然，蒙古包等元素风情十足，让人仿佛有种置身大草原的舒适感。全套的产品质检报告，让消费者感受到了草原的诚意。主推 5 公斤的小规格、前期 3—4 元一斤的中端价位、新鲜日期发售等，更是十分符合消费者的购买心理，"扎赉特味稻"终于敲开了市场的大门。

下单"扎赉特味稻"的消费者们本以为需要等上好久才能收到，没想到仅仅 3 天就吃上了来自科尔沁草原的优质大米。原来，在供应链的搭建上，当地人想出了一个好方法，先把大米统一拉到长春和盘锦，再通过菜鸟长春仓及盘锦仓进行发货。这样，原先将近 10 天缩短到了 2—4 天，成本从原先 10 多元降到了三四元，极大地解决了由于当地交通不便带来的物流难题——冲出了地域的局限性，扎赉特旗大米在市场上走得更快更远了。

在 2019 年的中国农民丰收节来临之际，阿里巴巴趁热打铁，将创新的兴农扶贫示范项目带到扎赉特旗，以扎赉特大米为主打造"一县一业"，并于 8 月 30 日启动"扎赉特旗·县域品牌日"活动。品牌日启动的 38 小时内，扎赉特旗大米在天猫销售额超过 100 万元，认购爱心人士达 2 万多名，售出大米 140 吨。8 月 29 日，扎赉特大米成为天猫平台上粮油行业销售量第一名。

与先前找外包代运营不同，天猫店铺多恩美成为扎赉特旗大米的线上销售窗口。2019 年天猫"双 11"，扎赉特旗大米的销售额突破300 多万元。很多顾客都成了回头客，多恩美店铺也获得了更多的利润。依托电商与品牌化的扎赉特旗大米，不仅与网店实现了双赢，更带动扎赉特旗找到了新的发展路子。

段松杰忍不住感叹，过去一个经销商 1 个月的要货量最多不过五六十吨，2019 年"双 11"的前两个月，多恩美的下单量就已经达到 1000 吨左右，当地的加工厂都加足马力向前发展。

不仅如此，当地还通过"水稻＋"综合种养稻田模式有效利用资源，在稻田里养鱼、虾、螃蟹、鸭子，这些绿色食品更是成为市场宠儿，进一步带动了产业链协同发展。升级推广的私人定制"一亩田"，通过客户认领生态米，从原先的按斤卖到现在的按亩卖，村民们脸上都笑开了花。

看到家乡发展得越来越好，许多在外打工的年轻人开始回到家乡。不管是返乡的年轻人、操持家务的妇女还是勤劳耕种的汉子，许多人

特色农业"我在扎赉特有一亩田"

都在电商创业大讲堂、"村播"培训中学习了一些电商知识，想通过直播为宣传家乡的大米出一份力。就连很多不识字的老年人，也在老师手把手的教导下学会在网上购买心仪的东西了。

2019 年 4 月 18 日，内蒙古自治区人民政府公告，扎赉特旗成功退出国家级贫困县序列。当草原上升起每天的太阳，扎赉特旗大米早已全国飘香。皮肤晒得黝黑的当地人在田里一边劳作一边直播，他们不再是面朝黄土、肩扛重压的贫穷人，他们已经是耕耘希望、走向幸福的致富者。

帮助宜君设计品牌形象、提升品牌价值，帮助扎赉特旗打响大米品牌，阿里巴巴通过重塑品牌，让农产品不仅卖得出去，还要卖出好价钱。他们的视野并不局限于帮助农民解决农产品滞销的短期问题，而是要在贫困地区形成造血能力，让更多农民走上致富道路。

7. 田野里抓泥鳅的五阿哥

农村是反映中国时代兴衰与社会变迁的缩影。在这里，时光走得很缓慢，每天的生活看起来一成不变。但是，只要有外界的力量推波助澜，乡村剧变同样令人惊叹。

这种魔力吸引了许多人参与其中，他们互相鼓励、互相取暖、互相感动，成为一起追光的人。

阿里巴巴是众多追光群体中的一部分，参与脱贫攻坚的人不仅有阿里巴巴员工，还有平台供应商、客户，甚至有爱心满满的明星、网红。在参与者的共同努力下，阿里巴巴以公益精神逐渐形成循环延续、自我演化的脱贫攻坚生态圈，为更多有志于此的同行者、后来者提供可复制的新道路。

2019 年 5 月，内蒙古被冷空气包围，不少地区甚至飘起了雪花，兴安盟的寒风中还扬起满天沙土，令人望而生畏。

在不远处的水稻田里，演员张睿正在赤脚抓泥鳅，一些围观的群众为他的表现欢呼雀跃。张睿的观众缘很好，他凭借《红楼梦》中蒋玉菡一角出道，还出演过《新还珠格格》的五阿哥永琪角色。他对农村的一切都感到新鲜好奇："泥鳅养在田里，会对田地有什么帮助啊？"

一旁的村民同样好奇：往日"活"在荧幕前的明星，为什么会突然出现在兴安盟的水稻田里？

内蒙古自治区兴安盟科尔沁右翼中旗，曾是国家级贫困县。"兴安"在满语里意为丘陵，这与它处在大兴安岭山脉中段的位置有关。这里地处北纬 46°大兴安岭南麓生态圈，是世界公认的寒地水稻黄金区域。嫩江、松花江流域的源头赋予了这片土地充足的水源，工业化发展的缓慢使得这里的空气、水、土壤等都保持原生态、无公害。靠天吃饭的游牧民族感恩着水土的滋养，遵循着朴实的劳动方式，黑土种出的兴安盟大米晶莹透亮、飘香四溢，却因缺少产业链和品牌知名度，不好销售。

2018 年 9 月，阿里巴巴与科右中旗举办兴安盟大米上线仪式，此后便开展了一系列帮扶活动。张睿就是在兴安盟大米上线淘宝 7 个月后，和《益起追光吧》节目组一起来到了科右中旗。

《益起追光吧》是优酷娱乐与阿里巴巴脱贫基金、阿里巴巴公益基金会联合打造的大型明星公益脱贫活动，通过明星的影响力带动贫困地区农产品销售。

　　芒种前后正是内蒙古水稻插秧的季节，在科右中旗双金嘎查村村主任韩玉亭的指导下，张睿进行了尝试。在这片肥沃的黑土地上，还有许多勤劳的村民正在插秧，他们认真地把象征着希望的绿色秧苗种下，满心期待着数月后的丰收。

演员张睿体验插秧

兴安盟的水稻田里充满了劳动人民的智慧。地里的泥鳅钻来钻去，让土质变得疏松，有泥鳅的排泄物作为肥料更是让水稻茁壮成长。珍视水土的兴安盟人，以一种新型复合型农业的方式，实现了人与自然的和谐共处。

一天下来，张睿不知不觉插满了一整片稻田。当他直起身来，一句"腰真的好痛"脱口而出，惹得身边的小主持人吴云龙腼腆地笑了。吴云龙十分清楚插秧的辛苦。

吴云龙刚上五年级，懂事乖巧的模样让人很是喜欢，但小云龙的经历却十分让人心疼。他的家庭条件不是很好，一家人靠着家中20亩稻田维生。爸爸吴铁壮起早贪黑、终日劳作，一年到头收入还不到1万元。吴铁壮没有读过书，却十分重视教育，坚持供孩子上学。除了孩子，吴铁壮还要照顾小云龙那无儿无女、重病缠身的叔叔。

当阿里巴巴"一县一业"的脚步来到科右中旗，吴铁壮并不清楚这是个什么项目。当他了解到阿里巴巴和政府会帮助科右中旗包销4万亩优质水稻，一想到种出来的稻米可以不愁卖，吴铁壮心动了。看着周围的乡亲陆陆续续加入兴安盟大米示范基地，他觉得这应该是个靠谱的选择。

吴铁壮拿出家里的全部积蓄，东拼西凑承包了20亩水田，连带着自家原有的20亩耕地一起加入了兴安盟大米示范基地。在这40亩田里，吴铁壮粗糙的手抚摸过每一株秧苗。这些水稻在天地间努力生长，一如这个不屈于命运的家庭。他日夜盼望着水稻大丰收，让来年的生活好过一些。要是还有剩余的钱，吴铁壮还想买一辆摩托车送孩子上学，吴家所在的村子里没有学校，最近的学校离这儿也有35里地，儿子小云龙经常走路上学……

经过1年的耕耘，兴安盟水稻实现了丰收，吴家的收入增加了，吴铁壮终于把日思夜想的摩托车开回了家。有了摩托车接送，小云龙现在上学更方便了，基本上每周都能回一趟家。

吴铁壮自豪地说："以前家里穷，作为贫困户心里总觉得不自在，现在成了村里脱贫致富的榜样，儿子能和明星一起参加活动，特别开心，他也成了学校里的小明星。"

像吴铁壮这样脱贫致富的农户，在当地还有很多。

兴安盟大米的品牌打出去了，不只是农民实现了致富，当地企业的发展也进入了新模式。

前两年兴安盟的大米没有什么名气，当地的大米加工企业基本不做零售生意。当地政府与阿里巴巴为此做了很多尝试，不仅提前与企业锁定货源，积极解决备货、发货等问题，还协调了吉林的供应商快递资源。也就是说，即使现在兴安盟大米没有任何销量，当地企业依然能享受到特别低廉的物流价格。就这样，企业终于愿意尝试电商，陆续在网店上线了商品。

随着产业链逐渐完善，兴安盟大米规模化、标准化生产雏形已出现，对品牌的塑造提出了更高要求。"我们的目标不是短期销量，而是帮助这个地方把品牌打造出来。"阿里巴巴电商脱贫兴安盟大米负责人倪利民说。

随着《益起追光吧》的播出，电商捷报频频传来，大米订单如雪片一般飞向兴安盟。据统计，全国共有 2100 名消费者下单了 5000 件商品，累计实现了 13 万元的成交金额，折合成大米近 3.3 万斤。

兴安盟大米走红网络，品牌知名度和影响力都有了很大提升。除此之外，节目还在全国机场大屏和机上屏幕、全国高铁屏幕、全国城市地铁屏幕、全国 34 城 64 个银泰店大屏播放了 1 周，以强曝光、强引流持续助力脱贫。

随着优酷融入阿里巴巴生态，优质剧综内容逐渐成为阿里巴巴践行公益的重要助推力。此前，《益起追光吧》节目就已经吆喝响了不少地区的农产品，像湖北秭归脐橙、安徽砀山梨膏、平顺潞党参、寻乌百香果等，都获得了消费者的密切关注。

在江西寻乌，演员张铭恩在推广百香果时，在现场卖力地吆喝与花式吃播，引来了大量消费者的关注；在山西平顺，青年演员徐璐、王鹤棣为平顺县特产潞党参和党参茶做起了推荐；曾经不为人知的安徽砀山梨膏，经过演员陈星旭、彭小苒不遗余力的推广后，在聚划算和淘宝直播的活动中卖出了近 12 万瓶，销售突破 200 万元……

在公众人物的带动下，偏远县域的特色农产品品牌逐渐打响，优质产品也触到了更多消费者。销量上来了，许多和吴铁壮一样的劳动者赚到了钱，迎来了人生的大丰收。

眼看着家中的日子越过越好，小云龙说出了自己的一个小秘密。

这个热爱学习的孩子想要一个新书包，能够装下更多的知识和更大的世界。小云龙的心愿实现了，吴铁壮的心愿实现了，在脱贫攻坚的道路上，更多农村人民真挚而朴实的心愿正在实现。

阿里巴巴电商扶贫的探索和思考，犹如一道光，照亮更多参与者昂首前行。

公益之路在每个人的脚下无尽延伸，通往希望的热土。

电商脱贫——贫困地区卖出优质农产品

项目背景

习近平总书记曾指出，发展产业是实现脱贫的根本之策。要因地制宜，把培育产业作为推动脱贫攻坚的根本出路。脱贫的核心是"造血"，只有帮助贫困地区发展支柱产业，才能真正激发内生动力，实现可持续致富发展。2017 年 12 月，阿里巴巴以实际行动，协同蚂蚁集团投入 100 亿元成立脱贫基金，针对贫困县产业实际，阿里巴巴电商脱贫利用平台大数据分析市场供需关系，为当地产业决策提供专业建议；通过技术手段打造智慧农业，帮助贫困县域优化供应链；整合平台资源，形成电商脱贫资源矩阵，帮助贫困县产品提升销量及品牌影响力；通过"村播计划"、乡村致富班等项目，帮助贫困县域培育电商人才。

项目理念

阿里巴巴电商脱贫秉承从"卖出去"到"走出去"的核心理念，以人为核心，在帮助当地产业升级的同时培养更多的电商人才，实现可持续发展。重点发挥阿里巴巴在电商领域的资源和平台优势，帮助贫困地区打造产业链，不仅要让优质产品畅销有路，进一步提升贫困人口收入，而且还要帮助贫困县打造地域品牌，形成价值沉淀。3年来，电商脱贫逐步沉淀出平台模式、一县一业、直播模式，通过这三大模式帮助贫困地区打造品牌、提振产业，实现脱贫致富。

平台模式是指通过搭建阿里巴巴和支付宝公益平台，整合天猫、淘宝、聚划算、芭芭农场、天猫超市、土货鲜食等线上资源，以及阿里线下新零售矩阵来共同参与。一县一业是指把具备优势产业的县域，通过"一县两商"的方式，引导天猫有能力的商家、直播机构等社会力量，参与贫困县的共同建设，阿里重点在科技赋能、供应链标准化、地域品牌打造上发力。直播模式是指通过"县长＋主播＋明星"的方式为贫困县带货，并为贫困县专门开展农民主播培训，在有条件的县域开设村播学院，以人为本，开展大量培训和直播实践。

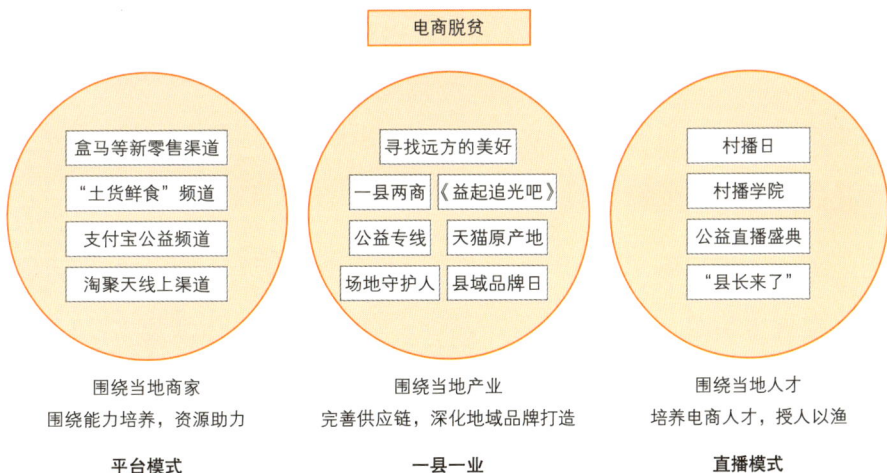

电商脱贫

平台模式	一县一业	直播模式
盒马等新零售渠道	寻找远方的美好	村播日
"土货鲜食"频道	一县两商 《益起追光吧》	村播学院
支付宝公益频道	公益专线 天猫原产地	公益直播盛典
淘聚天线上渠道	场地守护人 县域品牌日	"县长来了"
围绕当地商家 围绕能力培养，资源助力	围绕当地产业 完善供应链，深化地域品牌打造	围绕当地人才 培养电商人才，授人以渔
平台模式	**一县一业**	**直播模式**

代表项目

项目一："土货鲜食"频道

项目介绍：阿里巴巴在淘宝、支付宝等平台开设兴农脱贫专栏"土货鲜食"，主要推介贫困地区农产品，集中资源帮扶贫困县农产品上行，让消费者可以购买到物美价廉的各类农货。

项目成果："土货鲜食"是阿里巴巴为 832 个贫困县搭建的公益平台，集合集团资源助力农产品销售。截至 2020 年底，"土货鲜食"频道已覆盖 832 个国家级贫困县的 16.8 万种农产品。

项目二："爱心助农"计划

项目介绍：2020 年 2 月 6 日，阿里巴巴在全国率先推出"爱心助农"计划，设立 10 亿元爱心助农基金，调动数字经济体内的所有能力和资源，为全国各地农产品紧急打造爱心助农专线。"爱心助农"计划，为滞销农产品打造紧急供应链，聚合阿里巴巴生态平台力量打造线上消费扶贫专区，为贫困县生产经营主体提供全方位服务，建立消费扶贫长效机制。

项目成果：截至 2020 年 3 月 10 日，"爱心助农"计划已帮助 20 个省在淘宝等平台销售滞销农产品 10 万吨以上，具体涉及 1396 个农产品品类。

项目三:《益起追光吧》

项目介绍:该项目是由阿里巴巴脱贫基金、优酷、淘宝营销平台、阿里公益联合打造的大型明星脱贫公益行动系列活动,通过公益节目带动明星深入贫困地区的基地和产区推介农产品,借助公众人物的影响力,让贫困县产品触达更多消费者。该节目除了在线上微博等渠道推广外,同时在线下公交及商场大屏进行投放,帮助贫困县打响特色农产品品牌。

成果:截至2020年底,该节目共推出两季17集,单期节目平均播放量达到295万次,微博播放量达200万次以上,同时还覆盖了全国44座城市的公交及商场大屏,累计获得亿次曝光。

项目四:"寻找远方的美好"

项目介绍:阿里巴巴脱贫基金、兴农脱贫团队及阿里巴巴设计部共同启动了"寻找远方的美好"项目,集合来自天猫、淘宝等各个事业部的设计师,组建了针对贫困县的"兴农设计官"团队,共同打造贫困县区域公共品牌方案,包含县域品牌logo(商标)、全新商品包装、线上阵地等,通过设计全链路的能力整合和输出,让"美丽乡村"被看见,助力脱贫及县域数字化进程。

项目成果:目前已完成一期陕西宜君、吉林汪清、江西寻乌3个县的试点,获得当地的广泛认可。据《人民日报》报道,宜君县通过"寻找远方的美好"项目,借助设计的力量,预计增收3000万元。

项目五：脱贫攻坚公益直播盛典

项目介绍：2018 年，阿里巴巴脱贫基金协同淘宝直播发起了脱贫攻坚公益直播盛典，带动贫困县农产品上行，并在网络平台及各地卫视播出，让有爱心的淘宝头部主播，以公益的方式集中推介全国各省市贫困县域的优质产品，在提升农产品销售额的同时，助力打造当地特色农产品品牌。

项目成果：截至 2020 年底，阿里巴巴脱贫基金协同淘宝直播共同发起了数百场公益直播活动，其中大型的直播盛典活动，每场销售额在 2000 万元左右，每次活动覆盖 100 个以上贫困县，给贫困地区、贫困户带来了直接的收益。

项目六：村播学院

项目介绍：村播学院通过开办学院的方式，为农民主播提供从基础设施支持、人才孵化培训、地域品牌设计、直播带货产业规划扶持、政策引导和资源协调等方面的全方位支持，帮助更多的贫困县域培养更多的农民主播，将优质农产品卖出去。

项目成果：截至 2021 年 3 月，村播学院在全国覆盖 102 个贫困县，淘宝直播诞生农民主播超 11 万人。

第二章
CHAPTER 2

点绿成金

有一种美好,
不在于一个人做很多事,
而在于每个人做一点事。

蚂蚁森林梭梭 6 号林

1. 互联网与黄沙联姻

人与狂风黄沙的势不两立，究竟有没有和解之道？如果有，将以何种方式握手言和？

这个问题困扰了八步沙上百年。

八步沙位于河西走廊东部，腾格里沙漠边缘，黄沙和干旱是这里的常客。一代又一代人在贫瘠的黄土地上出生、长大、老去，生命不断新陈代谢，黄沙却从未离去。风沙肆虐，卷走的不仅仅是沙石瓦砾，还有人们关于致富的希望。

"剁开一粒黄土，半粒在喊渴，半粒在喊饿。"人类对于黄沙的无奈，或许甘肃诗人李满强的这句诗说得最为贴切。八步沙所在的甘肃省古浪县曾经属于六盘山集中连片特困地区，曾是全省 23 个深度贫困县之一。

在这里，每一粒黄沙上都刻着人与自然、生存与贫困的尖锐对立。

转机始于 1979 年，这一年，为了防治日益严重的土地荒漠化问题，中国发起了在人类历史上都令人叹为观止的绿色工程——三北防护林。在中央的有效组织下，荒漠化严重的西北、华北和东北地区开展大规模植树造林运动。这道绿色长城的规划工期长达 70 年，将让亿万亩黄土地焕发绿色新颜。八步沙正在其中。

1981 年，郭朝明等 6 个从小生在八步沙、长在八步沙的汉子，在承包沙漠的合同上按下鲜红的指印，开始了誓用白发换绿洲的治沙之路。十几年间，4 万多亩沙漠有了绿色的模样。

家里的黑驴是这场比赛的见证者，也是参与者。驴的脖子上挂着破旧的铃铛，脚步悠悠荡荡，牵驴的人却悄然发生着变化。转眼到了 20 世纪 90 年代，郭朝明的儿子郭万刚从父亲手里拿过接力棒。在这场要么"沙进人退"，要么"人进沙退"的比拼中，郭家持续几代人长跑向前。

郭翊是郭万刚的儿子。在他的印象中，父亲的样子就是在黄土地里弯腰种树的模样，没完没了地种。小时候，他白天几乎见不到父亲，只能从捅破的窗户纸里看看院子，心里盼着父亲牵着驴的身影能早点进入窗户纸上的小洞里。

"我们家的地里为什么要种树？"郭翊不止一次问父亲，也问过爷爷。

爷爷给他的答案是："种了树，'妖怪'就不会来了。"爷爷口中的

"妖怪"，郭翊小时候亲眼见过——就像《西游记》里的场景一样，黑风黄沙，把地上的纸屑、塑料袋卷在空中。村里的孩子们哇哇乱叫，喊着："妖怪来啦！"

郭翊长大了，"妖怪"的故事哄不了他了。他仍把同样的问题抛给了父亲。父亲脸型瘦长，皮肤干黄，两道眉毛浓密黝黑，用西北汉子惯有的沉默回应着儿子的疑问。

在一次采访中，记者问了郭万刚类似的问题，这个一贯沉默的男人仿佛被这个问题刺痛了最敏感的神经，他不再沉默，却也没有作答，突然失声痛哭……

父亲老泪纵横的模样深深触动了郭翊。原本，他不爱种树，更不想牵驴，高中毕业后就去了外面闯世界，年轻人常常觉得大城市的生活才意义非凡。直到郭万刚发出低沉的哭声，那一刻，他从父亲的泪水中看到了生活的另一种意义。

树一天天长高，父亲一天天变老，直到有一天，这个脸上爬满皱纹的老人种不动了，在外漂泊的儿子回来了。2018年，郭翊回到八步沙，成了名副其实的"树三代"。

在人和黄沙的竞赛中，沙漠百年如一日，治沙的方法却有了迭代更新。从郭朝明的人工治沙到郭万刚的工程治沙，郭翊看着爷爷和父亲种下的树一圈圈变粗，新的想法不断在脑海中酝酿。

2018年初，"蚂蚁森林"让郭翊和团队眼前一亮，他们惊呼："原来树还可以这样种！""全国人民都在干这件事情，困难肯定就少了。"

于是，他们产生了将"蚂蚁森林"这种互联网种树模式引入到八步沙的想法。

合作比想象中来得要快。

2019年春天，"蚂蚁森林"正式落地八步沙所在地——甘肃省古浪县。如今，在"蚂蚁森林"354号林，3600亩梭梭树正与三北防护林一起守护着八步沙的宁静。

互联网带来的绿色，从八步沙流淌到整个古浪县。通过与3家公益基金会合作，"蚂蚁森林"在甘肃省古浪县开展梭梭造林、花棒造林项目共约13万亩，种植树木超1000万棵，累计投入资金超5000万元。仅古浪黄花滩移民区梭梭造林公益项目创造的种植养护岗位，已经累计帮扶贫困户1100户，带动贫困人口超5000人。

郭翊并不满足于这串数字，他对于绿色有着超乎父辈的梦想和野心。

望着成排的梭梭树，郭翊新的想法渐渐成形。"父辈们好不容易让八步沙站起来了，我们要想办法让八步沙走起来。"于是，他开始了"给梭梭树娶媳妇儿"的探索之路。

"梭梭树的媳妇儿"正是有"沙漠人参"之称的肉苁蓉。苁蓉是多年生一次性结实草木寄生植物，虽然能适应干旱气候，但不能在沙漠中单独生存，需要寄生于梭梭树的根系生长。将梭梭树和肉苁蓉接种成功，也就是郭翊所说的"给梭梭树娶媳妇儿"，经过两个生长季即可进行采收。更让郭翊等人兴奋的是，4年后梭梭树接种苁蓉进入稳产期，可连续采收10年以上，每年每亩收入可达2000多元，而当地普通粮食种植的每亩收入最多也不超过 500 元。

如今，"蚂蚁森林"与中国扶贫基金会合作，已经在古浪种植 1.06 万亩梭梭林。在这片沙海绿洲中，117 万多棵梭梭树正昂首挺胸走在"娶媳妇儿"的道路上。这条路的意义早已不止于治沙，更在于脱贫。

黄绿相间的梭梭林掩映着郭翊宽阔的肩膀，他脸上和手上的皮肤黝黑粗糙，这是常年和沙漠、紫外线打交道留下的印记。在西北强烈的阳光下，曾经少年的他如今脸上也生起了皱纹，他的目光落在碧绿的梭梭树叶片上。郭翊不知道几十年前的父亲是否也以同样深情的目光凝视过刚栽下的幼苗，爷爷是否也以同样的目光望向远方，但他知

长势喜人的梭梭林

道，此刻，爷爷和父亲一定为他感到骄傲。

郭翊的目光从绿色的叶片上飘向更远方。绿色对于八步沙而言，究竟意味着什么？或许一代人有一代人的答案。

对郭朝明之前的祖辈而言，绿色意味着奢望，是可望而不可即的期盼。

对郭朝明和郭万刚而言，绿色意味着使命，是几代人弯腰于黄沙绿树间的庄严承诺。

对郭翊及后来人而言，绿色意味着希望，是摆脱黄沙、摆脱贫困的希望。

在一个又一个郭翊的努力下，对于八步沙以及千千万万个古浪之外的八步沙来说，绿色的意义正在悄然改变。祖辈的奢望正在变成年青一代手中的希望。绿色已经不仅仅意味着与沙漠抢夺的生存空间，更意味着无限的发展空间。"种树"这件事早已不仅关乎"活下去"的挣扎，更关乎"活得好"的未来。绿色正在越来越多地成为支点，撬动更大的杠杆效应，让人们看到新的致富途径。

如今的八步沙，黑风黄沙的怒吼声渐渐远去，浅紫淡白的肉苁蓉在梭梭树的掩映下静静绽放，仿佛诉说着关于人与自然如何共生的"解题之道"——贫瘠的土地难以被征服，却可以与其和解。换一种方式与自然握手言和，贫瘠土地上也能开出富饶的花。

2. 脚踏荆棘，手捧金黄

在呼和浩特市最南端，晋陕蒙黄河大峡谷东岸的黄土丘陵沟壑区，野生沙棘林像一片片橘红的小灯笼点缀其间。清水河县坐落在一片褐黄橘红之间，被干燥贫瘠的黄土丘强行环抱于臂间。

这里常年干旱少雨，生态环境脆弱，水土流失严重，每年流入黄河的泥沙平均达2000万吨。农业的一条腿被恶劣的气候拖累，走得艰难坎坷；工业的一条腿缓缓前行，咬牙追赶着中国迅猛发展的经济大潮。

64岁的郭润虎和老伴陈四梅养育了一儿两女，孩子们组团去山西朔州打工，只剩老两口天天和地里的玉米、莜面、胡麻打交道。

郭润虎夫妇是土生土长的清水河县老牛坡村人。几十年前的一个冬天，时常有三三两两的人上山打酸刺①，郭润虎和陈四梅正是在打酸刺的过程中结下姻缘。

刚成亲时，一口破窑洞、一床被子、一口锅就是两人的全部家当。这不是个例，而是40多年前老牛坡村人日常生活的缩影。贫困从来不抽象，可以具体到一块豆腐、一件衣服——郭润虎一家平时吃得最多的就是豆腐，老伴陈四梅一辈子没穿过几件新衣服。

这两年，老两口终于靠国家的粮食补贴和儿女接济，摆脱了贫困，生活有了改善，但要想过上更好的日子，还需要一家两代人的继续努力。儿女们在外地打拼，家里的老两口也没闲着，他们不怕卖力气，总琢磨着农闲时在家门口有什么赚钱的法子。

近两年，不时有外面的贩子来村里收购酸刺，村里人这才知道山里常年烂在地上的野果竟然是营养丰富的宝贝，含有大量的维生素C。对于村民来说，这件事有着最直接而诱人的意义——这些果子能卖钱！

向来勤劳、不怕吃苦的郭润虎夫妇开始打酸刺来补贴家用。沙棘果被很多人称为最难摘的果实，它娇小的果实密集分布在长满尖刺的枝条上，从远处看就像是遍地荆棘上开出的橘黄色小花，走近的人一不小心就会被枝条扎伤。另外，沙棘果皮薄多汁，如果不上冻，很容易破浆。因此，每次采果都是一场"和气温抢时间"的竞赛。用郭润虎的话说："至少零下15度，冻得嘴疼，温度才刚好。"

---

① 当地人把沙棘叫作"酸刺"，将采摘带有沙棘果实的枝条称为"打酸刺"。

郭润虎和陈四梅经常摸黑出发，鼻子和嘴里呼出的一团团白色哈气是两人寂寞山路上的同伴。黄土丘壑此起彼伏，荒山野岭的路上格外寂静，除了有时会遇到几个同样去打酸刺的老乡，大多数时候都是只有老两口相互做伴，路上偶尔传来几声鸟叫和小鸟扑腾翅膀的声音。

伴着清冷的月光，两人拿着装沙棘用的超大号麻袋，翻过一道道黄土坡，来到野生沙棘丛生的山沟里。沙棘如同荆棘般长满尖刺，因此剪枝条的时候要格外小心。郭润虎戴着帽子和厚厚的手套，用专门剪酸刺的树剪小心翼翼地剪下一根根结满果子的枝条。动作要轻，一方面是防止枝上的刺划破衣服甚至划伤脸，另一方面是防止果子掉落。结满沙棘果的枝条以品相论价，能卖到5毛至7毛一斤，纯果根据品质不同，最高可以卖到3元一斤。每一次因为用力过猛让果子掉太多，都意味着几毛、几元钱没了。

郭润虎打酸刺，陈四梅则负责把他打下来的枝条装到袋子里。从采摘到装袋，同样的一套动作，两人重复了不下千遍，早已配合得十分默契。伴着夜色，山沟里回响着树剪剪落枝条的"咔嚓咔嚓"声，以及陈四梅麻利地把枝条装进袋子里窸窸窣窣的声音，时不时也会传来两人低声交谈的声音，寒冷之中沁出一种别样的温馨。

打下满满两大袋酸刺后，来时空荡荡的袋子已经变成百十来斤鼓鼓囊囊的样子。陈四梅干起活来不输男人，她蹲下身，把拴住麻袋的两根绳子分别套在两肩上，腰部一吃劲，在老伴的帮助下背上酸刺站起来，然后和老伴一起，一人背着一大袋酸刺，半弯着腰、低着头走两个小时山路，来到能装车的地方。把酸刺运回村里后，两人的工作远没有结束，他们要赶在天亮气温回升前，把冻结实的果实敲落。郭润虎细细算过一笔账："枝果大概 6 毛一斤，敲下冻果，收购价格就能涨两倍，更合算。"

虽然辛苦，但是能在家门口赚钱，老两口心里高兴。直到 2018 年的一天，郭润虎听说"蚂蚁森林"清水河自然保护地成立了，心里打起了鼓："保护地"的意思是不是不让进山打酸刺了？眼看着刚找到的赚钱营生有可能化为泡影，郭润虎和陈四梅心里格外不是滋味。

"蚂蚁森林"落地清水河之后，不仅和中国绿化基金会合作建立了野生沙棘保护地，还开始大面积种植沙棘经济林。沙棘具有保持水土的良好作用，一株生长 3 年的沙棘，根系能够延伸长达 5—6 米，固沙保土面积超 10 平方米。研究表明，沙棘生长的区域可减少 75% 的地表水土流失。

沙棘保护林的建立不仅让村民们继续打酸刺，还打出了"新玩法"。

利用"蚂蚁森林"的平台优势，打造一款网红沙棘汁的想法渐渐浮出水面，产品的名字就叫作"Ma 沙棘"。由清水河沙棘衍生而来的这款生态产品如果能够成功打开销路，便意味着走通了一种新的生态脱贫模式，这种模式或许可以让输血式扶贫变成造血式脱贫。

关于"Ma 沙棘"的想法很美好，但可能走得通吗？一场关于生态脱贫的微观实验在清水河缓缓拉开序幕。

为此，"蚂蚁森林"在当地设置了沙棘收购点，不仅建起了速冻库，还配备了脱离果实的设备。这样一来，就算没完全冻住的果子，采下来也能直接在收购点速冻加工。郭润虎很高兴，和气温抢时间的脚步终于可以稍微放缓了。

更让郭润虎夫妇高兴的是，为了照顾采摘沙棘的困难群众，"Ma沙棘"生产厂家的直收价比零散贩子给的高。当地还在野生沙棘生长密集的地方修建了采摘通道，既能提高采摘效率，又能减少采摘的辛苦。

郭润虎和陈四梅的心里从打鼓式的担忧变成乐开了花，上山打酸刺的干劲儿更足了。两人一天最多的时候打了23袋，曾在1个多月的时间里仅靠采摘沙棘果挣了3万多元，而这几乎是两人全年种地收入的8倍。老郭黝黑粗糙的脸上露出满足的笑容，笑说这是"这辈子挣

郭润虎和陈四梅脸上幸福的笑容

过最大的钱！"

大家从酸刺上看到了一条致富路，打酸刺的村民越来越多。郭润虎和老伴进山打酸刺的时候，除了遇到同样在打酸刺的老乡，还经常遇到穿着莹绿色马甲的护林员，徐云生就是其中之一。他们不仅不会阻拦乡亲们打酸刺，还会专门指导村民如何进行保护性采摘。科学采摘带来的效果显而易见，打酸刺的人虽然多了，山上的酸刺不但没有减少，反而像一串串小火球一样越燃越旺。

徐云生是北堡乡森林资源保护队队长，也是土生土长的老牛坡村人，从 2003 年开始就在林业部门的指导下做起了护林员。2018 年"蚂蚁森林"落地清水河县，优先雇用建档立卡贫困户参与护林，徐云生的队员们不少都是因此获得了劳动增收机会。

保护队的成员们穿着绿色的迷彩服，穿梭在山沟丛林之间。他们的平均年龄将近 50 岁，和当年的"小虎队"成员差不多大，所以戏称自己是"老虎队"。几个壮汉如同守护神一般守护着沙棘林的繁盛。

酸刺被卖到收购点后，接力棒便传到了范瑞星的手上。范瑞星是清水河县沙棘加工厂女工，工作就是将沙棘果放上生产线、分离、清洗、榨汁、装瓶。她此前就在"蚂蚁森林"上保护了一份沙棘林，直到后来才知道原来生产线上的"Ma 沙棘"就是从这片沙棘林采来的！

"Ma 沙棘"让沙棘这种在山里自生自灭的野果走到了生产线上，也让清水河县的更多人和沙棘产生了联系，57 岁的赵方禄就是其中一员。此前他是清水河县农民，后来进入"Ma 沙棘"加工厂，成为一名设备清洁员。有时，生活的幸福感可能就是因为一块衣服补丁的消失。赵方禄露出朴实的笑容："家里条件差，我进厂前还穿着打补丁的衣服，现在一个月工资3500多元。原来在地里弯腰干活，现在直起腰杆当工人了！"

从农业的田地走到工业的流水线，如今它们要开始更广阔的商业之旅了；从山里的酸刺到用户手中的"Ma沙棘"，这些装满金黄果汁的小瓶子能成功实现最后一跃吗？

2019年12月19日，第一款依托"蚂蚁森林"树种开发的生态产品"Ma沙棘"正式上线售卖，每瓶售价9.9元。当天，仅用不到两小时，100万瓶"Ma沙棘"就被抢购一空。此后又有400万瓶"Ma沙棘"先后上线，销量持续上涨，成为一款名副其实的网红产品。

持续攀升的销量让清水河县的人们看到了酸刺林正孕育着一条金黄色的致富之路。郭润虎自豪地说："村里人都知道'Ma沙棘'！"

和中国960万平方公里的土地上发生着的脱贫史诗相比，"Ma沙棘"只是庞大篇章中的一个逗号，它影响的脱贫直径可能只是清水河县的一小片土地——郭润虎已经开始筹划贷款建冷库，把规模做上去，范瑞星和赵方禄在工厂的流水线上享受着产业链升级带来的福利，更多的人则不用再背井离乡。

但"Ma沙棘"的意义又不仅仅局限于清水河县，它意味着一种可复制、可持续的生态脱贫模式。每瓶"Ma沙棘"除去原料采收、厂商生产加工以及包装运输销售等成本，其余收入将全部捐赠给中国扶贫基金会，用于中西部地区的生态环境保护以及脱贫增收。

清水河的沙棘林中，一阵微风吹来，在阳光照射下，金黄色的沙棘果在枝丫间轻轻颤动。关于脱贫这件事，总是既宏大，也微小。郭润虎拿着打酸刺赚来的钱，说出了最质朴的情话："老伴这一辈子和我过得苦，今年有些钱了，给她买上几件新衣服。"

3. 绿水青山的前世今生

从干燥少雨的清水河县来到清新湿润的四川盆地，这里河水奔腾，草木旺盛，犹如一块水润碧绿的翡翠镶嵌在祖国的西南。在这块巨型翡翠的西北部，涪江上游地区，素有"大熊猫第一县"之称的平武县安然憩息于碧水群山之间。

从自然角度来看，平武绝对是得天独厚的山水宠儿。在亚热带季风气候的照拂下，降水丰沛、气候温和、日照充足，丰富的水分和热量共同孕育了这里的多样性生物。然而，从生存和发展的角度来看，平武仿佛流浪在山水间的独行者，有着和周围风景不匹配的贫瘠生活。这里山地众多，耕地稀少，群山阻碍着和外界的联系，人们只能靠山吃山。位于平武县木皮藏族乡的关坝村正是靠这种方式养育了一代又一代村民，杜勇和孟吉就是其中之一。

关坝村附近的深山密林里不仅生长着重楼、天麻等众多中草药，更活跃着大熊猫、石爬鮡、金丝猴、斑羚、黑熊等多种野生动物。上山挖药、抓鱼、打猎，早前曾是村民们常见的营生。

孟吉土生土长在关坝村里，对小时候抓鱼的印象格外深刻。关坝沟清澈见底的溪水中生长着一种珍贵野生冷水鱼——石爬鮡，个头不大，味道却十分鲜美。平时买不起肉，石爬鮡就成了村民们打牙祭的首选。村里的小少年们抓起鱼来格外有一套，不需要用鱼钩和渔网，搬起一块大石头，"当当当"，和小鱼藏身的那块石头用力对敲，藏在石缝间的石爬鮡便被震晕。这些不及手掌大小的小鱼在晕晕乎乎中被开膛破肚，成为村民开荤的美味。

后来，这种味道鲜美、营养价值极高的小鱼越来越受到城里人的喜爱，饭店常常以七八百到 1000 元一斤的价格收购。村民们惊讶得合不拢嘴：关坝沟里成群结队的小鱼竟然这么值钱！于是，村民们开始争相打捞石爬鮡，先是用网捕，后来干脆直接用电流把鱼电晕，更有甚者，甚至不惜下毒捕鱼。

竭泽而渔带来的影响很快显现，此前山上经常能见到的野生动物不见了，河滩的浅水里石爬鮡更是销声匿迹……

靠山吃山却不养山护山，山被吃穷了，人也就没了最后的依靠。于是，关坝村的年轻人纷纷外出打工，孟吉和杜勇也开始了在外漂泊的日子。

身材并不高壮的孟吉，当过兵、搞过建筑，还曾跨出国门到喜马拉雅山南麓的尼泊尔闯荡过生活。尼泊尔也像关坝沟一样群山连绵，但异国他乡的味道常常让人的肠胃和精神都水土不服。

孟吉在外面听着叽里咕噜的外国话艰辛闯荡的时候，国内的杜勇过得也并不容易。杜勇前后换过几份工作，最危险的工作是当隧道钻工，这是公认的高危工作，身材瘦小精干的杜勇至今对那一小方空间里的潮湿阴暗记忆犹新。

孟吉在尼泊尔吹着从喜马拉雅的雪山上刮来的冷风，杜勇在暗无天日的隧道里穿孔打洞，两人并不知道此刻千里之外的家乡正在悄然发生着变化。

此前几十年，不少生物多样性地区都如同关坝村一样，存在过度开发自然资源的现象，这同时也加剧了当地劳动力的流失。政府早已意识到这一问题的严重性，在全国范围内发起了大规模的生态保护行动。截至 2016 年 5 月，我国已建立 2740 个自然保护区，总面积达 147 万平方公里。截至 2016 年，我国已有 28.78% 的陆地国土面积被纳入优先保护区。

各地政府纷纷在保护区组建巡护队，全国范围内掀起一轮声势浩大的生态保卫战。越来越多的身影行走在群山密林间，不过，这一次他们不是为打猎而来，而是做着相反的事情，越来越多的绿水青山再次恢复了往昔的生机勃勃。

生态保护是一个系统工程，不仅需要政府的主力军，还需要侧翼支持。因此，在政府掀起的绿色大潮下，很多 NGO 组织应运而生。由北京大学吕植教授创办的山水自然保护中心就是其中之一。

2010 年，山水自然保护中心（以下简称"山水"）一行人员来到关坝村，他们一直想探索一条生态保护和当地经济发展的良性循环之路，关坝成为山水在平武的试验点。

山水的工作人员来到关坝调研后，将目光锁定在养蜂上。一方面，养蜂是绿色产业，不仅对环境无害，还能促进授粉。另一方面，他们发现关坝此前就有养蜂的传统，出产的蜂蜜浓度高、口味醇正，而且当地的养蜂方式颇具特色，将桦树、松树、核桃树等树干掏空，做成蜂巢，让蜜蜂在纯天然的环境下筑巢积蜜。当地人对这种蜜有一种十分形象的叫法——"老巢蜜"。于是，在山水的帮助和指导下，村里成立了养蜂合作社，开启了更为科学的养蜂之路。

山水在关坝探索养蜂之路的同时，另一家民间生态保护组织也开始与平武的青山绿水结缘。

2012 年，桃花源生态保护基金会与政府签订委托管理协议，将关坝村附近的一个国有林场建成老河沟自然保护区。与将近 6000 平方公里的平武全县相比，110 多平方公里的老河沟自然保护区并不算大，然而这一保护区却有着十分重要的意义——这是中国第一个由民间公益机构推动成立并管理的自然保护地，采用"政府监督＋NGO 管理＋长期有效"的模式进行生态保护。

几年下来，保护工作颇有成效，山上的动物越来越多，20 多年没在老河沟里出现的水獭又开始显露踪迹。

家乡的环境发生着改变，杜勇和孟吉的心境也随着异乡的风霜发生变化。这两个在外打拼多年的游子，如同倦鸟归林，杜勇和孟吉终于结束了千里之外的漂泊，再次相聚在家乡的绿山青山之间。这一次，他们有了新身份——巡护队队员。

当地政府为了保护生态，成立了联合巡护队，杜勇成为关坝村巡护队队长，孟吉也成为巡护队的一员。同在关坝巡护队的郭强开玩笑说：“我们以前都是坏人，谁年轻时没在沟里打过猎、电过鱼。现在，打猎的人都成了保护员！”

杜勇和孟吉的工作排得满满当当，不同阶段有不同的巡护重点。每年4—5月，重点巡护药材，防止村民和外村人偷挖盗采；8—9月，动物大迁徙，队员们从守护中草药的“药神”摇身一变成为羚羊迁徙的“保镖”；9—12月，队员们轮班巡山反盗猎。为了反盗猎，当地还成立了规模庞大的联合巡护队，与手握猎枪的盗猎者斗智斗勇。此外，每年5—10月，巡护队还要在河边看守鱼苗，保障石爬鮡洄游产子。

巡护队的收入有限，杜勇和孟吉每月只有1000元左右的工资，为了补贴家用，他俩也养起了蜜蜂。养蜂是个细心活，也是个辛苦活，蜜蜂就像娃娃们一样需要每天照看。每天除了巡护外，还要跋涉进山看蜂箱里的蜜蜂。山里长大的两人不怕爬坡下坎的苦，不过很快，他们也产生了疑惑：关坝环境好，蜜也好，为啥好蜜赚不到钱？

山水在平武的试验点也遇到了同样的疑问。养了两年蜜蜂后，养蜂致富带动生态保护的探索几乎陷入停滞：蜂蜜产量受天气影响大，规模上不去，同时销路有限，好蜜却没法卖出好价钱。

此时，关坝沟附近的老河沟自然保护区里，一个男人也在愁眉紧锁，思考着同样的问题。他就是桃花源生态保护基金会副总裁、首席科学家王德智。

怎么样才能既保护绿水青山，又能帮助山里的人们发展经济呢？这个问题困扰了王德智多年，也是他和地方政府交流的最重要话题。

这时，"蚂蚁森林"吸引了桃花源生态保护基金会工作人员杨方义的目光。在杨方义看来，引入"蚂蚁森林"，不仅能让更多人了解和参与到生态保护中，或许还能在绿色致富的路上碰撞出新的火花。于是，他开始联系"蚂蚁森林"，合作很快达成——关坝成为双方共同探索生态脱贫之路的试点，由桃花源负责制定保护地标准和指南，然后由更为熟悉关坝情况的山水负责具体落地运营。

2018 年，关坝自然保护地在"蚂蚁森林"上线，53 天时间，1179 万名用户将 1823 万平方米的保护地全部认领完毕。这意味着此前名不见经传的关坝村现在得到了上千万人的关注，而这些关注有着真金白银的意义——认领活动带来了 28 万元脱贫基金。

杜勇和孟吉们感到十分惊喜，这是关坝村巡护队收到的最大一笔资金。此后，"蚂蚁森林"还为他们捐助了 22 台红外相机，这些相机被放置在涂成绿色的保护壳里，伪装在关坝沟的层层绿色之中，24 小时不眨眼睛地看护着关坝沟里的动物们。

杜勇对相机拍下的各种动物如数家珍：大熊猫、羚牛、金丝猴、毛冠鹿、豪猪、黑熊、豹猫、水獭……如果看到满是竹节碎片的粪便，他们会格外兴奋，这意味着大熊猫曾来过这里。

巡护队的规模也有所扩大，从过去的几个人发展到现在的 20 多个人。人数的增加意味着进山巡护的频次更加密集。

与关坝沟有关的变化不止于此。

蚂蚁集团生态脱贫小组以"平武蜂蜜"为品牌，打造一款网红蜂蜜的想法渐渐成形。为此，淘乡甜团队还专门制订了严格的标准：排查 3 公里内的有毒植物，要求 3 道以上工序过滤，葡萄糖含量要超过 75%、蔗糖含量不超过 5%、水分不超过 20%。

中央美术学院设计学院的老师和学生们将当地老式圆木蜂槽的灵感融入外包装，平武等高线的地貌元素同样被融入其中。

为了保证蜂蜜质量，平日在互联网公司写代码的阿里工程师们不仅给蜂箱安装了 GPS 和重量监测仪，还安装了探测仪，记录天气和降水，预测花期。这些看似不会说话的机器传递着最真实的自然话语：蜜蜂进出数量、定位蜜源、推算蜂蜜是否成熟以及是否人工掺杂麦芽糖，等等。

2018 年 8 月 17 日，1 万瓶穿上新衣的"平武蜂蜜"上线"蚂蚁森林"，仅 1 小时就预售完毕。9 月 13 日，第二批"平武蜂蜜"上线，这次 1 万瓶蜂蜜售罄的时间更短——1 分钟。所有销售收益最终都返还给当地推动智能蜂场建设。收到蜂蜜的人会惊喜地发现，蜂蜜不仅能吃，还能"查"能"看"。每一瓶蜂蜜都运用了农产品溯源和区块链技术，用户通过手机就能查到手中的蜜出自哪块蜂场的哪户人家。此外，瓶身还运用了 AR 技术，扫一下就能看到整个蜂场坐落于绿水青山间的风景全貌。

借助互联网的杠杆，"平武蜂蜜"撬动的"平武影响力"越来越大，县域生态品牌价值得到明显提升。这种变化带来的最直接的体现是平武的原蜜收购价格平均上涨 60%。更有当地农业公司以此为契机，将品质提升后的蜂蜜进行了国际认证。如今，越来越多的"平武蜂蜜"正在跨出国门，来到不同肤色的人的手中。

这种"一县一品"的生态脱贫模式如同点点星火，不仅闪烁在关坝沟的深山碧波中，还开始走出关坝，在更远的地方发光。和顺陈醋、德钦山珍、汪清木耳、洋县黑米等众多县域生态品牌亦正通过"蚂蚁森林"走进千家万户。

4. 每一片叶子都重要

"网上种的树，现实中究竟存不存在？"

沈勇并不确定，4 年前女儿笑笑出生的时候，他和妻子在手机里种下的花棒是否真的存在。

2016 年的一天晚上，初为人父的沈勇偶然刷到"蚂蚁森林"，便顺手以女儿的名义种下了一棵花棒。笑笑一天天长大，每天都有一堆稀奇古怪的问题，她也常常会提到爸爸在手机中为她种下的这棵树。

2020 年的夏天，沈勇决定满足女儿的好奇心。他开车带着女儿开启了一场穿越千里的寻花之旅。他们的目的地是额尔克哈什哈苏木——内蒙古自治区阿拉善盟阿拉善左旗西南部的沙漠腹地。如果真的有一朵花因为女儿在沙漠里静静开放，那这趟旅程将会意义非凡。

为了见她的树朋友，笑笑特意穿了妈妈提前给她放在行李里的嫩粉色外套。

难以置信，当两人的位置和地图定位重合时，父女俩惊呆了。

这里没有一棵树。

这里有的是一片花海。

碎小的绿色叶片稀疏地分布在嫩绿纤细的枝茎上，一条条枝茎紧凑地聚在一起生长，紫红色的花朵精致小巧，缀满叶间，细密盛开。远远望去，就像是沙漠里升起了一团团绿色的烟雾，烟雾中飘散着一片紫红。

额尔克哈什哈苏木 8285 亩花棒林自由绽放，共同回答着笑笑曾经的疑问：手机里的树，真的会开花。

每个人都像是"蚂蚁森林"中的一片叶子，未必巍峨雄武，却一定不可替代。每一片叶子都重要，一片片微小的绿色汇聚起来，才有了从生态脱贫到脱贫生态的可能。

有一种美好，不在于一个人做很多事，而在于每个人做一点点。互联网一端的 5.5 亿人像沈勇一样浇灌着属于自己的那棵树，一点点微小的美好不断汇聚，传递到另一端，就会长出另一番澎湃气象——2016 年至今，"蚂蚁森林"造林超过 2.23 亿棵，造林面积超过 306 万亩。"蚂蚁森林"在国土绿化和生态保护过程中，累计创造超过 73 万人次的绿色就业岗位，带动劳务增收超过 1 亿元。据 IUCN（世界自然保护联盟）及中国科学院生态环境研究中心的统计核算，当"蚂蚁森林"

造林项目各地块经过多年生长、管理维护到位、植被达到成熟状态时，预估基于2020年不变价计算的GEP（生态系统生产总值）为113.06亿元人民币。这意味着在不同的地貌环境中，人在脱贫的同时，环境本身也在脱贫，每一片天地都在万物生长中酝酿出更大的价值；所有"蚂蚁森林"用户的日常低碳行为转化成的生态修复行动，正在践行着"绿水青山就是金山银山"理念，带来了超过种植数量之外的生态财富。而这份巨大的生态财富，是由近四成中国人共同创造的。

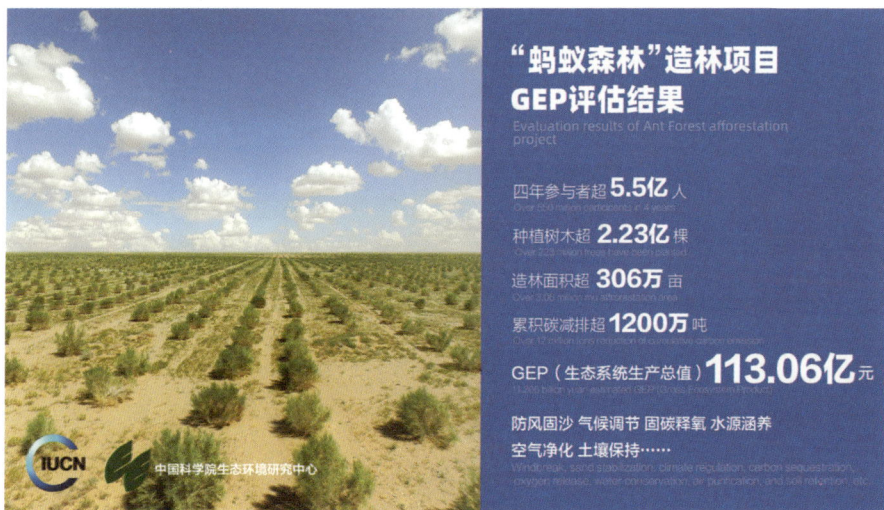

"蚂蚁森林"造林项目 GEP 评估结果

这份生态新气象一点都不抽象，每一个数据里面都有着一群人充满烟火气的生活——

八步沙的郭翊正站在沙漠的边缘，继续守护着梭梭树里的肉苁蓉，再过两年，就可以采摘销售了；清水河县的陈四梅穿上了郭润虎给她

买的新衣服，笑得又像当年的新娘子一样开心；关坝的杜勇和孟吉把
当年外出打工的背包扔在角落，看到了希望就栖息在家乡山上的蜂箱
里……

生态脱贫——绿水青山变成金山银山

项目背景

在我国，贫困地区多分布在生态脆弱地区，生态越是脆弱的地区越容易陷入贫困。在传统的发展模式中，经济发展与环境保护总是对立的，经济发展总要以牺牲生态环境为代价，二者是"零和关系"。但要使贫困地区可持续发展，必须打破死循环，探索绿色发展之路，避免先污染后治理的传统发展思路。如何不破坏生态，充分利用生态，使绿水青山变为金山银山，是帮助贫困地区脱离困境的重要方向。

项目理念

依托"蚂蚁森林"平台，在人人参与生态保护的同时，带动贫困地区就业及产业发展。在4年多的实践中，我们不断探索，从植树造林、创造绿色就业机会，升级到建立公益保护地和生态经济林两种生态脱贫新模式，用互联网思维和手法构建生态环境保护与发展经济。通过金融、电商、社群等平台的跨界整合，以及线上线下的同步互动，带动用户和品牌共同参与，让生态价值转化为贫困地区老乡兜里的"真金白银"，实现生态保护和经济发展的良性循环。

带动绿色就业

在中西部地区开展"蚂蚁森林"植树造林或生物多样性保护等生态保护工作，创造种养护或巡护等绿色就业机会，帮助贫困人口增收。

公益保护地模式

在生物多样性的贫困地区，建立公益保护地上线"蚂蚁森林"，并通过打造"一县一品"的生态友好型产品帮助提升贫困地区的生态品牌价值，带动增收。

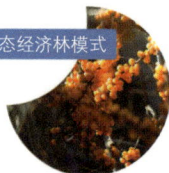

生态经济林模式

在中西部地区种植既有生态价值又能产生经济效益的经济林树种，在改善自然环境的同时，促进贫困地区的经济发展。

代表项目

项目一：带动绿色就业

项目介绍：依托"蚂蚁森林"，我们在中西部地区开展植树造林或生物多样性保护工作，创造种植养护或巡护等就业机会，帮助贫困人口增收。在蚂蚁森林平台上，用户的绿色生活行为所减少的碳排放量，被计算为虚拟的绿色能量。绿色能量积累到一定值时，就可以在荒漠化地区认领并种植一棵真树，包括梭梭树、沙柳、山杏等。同时，"蚂蚁森林"会陆续增加公益保护地项目，创造更多就业岗位。

项目成果：截至2020年10月底，"蚂蚁森林"已带动超过5.5亿人参与，累计碳减排1200多万吨，在荒漠化地区已种下真树超过2.2亿棵，种植总面积300多万亩，累计创造73万人次的绿色就业岗位，带动劳务增收超过 1 亿元，还吸引了包括公益组织、科研机构、政府、高校、明星、品牌等在内的 800 多个各类合作伙伴积极参与。因唤醒全社会的环保意识、推动绿色低碳在中国成为流行风尚，2019 年"蚂蚁森林"获联合国环保领域最高奖项"地球卫士奖"与应对气候变化最高奖项"灯塔奖"。

项目二：生态经济林

项目介绍：在"蚂蚁森林"的基础上，我们寻找兼具生态价值和经济效益的经济林树种，并遵守"因地制宜、适地适树"原则，寻找匹配的贫困地区种植。在改善环境的同时，促进经济增长，助推可持续发展。通过探索，我们第一个经济林树种定位为沙棘。将沙棘制作成果汁饮料，通过阿里巴巴网络渠道直接卖给消费者。沙棘生态产品的销售收益将重新注入贫困地区的生态保护与高质量发展，实现生态保护和经济发展互为良性循环。

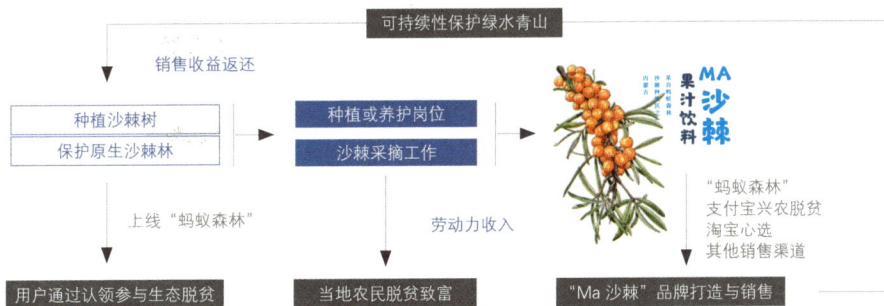

项目成果：通过线上销售，2019 年取得 100 分钟销售 100 万瓶

"Ma 沙棘"的成绩，2020 年销量翻倍。贫困地区的农民采收沙棘的收入，比种地高出 5 倍以上。

项目三：公益保护地

项目介绍：在生物多样性丰富的贫困地区建立公益保护地，并在"蚂蚁森林"上线。通过投入专项资金，支持公益保护地的各项保护工作。同时，基于保护地的先天优质自然条件，发掘并打造生态友好型农产品，通过农产品的销售和生态产业发展，帮助当地贫困户增收。最后，生态品牌所获得的收益将返还产业，持续做基础建设。

项目成果：截至 2020 年底，我们共建立了 12 个公益保护地，总计超过 370 平方公里，带动超过 1 亿人次参与认领，其中 5 个保护地落地国家级贫困县。2018 年，平武蜂蜜保护地打造"平武蜂蜜"，原蜜价格提高超过 30%；2019 年，汪清公益保护地上线仅两个月，累计销售汪清木耳超 170 万元；截至 2020 年底，洋县黑米累计销售额超过 150 万元。

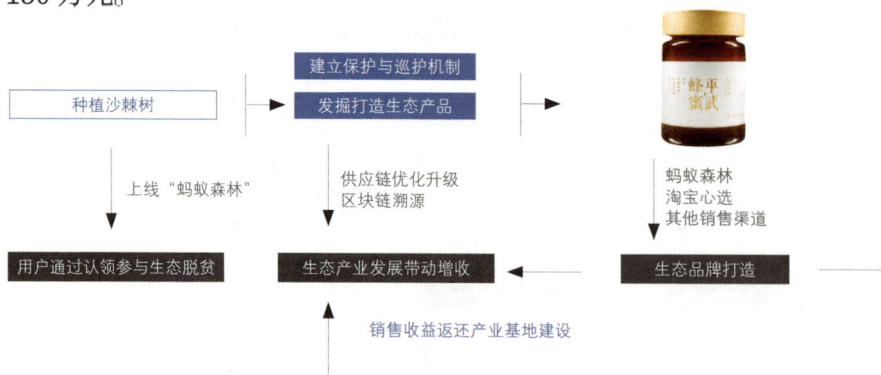

第三章
CHAPTER 3

每一朵木兰都明媚

女孩的生命是否可以有另一番模样？
"加油木兰"，为她们点上一盏灯，
灯光摇曳处，是更加美好的远方。

湖南省城步苗族自治县"魔豆妈妈"杨淑亭

1. 上了两次小学的女生

马阿西也还不想嫁人。她用尽了所有力气抗拒 15 岁那年父亲为她定下的亲事。她很困惑：像她一样的村里女孩难道真的不能有另一种活法吗？

马阿西也从小在甘肃省东乡县长大。这里山峦起伏，属于北纬 36°温带半干旱气候区，降水有限，林木并不茂盛。平均海拔 2610 米的东乡县，那六道山梁夹着六条山沟，以县城为中心呈伞状延伸开来。都市生活和现代思想被阻隔在县城外头，在偏远农村，重男轻女的封建传统思想还很严重。东乡县早就实施了 9 年制义务教育，并为贫困家庭子女求学提供了各种优惠政策，但很多家长还是不想让女孩上学。

"女孩学那么多知识有啥用？祖祖辈辈的女人们没上学，不一样生娃持家？"

"女孩学再多，到最后还是要嫁到别人家，不如早点辍学帮家里多干点活。"

"上学虽然不花钱，可是不上学，那就能帮家里赚钱了。"

……

2014 年，12 岁的马阿西也小学毕业了。就在她开始期待初中生活的时候，爸爸让她别去读书了。马阿西也年老的奶奶不能给她支持，亲生的妈妈也无法给她庇护，因为妈妈在她 3 岁的时候就离家出走了，从此再也没有回来。爸爸希望她辍学，在家里照顾继母生下的两个弟弟。

马阿西也想读书，她在班里几乎一直都是第一名。书里的内容让她看到了山沟沟之外的世界，如果有可能，她想出去看一看。12 岁的她看到周围姐妹们的经历，知道如果自己不读书了，照顾弟弟几年后便很快要嫁人。从一个山沟嫁到另一个山沟，一辈子的脚印几乎都嵌在东乡的大山里。

12 岁的她没有胆量，更没有能力反抗父亲的决定。或许一切都是命，她注定走不出这一座座大山。

马阿西也没想到，就在她以为求学之路就此中止的时候，县里基层干部的到来，使一切峰回路转。

原来，近些年随着东乡县政府"控辍保学"政策的实施，为了保证孩子们顺利上学，基层干部和教师们专门成立了"控辍保学"排查小组。一户户走访有辍学孩子的家庭，三番两次登门劝说，直到说服家长让孩子重返校园。有些家长实在执拗，东乡县政府还以巡回开庭的形式审理了几起辍学案，起诉不让孩子上学的家长，用法律的武器保障孩子接受教育的权利。

政府的举措十分有效。"控辍保学"排查小组的工作人员挨家挨户把孩子"赶"去了学校，马阿西也暂时能够继续上学。她背着破旧的书包来到东乡六中，虽然略有惊险，但最终还是如愿以偿，成了一名初一学生。

然而，在初中的教室里刚读了 1 个月书，还没来得及认识班里的每一个同学，马阿西也就被父亲强制带回家了。

辍学的日子里，她每天在家里照顾两个弟弟，洗衣做饭，收拾家务，一切做得有模有样，俨然是这个家的小女主人。她不能给自己的命运做主，只能在灶台柴火冒出的黑烟里怀念学校，怀念像烟一样黑的碳素笔在纸上写字时发出的"唰唰唰"声音。看着在院子里玩闹的两个弟弟，她知道学校离她越来越远了。

没想到，命运再次眷顾了她。

负责"控辍保学"的基层干部听说马阿西也辍学了，再次上门做工作，在软磨硬泡之下，马阿西也的爸爸终于同意让女儿重返校园。不过，她只能在家附近的小学读四年级。马阿西也清楚爸爸的想法，从四年级读到六年级，再次小学毕业后她就过了政府"控辍保学"的年龄，"就可以嫁人了"。爸爸在她 15 岁那年定下一门亲事，可她并不知道父亲挑的女婿、她未来的丈夫长什么样子。

马阿西也成了班里年纪最大的学生，坐在一众同学间略显尴尬，但这不影响她每天风雨无阻地去学校。这种尴尬总比在家待嫁强。

随着马阿西也的个子一天天长高，毕业的日子一点点近了。转眼3年过去了，她已经长成亭亭玉立的大姑娘了，头发乌黑锃亮，干净的笑容里流露出一丝腼腆羞涩。

2019年夏天，马阿西也迎来了人生中的第二次小学毕业。毕业的那天，她怎么也高兴不起来。该来的终归来了。她不止一次向父亲表达过不想那么早嫁人的想法，虽然刚走出校门的姑娘马上成为新娘这种事在东乡县很常见。

为了上学，她挣扎了太多次。她哭过，闹过，反抗过，也沉默过，可结局都一样，老实腼腆的她从来拗不过家里。就在她以为这次真的要彻底离开学校、成为新娘的时候，"控辍保学"的基层干部再次上门，费了好一番唇舌，终于再次说服马阿西也的爸爸，让女儿继续读书。

马阿西也欢天喜地地来到初中报名，久违了，东乡六中！

现实再次偏离了她的预想。她的年纪太大了，学校没有接收马阿西也的报名申请，不过给了她一个更切实可行的建议：去职校报到。

东乡县的职校专门为像马阿西也一样的青少年设置了普通教育与职业教育相结合的课程，在这里，学生们可以先读一学期的基础课程，然后再转去兰州的东方技工学校接受两年职业教育，其中一年学习专业知识，一年去相关单位带薪实习。

让马阿西也更开心的是，职校不收学费、住宿费、伙食费，还免费提供被褥、校服，甚至还有饭盆和牙杯！当然，所谓的校服，其实是很多城里学生军训时嫌弃的迷彩服，但马阿西也却格外珍惜。有了校服，她这 3 年就不用为买衣服的钱发愁了。

现在，她不仅可以和差不多年纪的姐妹们一起住在宽敞明亮的宿舍里，还能每天坐在教室里，重新拿起课本，通过一本书链接起她对外面世界的无限想象。

对于不同的人来说，读书的意义也不同。

在马阿西也这里，读书是她的武器，她希望凭着读书这把武器，为自己蹚出一条嫁人之外的路，保护自己在贫困命运里对未来的那一点点小小的希望。

马阿西也在职校的宿舍里

职校的老师对马阿西也们格外关照，只在一件事上十分严格，丝毫不留情面，那就是不许请假。在这个听来不近人情的要求背后是老师们的用心良苦。之前有不少家长来替学生请假，打着请假的幌子把孩子"拐骗"回家，之后就顺势让她们辍学，要么出去打工，要么留在家里操持家务，要么嫁人结婚。

说起马阿西也，班主任的语气里充满遗憾和心疼："我们都说她可惜了，以前在小学的时候，可都是第一名。"马阿西也上课的时候格外专注，不舍得错过老师讲的每一点知识，在她心里，今天学的每一点知识都是她面对未来的筹码。她不知道究竟学多少才算够，只知道越多越好。

曾经的第一名因为没有上过初中，为跟不上进度发起了愁。马阿西也没学过英语，职校的每堂英语课她都特别吃力。后来，姑姑接她去家里住了一段时间，把表姐换下来的手机给了她，马阿西也从此有了自学的工具。从 26 个英文字母学起，她在网上搜索免费的英语教学视频，跟着视频里的内容一点点学，虽然有些内容听得云里雾里，但她格外认真，听不懂的就一遍遍回放，记不住的就一遍遍抄写背诵……

学校的空气似乎要比家里的空气更清新鲜爽。下课的时候，马阿西也有时会和同学来到教学楼下面的水泥院子里散散步，聊着女孩之间的悄悄话。天气好的时候，她会把被褥抱出来，架在两棵树之间的晾衣线上，让被子和她一起晒晒太阳。食堂里的餐食也很好，有青菜，也有肉。学校里的一切都是那么美好。

8 月的一天，老师把所有女同学都叫到了一起，说县妇联来宣讲了，让大家都去听一听。

马阿西也和同学们一起早早地坐到了宣讲教室里，县妇联的工作人员告诉她们，由中国妇女发展基金会和阿里巴巴脱贫基金、支付宝公益联合发起的公益项目"加油木兰"在东乡县落地了，这意味着每个建档立卡贫困户家庭的女孩都能免费获得一份教育健康保险。只要大家就读高中、中专或职高，就能获得每学期 500 元钱的教育金。如果有人不幸患上癌症，还可一次性获得 20000 元的健康金。

对于向来健康的马阿西也来说，相比 20000 元的健康金，还是每学期 500 元的教育金更让她心动。听完宣讲后，她马上提交了申请，还帮班上好几个没有手机的贫困女生申请了教育金。

"加油木兰"项目的 500 元钱下来之后，马阿西也再也没有收到过父亲给她的生活费。此前，父亲虽然不支持她上学，但是在"控辍保学"基层干部的要求下还是几次妥协，满足了女儿上学的心愿。马阿西也来到职校后，父亲虽然心里不乐意，但每个月还是会给她一点生活费。

现在有了这 500 元钱，马阿西也不用再花父亲给的生活费了，这对她来说有着不同的意义，甚至可以说是她迈出经济独立之路的小小一步。这一步很小，因为这笔钱毕竟还不是靠自己的劳动赚来的，是靠社会上的爱心人士捐赠的。但是这一步也很大，职校免费的教育再加上这 500 元钱，让她可以不用花家里的一分钱就能吃得饱、穿得暖、睡得好。

辍学的不安曾经一度深深纠缠着她，现在，她不用花家里的钱了，这份不安也就越来越淡。相比"控辍保学"基层干部的不懈努力，相比职校在县政府的政策支持下为马阿西也们提供的免费教育和吃住，这500元钱的确有限，但是它带来的安全感实实在在。如今，马阿西也可以拿着自己的钱，而不是爸爸的钱去给手机充话费，还可以再买几本书、几支笔了。

500元钱的安全感，很轻，也很重。因为它不仅落在一个马阿西也成长的道路上，还落在千千万万个马阿西也奔向未来的路上。截至2020年底，"加油木兰"项目已累计为建档立卡贫困女性提供了238.8万人次教育及健康保障。

生命是否可以有另一种模样？"加油木兰"不能给女孩们一片全新的天地，但可以在她们努力奔向新天地的路上点亮一盏灯，那灯光摇曳处，正是希望燃起的地方。

马阿西也计划着再过1年她就能去带薪实习了，她将赚到人生中的第一份工资。等实习结束，她从职校毕业，顺利的话就能成为一名学前教育老师。到那时候，她就能真正地自食其力了，爸爸再也没法逼着她嫁人了。她越来越坚信，像她一样的村里女孩，也能有另一种活法。

2. 在窑洞里遇到 AI

初中学历的白莹莹没想到，有一天她竟然能像电视剧里的白领一样，坐在整齐有序的工位上，对着电脑，给高大上的人工智能机器人当"老师"。这一切和她之前经历得太不一样了，简直不可思议。

白莹莹自小在陕西省清涧县双庙河乡安家畔村长大。清涧县位于黄河陕晋峡谷西岸的黄土高原丘陵沟壑区，全县绝大部分是峁梁沟壑，地形被流水切割得破碎，水土不断流失。家乡就业机会少，很多像白莹莹一样的年轻人选择外出打工。

在外面打拼的日子格外辛苦，走出清涧，她才知道"人生地不熟"究竟是一种怎样的滋味，而比这种滋味更难的是，赚钱的苦涩。

白莹莹从来不怕吃苦。她卖过菜，每天天还没亮就去进菜，在人声嘈杂的菜市场为每一毛钱斤斤计较，一忙就是一天。等她躺在床上的时候早已经夜深人静。一个又一个晚上，是天上的月亮陪着她一起想念家里孩子的笑脸。她怕还在上幼儿园的儿子不认识她这个妈妈了，也怕刚上小学的女儿再见她时会有隔阂。孩子是她心里最放不下的惦记，也是生活中只能通过视频电话触摸到的思念。

为了赚钱，白莹莹还和老公一起去煤矿打过工。她卖起力气来，不输给男人。她相信，今天卖的每一分力气都会变成孩子身上的一件新衣服，或者碗里加餐的一块肉，所有的挥汗如雨都是值得的。

不过，靠卖力气干活终究不是长久之计，她开始四处找更合适的工作。因为文化程度不高，在很长一段时间里，她找工作的经历约等于去招聘单位排队、等着被拒绝，然后一个人灰溜溜地回家。这已经算是幸运的了，有些单位甚至连个面试的机会都不给。

在外面打拼了几年后，白莹莹渐渐意识到一个事实，那就是外面的世界的确很精彩，只是这份精彩好像不属于她。大城市灯红酒绿、车水马龙，好看是好看，可是和她有什么关系呢？还是老家的孩子最真切，他们的怀抱才是永远属于她的精彩，他们软糯糯、甜滋滋的笑脸才最好看。白莹莹累了，家里的孩子也想妈妈了，她和老公决定结束在外漂泊的日子，回家！

当然，所谓的"家"既不是安家畔村里的高房大院，也不是清涧县城里的公寓楼房，只是两孔简陋的窑洞，还是租来的。

回到清涧后，为了孩子在县城上学方便，白莹莹一家人在离学校不远的地方租了两孔窑洞，每月租金300元。虽然条件简陋，但是有了孩子在身边，生活也就格外温馨，脚踩在家乡的黄土地上，心里格外踏实。

她和老公都是勤快人，回到清涧后，老公在快递公司找了一份工作，每天都要从上午11点忙到晚上11点，披星戴月回到家时早已是一身疲惫。为了照顾孩子，白莹莹找了个时间相对灵活的工作，每天早上骑15分钟摩托车上班，中午掐着点赶回家照顾孩子，等把孩子送到学校，再急匆匆赶回单位上班，每天如此。

一天，她偶然看到一则招聘信息："招聘人工智能训练师，要求初中(含)以上学历，能够熟练应用电子计算机。贫困户、妇女优先考虑。"她听人说，这份工作每天只要坐在办公室干8个小时的活儿就行，中午有休息时间，周末还能双休。

白莹莹动心了，如果能去这家公司上班，不仅中午有更充足的时间照顾孩子，周末还能全天陪孩子，而且，坐在办公室里干活比她之前的工作可轻松多了。

她赶紧报了名。

此时的她还不知道这份工作背后链接着的多方努力——

2019年，清涧县委副书记、副县长柳清海经过大量的调研考察，对接引进了由阿里巴巴脱贫基金、支付宝公益基金会和中国妇女发展基金会共同发起的"AI豆计划"① 人工智能产业扶贫项目。清涧成为全

①"AI豆计划"：通过人工智能产业释放大量就业机会，在贫困地区免费培训相关职业人才、孵化社会企业，让贫困群众实现在家门口脱贫。

国第一个县级试点，为此还成立了县政府直属国有企业清涧县爱豆科技有限公司（简称"清涧爱豆"）。白莹莹要应聘的正是这家公司。她不知道是否能得到这份工作，原因很简单：之前应聘其他工作时都因为学历问题屡屡被拒，现在这份听着这么高级的岗位能要她吗？

就在白莹莹心里打鼓的时候，有人和她一样心里没底。不过，这些人不是对自己没底，而是觉得这份工作不靠谱。惠建彬就是其中之一。"人工智能听起来很高大上，可在我们这个小县城能做好吗？能不能成为我们未来长期从事的工作？"

惠建彬的想法不是个例。2019年清涧爱豆招聘第一批人工智能训练师的时候，很多人都是抱着试一试的心态，还有一些人在观望犹豫。毕竟，一边是科技最前沿的人工智能，一边是曾经的国家级贫困县，把这两者放在一起，怎么看怎么突兀。

白莹莹还顾不上这么多，她原本就是抱着试一试的心态报名，没想到经过两轮考试之后，竟被顺利录取了。接到电话通知的时候，白莹莹都有点不敢相信。等她穿上干净合身的工服来到工位时，一切都还像在梦里。

在进入公司正式工作前，会有专人给他们进行技能培训。白莹莹这才知道，原来人工智能之所以聪明，是因为背后有许多像她这样的"老师"在训练它。人工智能机器需要消化吸收海量的文字、图片、视频等内容才能变得智能。这些内容都需要由人类进行分类和标记，成为人工智能机器学习的教材。白莹莹的工作就是把相关内容进行分类

白莹莹在工位上

和标记。这个岗位还有一个更形象的称呼——机器饲养员。

白莹莹或许不太能理解她所从事的行业将在未来的数字经济大潮中发挥怎样的重要作用，她更关心的是这份工作能不能真的让她周末双休，有更充足的时间陪伴孩子。工作一段时间之后，她发现一切都如她所愿。现在她再也不用每天奔波于家里、学校和单位之间。当上人工智能训练师后，中午休息的时间很充足，她可以更从容地回家给孩子做饭了。

工作这么好，可白莹莹却越来越担心了。她的担心开始和惠建彬们的想法重合：这份工作能长期干吗？公司不会干不下去倒了吧？

2020 年春节期间，新冠疫情来势汹汹，全国经济形势严峻，白莹莹们的疑虑有了答案。

疫情迫使很多企业纷纷裁员，不少老乡失去了外地的工作，只能回到老家待业。就在她为自己的工作担心时，公司仅用 3 天时间就组织了 40 多名人工智能训练师在家复工复产。包括白莹莹在内的一些员工没电脑，公司还派专人把电脑送上门，让他们每天在家办公。

更让她没想到的是，在裁员减薪的大潮里，公司竟然还要招人。虽然疫情影响了很多行业，但支付宝人工智能相关部门还是持续不断地把订单输送到清涧爱豆。训练师们领的是计件工资，有订单就意味着有钱可赚。当地政府为了解决外出务工人员失业回乡的问题，组织开展了新一轮人工智能训练师的招聘工作，从招聘、面试、考试到培训，全部在线上进行。最终，35 名员工顺利上岗，有了疫情期间足不出户也能赚钱的工作。

在清涧爱豆的 100 多名员工中，像白莹莹一样的建档立卡贫困户占到了 60% 以上。他们的人均工资每月 3000 元，白莹莹最高的一个月拿到了 3700 元，还有同事有时一个月能拿到将近 1 万元。

她再也不担心公司可能随时会倒了。更让白莹莹开心的是，当年找工作四处碰壁的自己，现在有了一份让很多人都羡慕的工作。当地不少年轻人都以能进清涧爱豆为荣，甚至有些人专门从外地回来应聘这份工作。更有意思的是，当地的出租车师傅可能不知道清涧爱豆所在的园区名称，但几乎所有司机都知道爱豆公司在哪里，还会用羡慕的语气说："在那里工作好啊！"

人工智能训练师的工作给白莹莹打开了一扇窗，展现出一片与过去全然不同的景象。之前，她不知道什么是"数字经济"，更不会想到这个词会和自己有什么关系，现在她知道用鼠标咔哒咔哒点击标注的每一下，都像是数字大潮里溅起的一朵朵小浪花，浪花的背后链接着一个宏大绚丽的世界。

"高大上"的工作和鼓起来的钱包，让白莹莹越来越有成就感，她开始做一些之前"想都不敢想的事"。她和老公商量要好好赚钱，过两年就在县城买房，现在他们周末一有空就去看县城周边的楼盘，还筹划着买完房之后再买辆车。

白莹莹的身边有很多像她一样的同事。单亲妈妈张丽娜（化名）的丈夫，在孩子很小的时候就去世了，老母亲和两个孩子全靠她一个人养活。为了赚钱，她常年一个人在外打工。随着两个孩子先后上了小学和初中，张丽娜越来越意识到在孩子学习和成长的过程中不能没有妈妈的陪伴。怀着一个母亲最质朴的念想——在家乡陪孩子，看着他们一个个考上大学——张丽娜回到了清涧。旁人很难了解，一个单亲妈妈得流多少汗水才能把这个愿望浇灌开花。

张丽娜或许是生活的受害者，却绝对不是生活的弱者。回到老家后，她顺利成为一名人工智能训练师。为了方便一家人在县城里生活，她把村里的窑洞卖了，又借了一些钱在县里买下一孔窑洞。在她家完全感受不到孤儿寡母的凄凉感，相反，整齐干净的窑洞、种满蔬菜的菜园，处处洋溢着生活的希望。

张丽娜把原本凄苦的生活过出了幸福的模样。她开心地说，自从成为人工智能训练师之后，教育孩子的时候都更有底气和信心了，因为在孩子们眼里，妈妈从事的是一份充满科技感的工作。小孩子并不知道什么是人工智能，不过他们知道妈妈的工作可是和机器人有关呢！

"AI豆计划"就像一粒小小的种子落在清涧县的黄土地上，开花结果，果实被风一吹，正在飘向更远的地方，给更多偏远地区的人们吹来时代最前沿的新鲜空气。

在贵州省铜仁市万山区，越来越多年轻人通过"AI豆计划"在家门口就业，成为人工智能训练师，其中6名员工还被选派到杭州接受培训。其间，他们体验了无人驾驶技术，坐在车里看着方向盘自动左转、右转，还能识别虚实线。遇到红灯的时候，车子真的像长了眼睛一样自动停下。"太不可思议了！"每一个人都惊奇不已，他们当中有些人从小到大都没有走出过贵州的大山，却在转瞬间和时代最前沿的数字技术接轨了。一切发生得有些魔幻。

他们早就知道自己的工作跟科技相关，但这时才明白科技原来还可以这么炫酷。如今走在时代前沿的无人驾驶技术，未来将走进千家万户，而大山深处的他们竟然正在这波科技浪潮中划桨前行——在万山的办公楼里，他们标注的每一个数据，都在训练着与无人驾驶技术有关的人工智能机器人。

陕西、贵州、河南……"AI豆计划"正在越来越多的地方释放着数字经济的红利，就像在信息高速公路上给一个又一个偏远山区开辟了出入口。在这段路上驾车前行的主力军，正是众多像白莹莹一样的女性，她们不用再像祖辈一样面朝黄土背朝天，也不用背着破旧的行囊漂泊异乡，可以在家门口做着让人羡慕的工作，成为县城里为数不多的白领。

这些与数字经济紧密相关的就业机会，不仅让女性赚到了钱，更让她们的视野得到拓展，不再局限于一亩三分地，不再被困在柴米油盐中。对于偏远地区的她们来说，就业也可以是一件不仅仅关乎金钱的事，它还关乎着女性对自我价值的定义和认同。即使站在贫瘠的黄土地上，她们的生命空间也可以不是从床头到灶头的距离，与数字经济相遇的那一刻，无穷的远方、无尽的人们都和她们有关。

3. 有知者无畏

　　陕西省宁陕县一户张姓人家的门口，一对小姐妹各举着一盆水跪在地上反省，夏天的日头火辣辣地倾泻在两个小姑娘身上……30多年过去了，张义召对童年发生的一幕仍然记忆犹新，她就是那个举着水盆的姐姐。

　　虽然遭受过体罚式教育，张义召却并不怨恨父母，甚至还觉得有点幸运。最起码，父母从来没对她和妹妹动过手，反观村里的其他小伙伴，尤其是男孩，被家里大人抄起笤帚追着打的比比皆是。父母们并非出于恶意，打起孩子来自有分寸，孩子们也懵懵懂懂地知道挨打大多和自己调皮捣蛋有关，父母这是在"教"孩子。"棍棒之下出孝子"的粗放式教育一代代传下来，村里人早已习以为常。

当年懵懂的小姑娘张义召长大后，成了两个孩子的妈妈。在教育孩子的过程中，她的身上既有着父母的影子，也有着新时代妈妈们的烙印。她常常想：究竟怎样教育孩子才是对的？张义召的心里满是疑问。从小到大，读书识字有人教，洗衣做饭有人教，工作技能有人教，但好像从来没有人教女性怎么成为一个合格乃至优秀的妈妈。

张义召在为如何教育孩子感到困惑之时，同在陕西的史耀疆教授也在苦苦求索。

史耀疆是陕西师范大学教育实验经济研究所所长，他带领的研究团队长期在中国秦巴山连片特困地区研究农村教育发展课题，最终将视线定格到0—3岁婴幼儿的早期发展上。他们发现，孩子发展的起点可能比很多家长想象的要早。这一想法和2000年诺贝尔奖获得者詹姆斯·赫克曼（James Heckman）教授的观点不谋而合。詹姆斯·赫克曼是全球儿童早期发展领域权威人士，他认为，父母在孩子0—3岁阶段的投入，决定了孩子未来85%的认知和智力水平。

2013年，史耀疆团队联合国内外专家学者开发了一套针对中国农村0—3岁婴幼儿的养育课程，"养育未来"项目自此萌芽。2014年，"养育未来"系列课程在陕南农村落地，上百名0—3岁的孩子和家长参与其中。1年后，家长们深有感触，妈妈们在陪伴孩子的过程中掌握了更多科学养育方法，在生人面前胆怯的孩子变得活泼，有自闭倾向的孩子在人前唱起了儿歌……

这次小规模的尝试进一步验证了0—3岁婴幼儿早期发展的重要

性，这也使史耀疆坚定了一个想法——帮助更多农村妈妈提升养育水平。但是新问题随之而来，要想惠及更多妈妈，就要建立更多养育中心。这意味着要投入更多的经费以及要规模化运营项目，而这些，都不是史耀疆团队擅长的领域。那么，接下来该如何破题？

宁陕县的张义召在困惑究竟该怎么教育孩子，西安的史耀疆在思考如何才能让"养育未来"惠及更多妈妈，在距离陕西千里之外的杭州，同样有一批人把目光聚焦于此。

2017 年，阿里巴巴的 12 位女性合伙人联合发起成立湖畔魔豆公益基金会，希望能帮助偏远地区的女性和儿童。基金会成立之初，彭蕾等 12 位女性合伙人紧锣密鼓地调研各种公益项目，"养育未来"就此进入她们的视野。

为了进一步了解项目，彭蕾带队前往陕南实地调研走访，并和史耀疆的研究团队深入交流。行走在陕南农村的黄土地上，置身其中了解到这里的妈妈在养育孩子过程中面临的困境，参与调研的一行人深受触动。彭蕾感慨："这个项目值得我们一辈子投入，5 年不行就 10 年，10 年不行就 20 年，持续去做。"

2018 年 1 月，湖畔魔豆公益基金会联合国家卫健委干部培训中心、陕西师范大学教育实验经济研究所、宁陕县政府共同推动的"养育未来"儿童早期发展公益项目开始在宁陕进行县域模式试点。政府主导、专家支持，湖畔魔豆公益基金会为县域内的养育中心提供软装环境创设，配套课程玩教具、绘本和设施，同时提供项目运行所需人力、运营等资金。

张义召所在的村子为此建立了儿童早期发展活动中心（以下简称"养育中心"）。自此，张义召的困惑、史耀疆的思索和阿里女性合伙人的寻觅，三条轨迹开始在这里重合。

张义召很快收到了招聘养育师的消息，抱着试一试的态度，她前去应聘。如果被录用，这意味着她不仅找到了一份家门口的工作，心中关于教育孩子的疑问说不定也能在这里得到答案。来到招聘现场，张义召发现不大的场地竟然挤了90多个面试者。幸好，面试的问题大多与孩子有关，作为两个孩子的妈妈，她成功得到了这份工作。

成为养育师之后，张义召关于孩子教育的很多疑惑都找到了答案。她终于知道了原来0—3岁这一阶段的教育这么重要，养育孩子竟然有这么多门道，各种各样的绘本、亲子游戏和养育课程可以充分培养孩子在认知、语言、运动、社会情感等方面的能力。张义召和周围同为妈妈的养育师们成了第一批受益者，她把从养育中心学到的知识用到了小女儿身上，十几岁的大女儿常常吃醋：为什么自己小时候没享受过这种待遇？

养育师的工作还给张义召打开了一扇数字化的大门。把孩子的信息输入到基于钉钉开发的数字化系统里，登记成功后，系统会根据每个孩子的不同情况安排具有针对性的亲子互动课程。最关键的是，这一切全都免费向宁陕人民开放。

这么好的项目，还不收费，原本大家以为一切会推进得很顺利。

没想到，运营之初，养育中心门可罗雀。大多数家长，尤其是农村家长，还没有认识到0—3岁阶段的教育对孩子成长的重要性，思维还是停留在"吃饱穿暖不生病就好"的层面，甚至连进养育中心需要换鞋套都可以成为家长不来的理由。张义召和同事们上门给家长介绍养育中心时，有人直接冷脸呵斥："我带了半辈子孩子，还用你们教？"

改变观念难，改变涉及两代人甚至几代人的观念更难，一些约定俗成、习以为常的养育方式常常在无意识中世代相传。张义召和同事们为了让更多家长走进养育中心，想了各种方法：点赞朋友圈、陪跳广场舞、帮忙做饭……终于，来上课的家长越来越多。

天气不好或是一些家庭到养育中心交通不便的时候，养育师们还会送课上门，包一辆出租车，约好几户人家，按顺序进行一对一的家访和授课。时间长了，经常和养育师们一起家访的出租车司机，不仅清楚知道今天分别要去哪几家，还能学着养育师的样子，拿起绘本和小朋友们讲一讲里面的故事。

张义召工作最有成就感的时候，就是从妈妈和孩子们身上看到微小而美好的变化。

一天，一位妈妈满脸愁容地走进养育中心，神情疲惫。她丈夫常年在外打工，她一个人照顾两个孩子。4岁的大儿子，曾在两岁多时出现自闭倾向；2岁多的小儿子时常暴躁，动不动就撒泼打滚，甚至对妈妈拳打脚踢。她陷入深深的恐惧："为什么我的孩子跟别人不一样？小儿子会不会变得和他哥哥一样？"

听说村里开了养育中心，免费教妈妈们怎么教育孩子，这位妈妈抱着试一试的心态带着小儿子来到养育中心，当天接待她的正是张义召。

张义召像往常一样和孩子互动时，马上意识到棘手之处。孩子极其不配合，还时常对着养育师吐口水。一旁的妈妈情绪一下子爆发了，当众对孩子动了手。在孩子的哭声中，她渐渐冷静下来，后悔、无助和绝望一股脑儿涌上心头……

张义召知道，在这种情况下，养育师需要更多耐心，她的良好情绪和积极态度会直接传递给妈妈们，也直接影响着每一个孩子的情绪和感受。

养育师们的专业和敬业让这位妈妈看到了一丝希望，她经常带着

养育师在给孩子和家长进行一对一辅导

孩子来养育中心，接受一对一授课，在养育师的指导下和孩子一起读绘本、做亲子游戏。

将近 1 年过去，有自闭倾向的大儿子第一次开口唱起了歌；经常暴躁的小儿子也变得礼貌，幼儿园的老师都夸他"有规则意识"。这些养育知识不仅滋养着孩子，也让孩子的妈妈在教育儿子时少了烦躁，多了方法。用她的话说，很多情绪"能控制和排解了"。

如今，"养育未来"项目正从宁陕走到更多的妈妈身边。在国家卫健委人口家庭司的指导与支持下，"养育未来"县域模式已经先后在陕西省宁陕县、清涧县和江西省寻乌县三县落地，新建 30 个养育中心、3 个服务点，培养养育师 115 名。"养育未来"项目启动至今，已有 2.8 万余人从项目中受益，其中包括 9565 名儿童和 18452 名父母。

和中国庞大的人口基数比，这一串数字如同沧海一粟。但是，每一颗种子都重要。"养育未来"没有轰轰烈烈的故事，却有小溪流水的潺潺，不经意间流向心中的远方，让更多的孩子遇见梦想花开。

4. 追风吧！少女

"足球不会说话，但它可以一直陪着我，就像我的弟弟一样。一旦你选择了它，就不可以抛弃它。我的偶像是梅西，因为他在赛场上很拼，我希望能成为像梅西一样的足球明星。"

说这话的并不是来自专业足球队的运动员，而是贵州乌蒙山深处一所乡村小学女子足球队的队长王佳月。和人说话时，佳月的圆脸上常常洋溢着山里小女孩惯有的羞涩，不过一旦谈起足球，她的语气就会变得自在，也更加坚定。

王佳月出生在贵州省毕节市大方县对江镇元宝村。10 岁时，她加入了元宝小学足球队，理由很简单：看到其他女孩踢足球的时候很快乐。

王佳月在足球场上

　　王佳月如愿加入了足球队，开始和赛场上的姐妹们一起奔跑。不过，为了快乐而来的她，发现成为一个足球队员没那么简单。每天早上6点起床跑步、参加训练，腿上不小心擦破了皮还要继续上场，踢出去的每一脚都伴随着最真实的疼痛，实在忍不住了也不愿哭出来，任由亮晶晶的眼泪在眼眶里打转。

　　瘦瘦小小的王佳月并没有被吓跑，因为辛苦之外，她在足球里体会到另一种幸福的感觉。这种感觉是跑起来的时候耳边能听到风的声音，是绿茵场上挥汗如雨后的酣畅淋漓，也是常年留守在家缺乏父母陪伴的日子里，忽然感觉"不怎么孤独"了，更是因为球技好而被教练表扬、被众人羡慕时的成就感。

"最拼、最能吃苦，从不喊疼，水平也最高。"这是教练对王佳月的评价。拼命、能吃苦、不喊疼是王佳月从小养成的性格，而水平最高则是在她加入足球队之后才显现出来的天赋。恐怕连小佳月自己都没有想到，两年时间，她就从对足球一无所知的小白变成了元宝小学女子足球队的明星前锋，人送绰号"元宝梅西"。不仅如此，她还作为足球队队长带领队友们过关斩将，拿下两次全县比赛冠军。

王佳月越来越痴迷脚尖上的变幻无穷，就连因训练受伤而不能上场踢球时，她还要来到球场边上研究队友们的脚法。观摩踢球时，王佳月脸上的表情常常涌现出超乎常人的专注和认真，目光紧紧追随着足球行进的每一条轨迹，以及每一个方向的变化。

王佳月对足球的感情越来越深，她渐渐发现，足球不仅带给她快乐，还让她看到了新的希望。王佳月刚加入球队那年，球队的 12 名师哥师姐们以体育特长生的身份被县重点中学录取。她那时才知道，原来球踢得好也可以上重点中学！

王佳月所在的大方县地处云贵高原，县境内沟壑纵横、地貌破碎，山坡、丘陵、洼地、河谷交错分布。佳月从小看惯了巍峨障目、一眼望不到远方的大山。她想走出去，到外面看看。那里不仅有更精彩的世界,还有在外打工的爸爸妈妈。如果能上重点中学,是不是就更有可能上大学,走出去了?

足球给王佳月带来了关于远方的憧憬,让她没想到的是,她走到的远方比预想的还要远。

"我想踢球!"

2019 年 7 月 5 日,王佳月出现在杭州支付宝办公楼里,在会场舞台中心喊出了上面这句话。元宝小学足球队获得了支付宝公益基金会的资助,王佳月作为球队代表出现在了活动现场。

"如果中国有 100 支乡村女子足球队,我们就支持 100 支。"作为活动的发起方,支付宝公益基金会在 20 天后,正式启动"追风计划",宣布将在 5 年内寻找并支持 100 支来自贫困地区的校园女子足球队,为每个球队提供"3 年 30 万元"的发展支持,其中包括 20 万元的现金支持和 10 万元的培训支持。

"追风计划"不仅让王佳月有了更好的装备和培训机会,还给她吹来了远方的新鲜空气。去杭州参加活动,是她第一次走出贵州大山、第一次坐飞机,也是第一次在异地他乡和父母见面。更让王佳月兴奋的是,她还见到了中国女足队长王霜。"王霜姐姐用她的手贴着我的手,我很激动……从来没有想过自己能有这么一天。"

遇见足球,让王佳月不仅在绿茵场上听到了风的声音,还乘着风开启了一场又一场远行之旅。更让她没想到的是,2020 年,她真的凭借足球开启了一条不同常人的升学之路,而这条路已经远远超过了她最初上县里重点中学的预想。

2020 年 12 月，王佳月和 4 名队友一起被广州市足球协会选中，从山里走出来的孩子不仅会在广州进行更系统专业的培训，还将入读广州体育职业技术学院。这所学校先后培养了刘诗雯、陈艾森、杨景辉等 8 名奥运冠军，谢杏芳、樊振东等 20 余名世界冠军。小佳月们在繁华的一线城市看到了更大的世界，也更有底气地抬脚射门、踢出更远的未来。

这是一个女孩和足球的故事，也是一只球如何撬动一段人生的故事。足球很轻，稚童可以把它当作玩具抱在怀里、踢在脚下，足球也可以很重，重到可以改变一个人的命运。

贫瘠和苦难常常一点点侵蚀生命，但我们总要试着点燃一盏小橘灯，为逆境中的她们照亮哪怕一小片天地，说不定有人就会借着这丝光亮，拿下人生的"世界杯"。

5. 在逆境里顺着走

"13 岁，我考上了镇重点中学，满载梦想，用心读书。我是学校广播员，每天从广播室走出来的时候，总有一群同学羡慕地看着我蹦蹦跳跳地从他们面前走过，我以为我就应该这样骄傲而快乐地读书、上大学。

"没想到，就在这一年，因为骨髓炎，我只能退学回家。每天伤心地躺在床上，听着同伴们上学去的欢笑声，想象着哪天我能再跟她们一起手牵手，蹦蹦跳跳地去上学。"

......

2017 年 7 月 10 日，第二届全球女性创业者大会现场，万众瞩目的舞台上，一位留着利落短发、身着淡雅长裙的女性正在分享着她的成长经历。台下坐着来自世界各地的女性创业者和明星企业家，所有人的目光和记者们的长枪短炮都聚焦在这位女嘉宾身上。当然，同样引人注目的，还有她腋下的双拐。

女嘉宾的身份是武汉博纳斯（互联网）企业孵化器董事长。在场的人们恐怕很难想象，24 年前，台上这个优雅干练的女人正灰头土脸地在武汉市一家工厂对面的歪脖树下面摆摊。摊主的名字叫黄银华。

13 岁那年，黄银华因骨髓炎退学回家，清新甜美的豆蔻年华被冰冷的轮椅和拐杖替代。她成为舞蹈家的梦想刚刚萌芽长叶，还没来得及在舞台上绽放开花，便被命运的寒霜打得枝叶颓靡。

一场大病，让黄银华原本明媚的日子一下子变得黯淡无光。她不甘心，但无可奈何，只能在一个又一个晚上看着漆黑的夜色流泪。她还有太多新鲜事没有体验，她的双脚还有太多的土地没有去丈量。她曾经以为，未来很远，远到她要用力奔跑才能到达，而现在，眼前的轮椅时刻提醒着自己，人生或许就是轮椅上的一小方空间。

远方，与她无关了。

她躺在床上度过了一个又一个日夜。整整躺了 6 年，眼泪流干了，19 岁的黄银华不想再待在家里被父母照顾着，不想把生命的所有空间都局限在房门之内，永远寄生在父母的羽翼之下。

她要远行，哪怕是拄着拐杖！

再三坚持下，她终于说服了父母，在母亲的陪伴下从鄂州农村来到武汉打工。她没什么学历，更没什么专业技能，腿脚还不方便，显然，没有用人单位愿意要她。于是，她找准了一家女工比较多的工厂，在厂门口对面的一棵歪脖树底下开始了最草根的创业——摆摊做衣服。

每天早上，将近 60 岁的老母亲咬着牙把缝纫机和裁衣服的案板从四楼挑下来。黄银华这辈子永远忘不了，满头白发、面容苍老的母亲，迈着吃力的步伐，颤颤巍巍地把机器挑到歪脖树下的画面。

工厂里的女工每天进进出出，在黄银华的眼里，她们是那么青春靓丽，她们穿着鲜亮的衣服、有着自信的笑容、讲着正宗的武汉话。这一切都让从小在村里长大的黄银华感到自卑。有些女工听说厂门口来了个做衣服的小姑娘，脚还是跛的，组团过来看热闹，像看什么稀奇动物一样在小摊前围观。不远处的老母亲看着女儿深深低着头，几乎要缩成一团，心疼得泪水在眼眶里打转，赶紧跑过来说："你们行行好，我女儿从没出过远门，她胆子很小，你们看看她，她拿着剪刀的手都是发抖的，你们做做好事，等她适应了再来玩……"

黄银华想退缩了，她想回老家，家里没有让她感到自卑的东西，有的都是和蔼的乡亲和熟悉的风景，可她又不甘心就这样灰溜溜地回去，于是不停安慰自己："等到过生日就放假休息，等到过年就回老家，再也不回这个鬼地方了！"

没想到，回老家只住了两天，她便开始思念武汉。坐在鄂州老家的小院里，她想明白了一件事：她在逐渐适应武汉的生活，那里有压力，也有另一番快乐自由的天地。于是，她再次拄着拐杖来到武汉。在武汉度过的几百个日夜渐渐化成一副铠甲，让她不再是那个被女工围观都会瑟瑟发抖的黄银华了。

武汉自春秋战国以来一直是中国南方的商业重镇，明清时期更是成为"楚中第一繁盛处"。繁荣的商业、四通八达的水陆交通，这座"九省通衢"的城市不仅辐射大半个中国，还直航全球五大洲。市井喧闹之声在这里鼎沸千年不息，黄银华再来武汉时，抬眼望去的正是一片车水马龙。她相信，这里天高海阔，总会有一番更大的天地属于她。

裁缝摊上一针一线的努力终于让黄银华有了人生第一笔积蓄，于是她从歪脖树下的摊主变成了一家小书店的店主。书店在她的打理下发展得有声有色，很快她又开了一家咖啡店，生意越来越好，黄银华的个人生活也进入了新阶段——她结婚了，有了恩爱的老公和可爱的宝宝。

家庭和事业齐头并进，日子越过越红火，黄银华白净的圆脸上常常荡漾着幸福的笑容。看着孩子清澈可爱的目光，一切都是那么充满希望，苦尽甘来的日子以撒欢的姿态向黄银华奔跑而来。她盘算着，店里的生意要进一步扩大规模，孩子要在武汉这座大城市里快快乐乐地读书、上大学。

就在黄银华以为人生就此春暖花开的时候，命运的寒流再次袭来。2009 年，35 岁的黄银华离婚了，挂着双拐的她又有了一个新身份——单亲妈妈。祸不单行，她经营的书店受市场冲击，业绩急剧下滑。一边是尚未成年的孩子，一边是日渐惨淡的事业，黄银华再一次被逼到绝路。

命运急转直下，黄银华仿佛一下子又回到了十几年前，"只想悲伤地躲起来，找不到出路，觉得无力更无能！"她再次陷入慌乱和绝望之中，蜷缩在黑暗里，看不到一点光亮。不过，她知道她不能倒下。

当年头发花白的妈妈都能为了女儿背井离乡来到城市漂泊，颤颤巍巍挑着缝纫机前行，现在她也成了妈妈，如果妈妈倒下了，那孩子的天不就塌了吗？

为了孩子，黄银华再次抖落身上的绝望，她需要的不是在苦水里沉浮自怜，而是背着孩子拼命游上岸去。就在她跌跌撞撞寻找上岸之路时，2009 年，转机悄然来临。这份机缘，还要从另一位妈妈说起。

2002 年，苏州的一名小学老师周丽红生下了可爱的女儿小魔豆。这一年，她 25 岁，初为人母，生活格外幸福。

没想到，不久后她就被诊断为乳腺癌晚期，原本美满的家庭渐渐变了模样。治病不仅花光了周丽红和父母的所有积蓄，还让她借遍了周围亲朋好友的钱。钱袋越来越瘪，病情却没有好转。病痛让家里一下子变得冷清起来，即使是过年，好像也没了往常的热乎气。

2005 年，周丽红的病情再次恶化，癌细胞转移使她只能瘫痪在床。就在这时，丈夫提出了离婚，周丽红没有责怪，也没有挽留，痛快地在离婚协议上签了字。3 年前，她还在讲台上书写着漂亮的粉笔字，每天回到家有女儿暖洋洋的笑脸和爱人的拥抱。现在，她瘫痪在病床上，与麻醉剂和消毒药水为伴，苍老的父母为了照顾她日渐憔悴，身旁小魔豆的笑容也没有了往日的甜美。

面对一地玻璃碴的惨淡生活，周丽红动过自杀的念头，但每次一想到小魔豆，又会把脚步从绝望的悬崖上退回来。为了孩子，多活一天是一天。

在父母的帮衬下，周丽红一边看病，一边抚养小魔豆。让她愧疚的是，自从生病后，她几乎就没给女儿买过新衣服。直到有一天，女儿闪着亮晶晶的眼睛问："妈妈，我什么时候能像幼儿园其他小朋友一样穿上新衣服？"周丽红心头涌起一阵心酸，因下身瘫痪没法上街，她就在网上给女儿买衣服。浏览网页的过程中，她突然想到：何不开一家网店，专门卖儿童服装？赚一些钱给女儿攒一些日后的生活费。

2005年11月，淘宝上多了一家叫"魔豆宝宝小屋"的童装店。很多买衣服的人并不知道，店主当时的病情正持续恶化，下肢彻底瘫痪，臀部生了褥疮，每天仅有的一点精力都用来打理网店。电脑桌是特制的，周丽红每天躺在床上，回复顾客的各种咨询和疑问，发货、进货则由父母代劳。

一位网友得知情况后，把周丽红的故事发到网上。一石激起千层浪，一时之间，成千上万人开始关注周丽红和小魔豆，"魔豆妈妈"的名字被越来越多的人熟知。周丽红在人生的最后阶段失去了丈夫的爱，却得到了来自四面八方的爱。

2006年4月18日，目送女儿背着小书包离开病房去幼儿园后，周丽红闭上了双眼。周丽红走了，但魔豆宝宝小屋在爱心志愿者的接力下永不打烊，每个月会还从店铺收入里拿出一部分钱寄给小魔豆，还为她存下了大学4年的学费。

"魔豆妈妈"的精神感动了无数人，为了给更多像周丽红一样深陷绝境的妈妈们带来光亮，2006年，中国红十字会联合淘宝网启动"魔豆爱心工程"，希望能够借助电商创业的力量给逆境女性赋能，给"魔豆妈妈"们提供创业资金、硬件及系统性培训，帮她们在逆境中找到顺风的方向。

2009 年，"魔豆爱心工程"落地武汉，这也就有了黄银华后来的故事。被选为"魔豆妈妈"后，她接受了为期 5 天的电商培训，还获得了 1 万元创业资金和 1 台电脑。

培训刚结束，她就来到了武汉有名的批发市场汉正街，她想说服店主让她做网店代理。她走访了一家又一家店，大多数人都投来怀疑的目光，只有一个店主被她说得激情澎湃，决定自己去开网店。黄银华哭笑不得，只能继续寻找合作商。终于，功夫不负有心人，一家销售二手相机的店主被她打动了。

从培训结束到寻找合作商、搭建网店，黄银华前前后后用了不到 1 个星期的时间。之前多年的创业经验再加上"魔豆爱心工程"为她提供的帮助，黄银华的网店业绩直线上升，第一年就实现了 200 万元的销售额。受此鼓舞，她彻底关掉了之前开的店，另开了一家收购二手相机的实体店，线上线下两条腿走路，营业额很快逼近千万元。

借助互联网，黄银华终于找到了人生最顺风的方向，一路开挂般高歌猛进。"魔豆妈妈"仿佛给她打开了魔法世界，让她看到了和此前生活全然不同的风景，更重要的是，给了她再向前一步的勇气和底气。

她决定拄着拐杖，往更远的地方走一走。

2010 年 10 月，在阿里巴巴和各方力量的帮助下，黄银华办起了武汉阳光职业培训学校，她希望把开网店的经验和经历分享给更多困境中的女性，让她们找到各自顺风奔跑的方向。

和绝望轰轰烈烈地纠缠过，才最知道无助的人需要什么。显然，黄银华知道答案。

人们常说"授人以鱼，不如授人以渔"，其实往深一步看，"授人以渔，不如授人以欲"。对于深陷绝望中的人来说，这份"欲"正是关于生活的希望。黄银华既要"授人以渔"，让更多处于困境中的女性掌握电商技能，还要"授人以欲"，在价值观上给她们输入正能量。

现在，黄银华不仅有培训学校，还成立了投资公司、孵化器、研究院和社会公益组织，打造了电商创业就业生态链。人生充满希望，她从不吝于分享，仿佛一棵蒲公英，让生命的希望顺着风的方向播撒到更广阔的山川田野。

每一粒带着绒毛的种子或许无法使整片河谷灿烂，但能在自己的方寸之地开出几朵金黄色的小花。这种微小而美好的存在何尝不是一种婀娜的风景？

10年间，她已经累计帮助扶贫10000余人，其中包括贫困残疾人在内的困境女性3000余人，建档立卡贫困户1000余人。为了有效扶贫，她带领团队研发了200多门互联网扶贫增收课程，提供扶贫创业服务2000余次，扶贫就业服务2000余次。只有黄银华最清楚，这一串看似枯燥的数字背后，氤氲着一段又一段动人故事。

张小丽（化名）患舌癌18年，爸爸是残疾，儿子是气胸，黄银华劝她来参加"魔豆妈妈"公益项目时，她语气沮丧地说："我 50 岁了，不会电脑，什么都不会。"

后来，在黄银华的再三劝说下，她成功开了两家网店。现在，她最开心的就是躺在床上休息时，听到"叮咚"一声，又有生意啦！她常常对人说："我的儿子身体不好，他还没有谈朋友，还要结婚，等我走了，至少他还有妈妈留下的网店在。"

"背篓妈妈"李红（化名），丈夫是聋哑人，她只能背着孩子来上课。老师讲课的时候，年幼的孩子就在背篓局促的空间里睡觉或是玩耍。在黄银华的帮助下，李红开始在网上卖杯子。一个又一个杯子攒成了她现在住的房子。生活好转之后，她拿过黄银华的接力棒，参加公益活动，分享开店经验，用自己的故事感染和激励更多像她一样曾经身处困境的女性。

......

并不是所有身处困境的女性都能通过电商创业逆风翻盘，但一个又一个"魔豆妈妈"的故事，至少让我们看到改变命运的另一种可能——只要一路向前，不在泥淖里彻底沉沦，荒芜命运的背面一定有另一种繁华的可能性。总有一片天地，是属于你的顺风方向。

在这里，无论是单亲、残疾或是有着其他种种苦涩，处于困境中的女性，都能以独立的姿态，活出另一种模样，一如木兰花，不需要绿叶的陪衬，在浸染春天的气息后，在冬日的枯枝上就能大朵大朵绽放。只需寻得一阵春风，便可在枝丫间自在摇曳……

女性脱贫——女性成为乡村振兴主力军

项目背景

在大多数偏远地区，青壮年男性外出务工，女性、儿童和老人则成为乡村人口主体。其中，女性是务农和照顾家人的主要劳动力，也是家庭脱贫致富的关键所在。

项目理念

依托阿里巴巴和蚂蚁集团的平台和技术优势，以提升人的能力为核心，围绕基础保障、提供发展机会、倡导科学养育三大方向，提升自立自强女性的安全感、成就感和幸福感，让女性真正成为乡村脱贫致富的生力军。遵循"可持续、可参与、可借鉴"的项目选择标准，我们从县域开始试点，到逐渐推广，在3年时间里沉淀出有效的方法并逐年覆盖更多的女性和县域。

科学养育	帮助农村妈妈，唤醒科学育儿意识	育儿期	"养育未来"项目	幸福感
提供机会	为困境女性提供居家就业创业机会；为女童提供教育机会	成年成长期青少年	"魔豆妈妈"项目"AI豆计划""追风计划"	成就感
加强保障	为贫困地区女性加强基础保障	全阶段	"加油木兰"项目	安全感

女性脱贫架构

代表项目

项目一："加油木兰"

项目介绍：由阿里巴巴脱贫基金联合中国妇女发展基金会发起，旨在为所有建档立卡贫困女性赠送教育、健康两大保险。保障一：贫困女孩只要就读高中、中专或职高，就能获赠500元/学期的教育金，帮助贫困女孩在完成9年义务教育之后，有机会继续接受教育。保障二：当地女性在保障年度内首次被确诊为癌症，可一次性获赠20000元的健康金。2019年，项目升级，在"可参与"的基础上，通过"公益宝贝""蚂蚁庄园"等互联网公益产品，带动更多公众参与。同时，阿里巴巴区块链、人工智能等新技术的应用，不仅实现了项目投保与理赔的便捷高效，而且保障了"捐给谁、捐多少、赔多少"等项目信息全程透明。

项目成果：截至2020年底，"加油木兰"已覆盖32个国家级贫困县，包括甘肃省东乡县、甘肃省礼县、广西壮族自治区罗城县、四川省昭觉县，为超过 238.8 万人次建档立卡贫困女性提供教育及健康保障。

项目二："魔豆妈妈"

项目介绍：发起于 2006 年，旨在帮助困境女性实现电商创业。项目独创女性创业就业培育孵化模式：线上线下培训—线上实习（"魔豆妈妈"公益集合店）—独立运营。该项目让女性创业者在专业电商人员的指导下，有节奏地一步步成长。同时，独立运营的创业女性结合自身经验，为创业实习期女性进行培训和帮助，形成良性"可持续"的运行模式。

项目成果：截至 2020 年底，"魔豆妈妈"项目累计培训超过 31900 人次，覆盖全国 25 个省（自治区、直辖市）。"魔豆妈妈"公益官方店入驻 17 名魔豆妈妈，打造女性励志品牌，引入 75 个脱贫公益产品，3 年累计成交超 1000 万元。

项目三："养育未来"

项目介绍：旨在帮助农村家长唤醒意识、科学养育，为 0—3 岁婴幼儿提供科学育儿指导。"养育未来"是一套科学育儿完整体系，采用县域模式，在农村贫困地区建立养育中心。农村家长在养育中心便可获得科学的育儿指导，参与一对一亲子互动课程和帮助婴幼儿成长的集体活动。同时，在当地女性中培养养育师，为当地母亲提供新的就业机会。

项目成果：截至 2020 年底，"养育未来"已落地陕西省宁陕县、清涧县和江西省寻乌县 3 个试点县，建成 30 个养育中心、3 个服务点，培训 115 名养育师和 14 名管理干事；项目累计服务 0—3 岁儿童 2840 人次、照养 4727 人次，开展一对一亲子课程 57201 节次，举办集体活动 4698 场次。

第四章
CHAPTER 4

增砖添瓦为健康

生命难免遭遇暗礁，
在疾风骇浪中守望相助，
于是便有了一片风雨不飘摇的全新天地……

当地镇卫生院和村卫生室医生带着爱德基金会捐助的出诊访视包和孕产礼包
来到李破崩家

1. 幸福就是 100 只兔子的模样

什么是希望？对四川省喜德县的张文芝和老伴来说，希望就是一窝红眼睛、长耳朵的小兔子。

张文芝一家住在喜德县西北方向的冕山镇。这里的山高高耸立，就像古人的冠冕，因而得名"冕山镇"。像很多西南山区里的村镇一样，冕山镇美丽却闭塞。

种地收入少，张文芝的儿子和儿媳都外出打工，只剩老两口留在镇子里经营一片果园。农活不忙的时候他们就外出打零工补贴家用，虽不十分富足却也能攒些小钱，日子越过越有盼头。直到有一天，轻轻的一张纸，粉碎了老两口的盼头。

2017 年 11 月，诊断书显示张文芝得了乳腺癌。

张文芝觉得病不严重，没有马上就诊。她觉得还是干活重要，毕竟干活赚钱，看病花钱。张文芝没想到的是，病情恶化很快，短短几个月间，身体痛感加剧，她不得不丢下农活，开始了漫长的放疗和化疗。

病痛和化疗让她恶心、腹痛、虚汗淋漓，张文芝的身体里像是在打着一场永不停止的战争。

除了身体上的疼痛，张文芝还承受着更为隐秘、也更为剧烈的精神疼痛，精神疼痛的源头很简单——看病需要钱。

张文芝不停地盘算着，她家的钱是她和老伴起早贪黑用树上一个果子一个果子换来的，是儿子儿媳背井离乡，每天在大城市辛苦工作赚来的，也是从小孙子本来就不多的花销里一点点省出来的……

得知张文芝生病后，村里乡亲们自发组织捐款，5元、10元、20元、50元，各种颜色的人民币摞成厚厚的一沓钱，算下来竟有1万多元。朴实的乡亲们不会说什么鼓舞人心的漂亮话，只是在病床前用地道的四川话反复对张文芝说"抓紧治疗""一定能好"。

生活似乎格外喜欢和张文芝开玩笑。不久后，丈夫被查出糖尿病和高血压。对老两口来说，这真是雪上加霜。

其实，国家从来没有遗忘他们。很快，张文芝知道了一个好消息：国家为了让贫困户都能看得起病，建立了医疗报销的"四重保障"[1] 体系，这意味着她绝大部分的医药费都可报销！原本压在这个家庭上的

---

[1] "四重保障"是指基本医疗保险、大病保险、医疗补助和大病补充医疗保险"四位一体"的医疗保障体制。

一座大山，就这样被国家的医保政策削去了大半。

得益于国家的"四重保障"体系，张文芝总计花费了 104418.59 元，政府报销了 80238.81 元，自付 24179.78 元。政府报销的 8 万多元钱，街坊们筹集的 1 万多元钱，儿女们支持的钱……四面八方汇集来的钱就像一个个火把，照亮了张文芝艰难求医的路。

2018 年 9 月，张文芝出院了。

回到家后，小孙子兴奋地从屋子里冲出来扑到奶奶怀里，拉着奶奶的手不松开。出院后不久，张文芝手机短信的声音忽然响起。她打开一看，原来是"顶梁柱"公益保险项目报销的钱到账了！

在治疗期间就有人告诉她，除了国家报销外，中国扶贫基金会和阿里巴巴还有针对贫困户的公益保险，可以在国家"四重报销"的基础上进行补充报销。

"顶梁柱"全名叫"顶梁柱健康扶贫公益保险"，它的保险报销流程是，只需要在支付宝 App 上上传理赔单据、银行卡和身份证照片，AI 图像识别技术便能处理理赔手续，报销人 3 到 5 天就能收到报销款。此外，"顶梁柱"创新性地使用区块链技术，从筹款到理赔，每一分钱全透明、全跟踪，每一环节的账目可追溯、可监督、不可篡改。这些技术对张文芝来说实在是太遥远、太陌生了，她只知道：真快，真方便！

"这 1 万多元钱的报销款真是太及时了！"张文芝的老伴尤其激动，这笔钱正好解决了他最近的烦恼。因为生病不能出去打工了，他便一直琢磨在家里做点副业赚钱，有了"顶梁柱"补充报销的这 1 万多元钱，老两口马上想到的是这下终于有钱买兔子了。

在自家果园里养兔子，是老两口琢磨了很久的想法。一说起兔子，张文芝的老伴马上激动起来，眼里亮着光，语气里有掩藏不住兴奋："在果园里养兔子，既不耽误种树，又特别适合兔子生长。关键是兔子四季繁殖，一个月左右就能怀一窝，一窝能下5—10只，买100只兔子的话，很快数量就能翻倍！我们四川人爱吃兔子，养了之后也比较好卖！"

四川向来是养兔大省，更是首屈一指的吃兔大省，冷吃兔、红油兔丁、麻辣兔头，与兔子有关的美食随处可见，每年有上亿只兔子都跑进了四川人的胃里。很快，他们拿着"顶梁柱"报销来的钱去买了一辆三轮车和100只兔子。在用三轮车把兔子拉回家的那天，张文芝的老伴笑得格外开心，脸上的皱纹里溢出了马上就要赚钱的喜悦，他干劲十足地把一只只兔子放进早已搭好的兔窝里。

白天的时候，老两口把兔子放进果园里，白的、黑的、棕的，不同颜色的兔子在果园里奔跑，不经意间一低头，就能看到一团毛茸茸的小东西支棱着两只长耳朵，"咯吱咯吱"地嚼着青草。老两口养起兔子来格外用心，打理果园的间隙都要四处张望一下，看看这些小家伙的实时动态。果园没活儿的时候，老两口便给兔子添水、打草、接生。兔子下崽时是老两口最开心的时候，看着一只只小兔子湿漉漉地出生，再一点点长成毛茸茸的样子，那呆萌的小圆眼睛十分喜人。

有时，两人来到果园，坐在树荫下的小板凳上，呼吸着山里湿润清新的空气，看着兔子慢悠悠地从这棵树底下踱到那棵树底下，看着它们一只只越长越肥，从小兔变成大兔，再变成兔妈妈。兔子俨然成为老两口生活的新奔头。它们一点点长大，在老两口的细心照料下，正在成长为一个值得期待的未来。

有时候，点燃希望的方式没有我们想象的那么艰难。

或许只要 100 只兔子，就能让人看到生活更美好的未来。眼下，园子里又有一只肚子圆滚滚的母兔，再过几天，便就要下小兔崽了……

2. 十万分之一的希望

　　身材壮实的朱润怎么也没有想到，在 30 岁这年，他和他的运输车就跑不动了。

　　朱润住在云南省镇雄县中屯村。镇雄县处于云贵高原北部斜坡地带，境内山峦起伏，沟壑纵横。朱润和妻子、两个孩子住在群山环绕的地方，如果不出意外，再过几年，他就能把自家裸露着砖墙的小楼好好装修一下，让老婆孩子住得更好一点。

　　朱润有的是力气，又不怕吃苦，绝对是个赚钱的好手，靠一辆运输车养活了一家人，还攒下了不少钱。几年前，他把大部分积蓄都拿出来交给弟弟盖房，他和弟弟约定一起盖一座五层的大房子，一人一层，房子起来了，家也就团圆了。最终，五层高的小楼拔地而起，在中屯村的一排房屋中格外显眼。

朱润拿出的盖楼钱，是他没日没夜地给工地拉土渣赚来的。工作虽辛苦，但他也乐在其中。他驶过的每一段夜路、每一寸山路，都承载着一大家人过得更好的美好愿望。

跑运输的人常年奔波在外，难免会腰酸背痛。2017 年上半年，朱润的腿开始隐隐作痛，向来体格健壮的他当时并没有在意，疼的时候就吃上两片止痛药，只要不影响他握着方向盘继续上路便好。本以为是普遍的肌肉劳累而导致的疼痛，没想到，这份疼并没有随着日子一天天过去而减轻，反而愈演愈烈。很快，他的腿已经疼到不能走路，钻心地疼，更不要说踩着油门上路了。

朱润离开了驾驶座，坐到了县医院的等候大厅里。

检查结果出来了，T 淋巴细胞白血病。县医院条件有限，医务人员建议他转院复查。

朱润满脸疑惑，白血病不是那种让人皮肤发白的病吗？他的皮肤黝黑粗糙，怎么可能是白血病？再说了，就是个腿脚疼，也能是白血病？朱润上网一查，心里一阵发寒："原来这是个能要人命的病！"

硬汉朱润没有被吓倒，万一是误诊呢？大夫都说了可能不准，得转院复查。

很快，妻子陪着他来到昆明市里的医院复查。"一定是误诊"，这个想法一路支撑着夫妻二人。检查结果出来了，白纸黑字的报告彻底击碎了朱润最后一丝侥幸心理。

朱润住院了。14个月里，接受了12次强化疗、14次腰穿和靶向治疗。每个数字背后都意味着巨大的疼痛。腰穿又叫腰椎穿刺，治疗期间，朱润每个月都要做一次。每次他都要双腿弯曲地侧躺在床上，双手抱住膝盖，尽量让腰椎后凸、椎间隙增宽，在局部消毒、麻醉后，一根冰冷的针头直凛凛地刺入腰椎，在血肉和脊骨间一点点刺探，扎进去4—5厘米时，阻力明显增加，但这并不能阻止针头继续往朱润的身体里挺进。不一会儿，阻力突然减小，医务人员果断地拔出针芯，转动针尾，脑脊液一滴滴流到容器中。达到一定量时，医务人员便会再次插上针芯，拔出穿刺针，这一次腰穿才算结束。接下来，医务人员用消毒纱布固定住朱润腰上的伤口，朱润需要在床上平卧4—6小时，在这一过程中，麻药的作用渐渐消退，彻骨的疼痛开始在身体里漫延……

朱润平时很少哭，但是这次他忍不住了，比起身体上的疼痛，精神上的折磨更熬人。他原本想给妻儿撑起一个家，没想到现在一场大病，让他成了家里的累赘。妻子为了补贴家用，在他看病的医院附近找了一家小餐馆做临时工，一天几十块钱。朱润的奶奶在家里帮他们照顾两个孩子，奶奶身材瘦小，脸上的皱纹层层叠叠。奶奶老了，她不应该再承受这种痛苦。每每想到这里，朱润心里都疼得喘不过气来，一个人躲在被窝里偷偷流眼泪。

朱润的心里五味杂陈。春节期间，他做了20年来一直埋在心里的一件事——把爸爸妈妈，还有兄弟姐妹们都叫到家里，在水泥裸露的

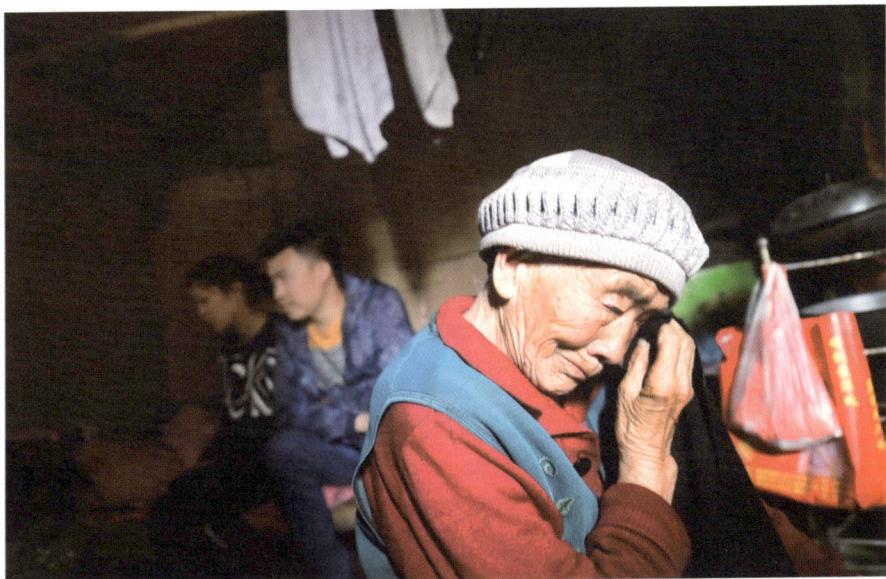

朱润的奶奶提到孙子时哽咽不止

楼房里，过了一个最团圆的春节。春节当天，朱润高烧不退，所有人都担心地看着他，他却笑得像个孩子："20年了，咱们家第一次团圆，太不容易了……"

朱润甚至想过一死了之。"如果我没了，家不也就破碎了？"朱润下定决心和白血病死磕下去。医生告诉他，这种病的治愈率只有十万分之一，朱润嘴角轻轻上扬，语气坚定、目光更坚定地看着医生说："我就是那十万分之一。"

"爸爸，你要陪我们到老。我听老师的话，你听医生的话。"

"好，记住我们的约定，谁都不能失约！"

朱润把和儿子的对话发到朋友圈让大家监督，他说他一定能活着兑现这个承诺。

朱润心里惦记着十万分之一的可能。朱润他念念不忘别人告诉他的一个病例:"我们镇里,一个老人,70 岁患了白血病,活到了 89 岁……"

朱润不知道自己能不能活到 89 岁,不过他头上掉光后又长出来的一撮撮黑发,让他看到了未来的希望。他格外珍惜自己的一头黑发,因为村里老人说,头发长出来了,人就又活过来了,他还为此发朋友圈炫耀。

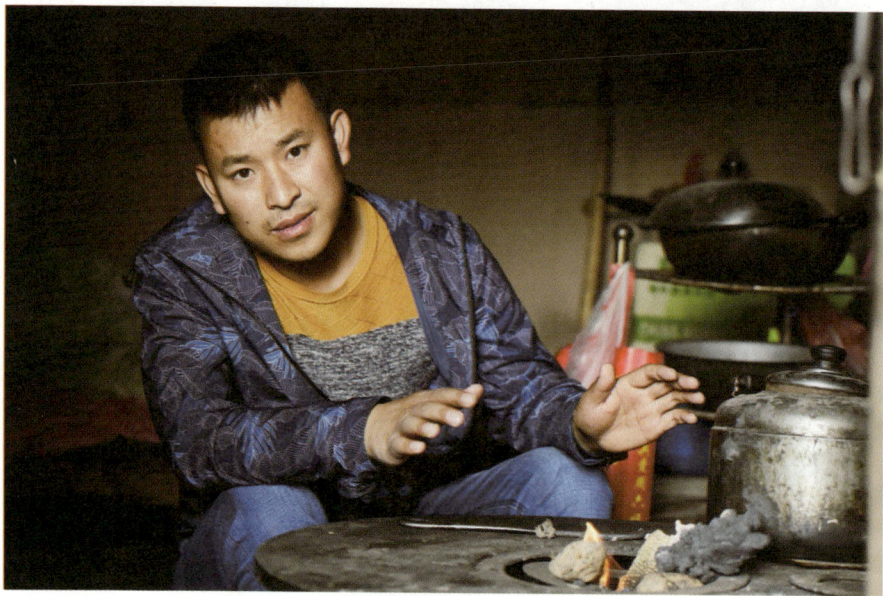

朱润重新长出的黑发是一家人未来的希望

在坚持治疗后,朱润的病情渐渐好转,他活了下来。因为这场大病,朱润一家成为建档立卡贫困户。实际上,朱润并不是个例。据国务院扶贫办公布的数据，截至 2015 年底，全国因病致贫、返贫户占建档立卡贫困户比例达 44.1%，涉及近 2000 万人。这意味着在中国的广阔土地上，存在着上千万个朱润，他们原本可以自食其力，一家人虽没有大富大贵却也能自得其乐，然而，一场大病就像是呼啸而来的龙卷风，让一个家很快空空荡荡、家徒四壁。

幸运的是，这种情况正变得越来越少。

近年来，为了让更多人能看得起病，国家针对贫困户就医，实施城乡居民基本医疗保险、商业保险大病医保赔付、民政医疗救助和政府统筹医疗扶助，这意味着经过叠加报销，朱润的 171191.97 元住院费，只需自费支出 25784.31 元。

这对朱润一家来说有着救命的意义。

如果没有国家的这笔钱，朱润不知道东拼西凑借来的钱能不能支撑他治疗到最后，更不知道巨额欠款和疾病究竟哪个会先打倒他。让朱润没想到的是，除了国家关怀，他还收到了一份意外之喜——中国扶贫基金会和阿里巴巴共同发起的"顶梁柱"保险项目可为他进行第 5 轮补充报销。

"顶梁柱"是为了配合国家缓解因病致贫、返贫问题而发起的公益项目，为全国各县 18—60 岁的建档立卡贫困户进行投保。这个年龄段的人群往往都像朱润一样，是家里的主要劳动力，甚至是唯一的经济来源，他们倒下去了，对一个家来说，天也就塌了。"顶梁柱"以保险为杠杆，能够在健康脱贫之路上覆盖更多人，为更多朱润保驾护航，精准帮扶因病致贫、返贫的家庭。

2017 年，朱润收到"顶梁柱"的报销款 15755.36 元；2018 年，再次收到理赔款 1707.88 元。和国家报销的金额相比，"顶梁柱"补充报销的额度实在有限，但这份力量就像星星之火，能够在病人最艰难的时候扶一把，让更多像朱润一样的人多一份温暖。而温暖，从来不嫌多。

朱润盘算着，等身体好了，家里的楼房就能早点装修完，他要在这幢房子里陪着儿子长大，年年和一大家子人一起过春节。

3. 一分钱的重量

2019 年 6 月的一天，贵州省岑巩县妇幼保健院的孕妇体检区像往常一样，体检室门口的椅子上三三两两地坐着前来检查的孕妇和陪同的家属。人们小声地聊着天，不时听到医生叫号的声音。阳光从窗外照到走廊的地板上，一切都很正常。

突然，体检室里的气氛变得紧张起来。正在测量身高体重的孕妇水秀（化名）突然面色苍白、呼吸急促、双腿发软。一旁的医务人员马上扶着她坐下，立即为她进行生命体征监测和血液检查。在突发情况下，每一秒都事关人命。

水秀的眼神变得越发黯淡。检验科的快速检测结果显示，水秀因营养缺乏而重度贫血，重度贫血可能会引发孕妇心脏衰竭、宫内胎儿缺氧甚至死胎。

情况危急，医务人员马上为水秀开启了绿色通道。刚到急救病房，一旁早已准备就位的护士马上为她开放静脉通路，另一名医护人员则抓紧联系县医院紧急备血抢救，急救病房里，每个人的呼吸声都轻微而沉重，仿佛稍微大声一点的呼吸都会吓到脆弱的孕妇和腹中胎儿。病房外，水秀的家属还没有从突然发生的一切中缓过神来……

时间一分一秒地过去，病房里医生的额头上沁出细细的汗珠，病房外水秀的丈夫神情越发焦急。时间格外漫长，他怎么也没有想到，媳妇会重度贫血，更没有想到后果竟然这么严重。他很担心，却又无可奈何，只能在走廊里来来回回地踱着步子。

终于，急救病房的门开了，医生走了出来。

病床上，水秀的脸上渐渐有了血色，她睁开眼看到周围忙碌的护士和医生，心中既感动又后悔。前两天，她还严词拒绝劝她接受孕检的村医，没想到今天就躺在了病床上。

不久前，妇幼保健院工作人员连同村医一起向全县的育龄妇女进行宣传，告诉她们孕检以及孕期和初生儿"黄金1000天"营养的重要性，同时还告诉大家不用担心钱，爱德基金会和阿里巴巴一起在县里发起了"大地新芽母婴健康关爱行动"，专门为贫困地区的孕妇和初生儿提供免费的检查和营养包。

"骗子，怎么可能不要钱？就是先免费，后来再变着法儿收钱！"

"村里祖祖辈辈生孩子都没孕检，不是一样把孩子健康生下来了？"

"山里的路这么难走，家里的活又多，谁有闲工夫费那么大力气去产检？"

……

孕妇们提出的各种质疑和不解扑面而来，这其实也是水秀的真实想法。水秀和丈夫都有残疾，家里还有两位高龄老人需要赡养，全家靠务农为生。水秀因为身体没法下地干活，平时就在家里做一些力所能及的家务。妇幼保健院工作人员和村医来家里走访时，她已经怀孕34周了，如果不出意外，再过6周左右她就会迎来生命中的小天使。此前，她在孕期内几乎没有接受过孕检。

岑巩县地处云贵高原向湘西过渡的斜坡地带，低山丘陵遍布，山区众多，交通不便，再加上这里的村民经济条件有限、孕产知识匮乏，孕检在很多村民眼里反倒成了新鲜事。

水秀一家开始也是抗拒的。"难道真会有天上掉馅饼的事？"后来，在熟识已久的村医的反复劝说下，她才将信将疑地接受这次免费孕检。

"吱"一声，病房里传来开门的声音，把水秀的思绪从回忆里拽到了现实中。穿着白大褂的医务人员给她拿来一大袋营养包，里面是针对孕妇的各种营养品。

经历了医院的惊险一劫，回到家后的水秀每天按时吃药，定期检查，不久后便生下了一个健康的女娃。宝宝出生的第二天，她就收到了"大地新芽"的孕产家庭礼包。软糯的女儿睡得正香甜，水秀打开礼包，翻看着里面的产褥期卫生巾、哺乳文胸、婴儿护脐贴，26种妇婴用品一应俱全。尤其在看到结实又方便的婴儿背带时，水秀高兴地说："这可比以前的布袋牢固多了！"更让水秀惊喜的是，不仅有礼包，还会有村医来给宝宝做免费健康检查。

水秀的故事有着一个长期以来的背景：在偏远山区，人们观念相对落后，再加上山路难走，各种原因阻挡着孕妇的健康孕产之路。

实际上，国家早已为此做出了种种努力。不同地区都先后出台了各种优惠政策及措施：叶酸片① 免费发放，孕产妇免费产前筛查、农村孕产妇住院分娩补贴、贫困地区新生儿遗传代谢病筛查……此外，众

云南红河县的村医常乐妹正在村民家中为婴儿测量体重

---

① 叶酸，一种水溶性维生素，可预防胎儿神经管畸形的发生，同时还可预防孕妇贫血、减轻妊娠反应。

多惠民行动如同一支支健康起跑线上的警卫队，为妈妈们保驾护航。"大地新芽"正是其中一员，和众多力量一起守护着孕妈和宝宝最初的1000天。

如今，"大地新芽"正在走进越来越多人的生活，每一份爱心礼包的背后都连接着最真实具体的生活——

云南芒市勐戛镇的张兰（化名）已经有两个孩子，却又意外怀孕，"大地新芽"帮她解决了孕期部分花费。宝宝健康出生的那天，质朴的张兰和丈夫给孩子起名"广福"，他们说："孩子的名字包含了孩子的福气来自社会的广泛关爱这一意思。"

青海省大通县鲍西村的小包，看到孕产妇家庭礼包里的尿不湿很是高兴，宝宝之前用的尿布都是家里铺了好多年的床单，因反复清洗使用，尿布都快洗烂了。现在，孩子终于也能用一用城里娃都用的尿不湿了。

……

水秀们并不知道，她们接受的免费孕检等经费来源，是由一分钱一分钱的涓涓细流汇聚而成的，正是这每一分钱，温暖着产房里一声声清脆的婴儿啼哭。

"大地新芽"的筹款主要来自阿里巴巴电商平台"公益宝贝"计划。商家自愿将商品设置为"公益宝贝"，一旦有购买成交，就会自动为公益项目捐出特定金额。2018年以来，项目在近千个日夜里已累计筹集2313.05万元，覆盖到云南、贵州、四川、青海、甘肃5省8县，惠及

59.2 万名育龄妇女。

不仅是"大地新芽"，越来越多的公益项目正因为这每一分钱而长出蓬勃模样。

自 2017 年至今，"顶梁柱健康扶贫公益保险"通过"公益宝贝"计划①累计筹款约 3.125 亿元，为全国 12 省 81 县区 1030.36 万人次的建档立卡贫困户提供健康保障，累计获赔 134955 人次，累计理赔金额 21529.09 万元，没有理赔完的保费滚动到下一年继续理赔，不足的则进行补充。上亿元经费来自近百亿次捐赠，平均每笔善款 4 分钱。

此外，自 2018 年以来，阿里巴巴公益联合爱德基金会共同发起的"乡村医疗计划"，已经通过赠送爱心药包及医疗设备、建设村卫生室、进行村医培训等方式，为甘肃、贵州、湖南、山西、河北、河南等 7 个省曾经的国家级贫困县 37.46 万贫困人口提供了更好的医疗救助。这些捐赠善款同样来自"公益宝贝"计划每一分钱的力量。

健康如同每个人的生命基建，有了健康的"1"，生命中其他的"0"才各有意义。健康脱贫从来都是一场汇集各方力量的团体战，国家为生命基建架桥铺路，每一个微观个体用一分钱的重量，为需要的他或她添一块砖，加几片瓦。

---

① "公益宝贝"计划：由阿里巴巴淘宝网推出的一项公益活动，卖家可自愿参与并设置一定的捐赠比例，商品成交后商家会捐赠一定的金额给指定公益项目，用于相关公益事业。

4. 100 元钱的求医路

"您好！请问是张力（化名）吗？"何志坚再一次拨通了耐多药结核病患者的电话。

"是。"

"我们这里现在有一个公益项目，可以让您免费检查和领取药物，您看……"

"骗子吧？"电话另一端的语气充满怀疑。

"不是，我是……"何志坚赶忙解释。

"嘟、嘟、嘟……"还没等他说完，对方就毫不客气地挂断了电话。

何志坚放下电话后叹了口气。这已经不是他第一次被病人当成诈骗团伙了。

　　何志坚是云南省昭通市传染病院的一名医生。昭通市地处云、贵、川三省接合部的乌蒙山区腹地，坐落在四川盆地向云贵高原抬升的过渡地带。这里山高谷深，气候湿热，为草木生长提供了良好条件，也为传染病提供了温床，而耐多药结核病就是其中之一。

　　很多人可能不知道，结核病有一个可怕的变种——耐多药结核病。和普通结核病相比，它的传染性强、检出率低、对健康危害大。我国耐多药结核病患者多集中在卫生条件相对较差的农村，而像昭通一样的西部贫困地区和边远少数民族地区的情况则更为严重。何志坚的不少病人都是耐多药结核病患者。他常年与患者打交道，在诊室里看尽各种辛酸，深知对大山深处的结核病患者来说，漫长的治疗过程是怎样一种煎熬。这种煎熬不仅体现在疾病上，还体现在金钱上。

　　何志坚至今清晰地记得，他曾经给一位结核病患者打电话，提醒他该来检查了，对方明知自己患有结核病，却还是拒绝了他的建议。理由很简单：没有路费。从患者家里到传染病院，往返一趟大概要100元钱。

　　实际上，当地政府为结核病患者提供了多种优惠政策，很多检查项目都免费，看病吃药的费用，医保可以报销75%，各地还会给患者不同额度的补助或慰问品，最高的每个月可以拿到1200元钱的看病补贴。

　　尽管如此，还是有一些结核病患者因为家里的经济问题而消极治疗，100元钱的路费都足以成为他们看病路上的阻碍。对此，何志坚一脸无奈地说:"追病人太难了。云南的环境本身为结核病提供了温床,一些农村的卫生条件又比较差,更会加剧传染,因此及时治疗很关键。"

当何志坚听说有个专门针对耐多药结核病患者的公益项目要落地昭通时,他格外欣慰。这意味着昭通市符合条件的患者不仅可以免费检查和领取药品,还能享受到一对一定制化治疗方案。这就是由阿里健康和蓝农公益基金、复旦大学附属华山医院感染科主任张文宏教授合作开展的"消除耐多药结核病公益计划"(以下简称"消除计划"),旨在帮助更多贫困人口摆脱耐多药结核病的困扰。

有了这么好的公益项目,何志坚和同事们开始筛查全市的耐多药结核病患者,给他们一一打电话介绍项目,结果却总被认为是诈骗电话。

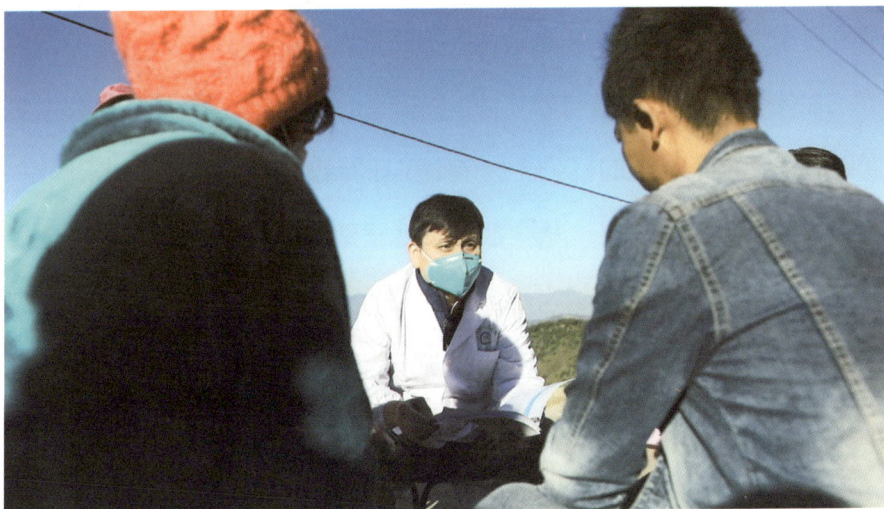

张文宏教授在云南和当地患者交流病情以及治疗方案

不过，何志坚和同事们很快摸索出新方法，那就是在打电话之前充分了解患者医疗档案里的信息。"打通电话后先和病人聊家常，聊他的具体病情，建立了基本信任后，再告诉他们现在有一个免费的项目。"终于，开始有病人相信这个项目，耐多药结核病患者李想（化名）接到电话后不久，就来到传染病院进行检查。

之前，因为诊治条件有限，市医院针对普通患者都是按照国家制定的标准统一开药，病情复杂的患者只能转到省医院。现在，"消除计划"为何志坚和同事们搭建了线上诊疗平台，在李想做完检查后，何志坚便把相关信息拍照上传，此后张文宏教授带领的团队再给出针对性的方案。"现在有了专家的指导，病人能够享受到更先进的治疗方案，我们医生也不用再像以前一样摸着石头过河。"何志坚谈道。

更让李想没想到的是，何医生告诉他只要能够按照要求定期检查、配合治疗，"消除计划"还会给他报销路费以及提供相关补贴！

在传染病治疗一线耕耘了 11 个年头的何志坚，陪伴着无数患者度过一个又一个难熬的日子，也亲眼见证着他们越来越方便的求医路：从缺少药品到药品充足，从全部自费就医到医保能报销 75%、各地财政提供救治补贴，再到越来越多的社会力量参与其中……他相信，越来越多的患者不会再因为 100 元钱的路费而放弃治疗了。

5. 知识就是生命

在青藏高原的雪山之间，有着青海省"南大门"之称的囊谦县静静地坐落于横断山脉一侧，全县境内大小山脉纵横交错，峰峦重叠，平均海拔近4000米以上。尼玛江才从小就在这一片高原山地之间生活，2006年从医学院毕业后再次回到了这片熟悉的土地，成为囊谦县东坝乡卫生院医生。

进入乡卫生院之后，尼玛江才几乎每天都在和病人打交道，他越发理解，在医学院所学的每一点知识都不仅停留在白纸黑字的医学书籍中，还连接着千山万水间的每一条生命。

一天下午，尼玛江才正坐在卫生院的诊室里，突然，一名病人家属神色焦急地走进来，语气悲痛地说他的家人可能要死了，请医生快去看一看。尼玛江才心里一紧，马上询问了具体情况，听完之后，悬着的心才渐渐放下来。这个在家属看来可能要命的病其实不严重，就是前列腺增生导致的尿道堵塞，只要进行简单的导尿就可以，并不会危及生命。

病人正在家里痛苦呻吟，尼玛江才拎上出诊箱，急匆匆地坐上病人家属骑来的摩托车。东坝乡山路绵亘蜿蜒，崎岖难走，迎着雪山上吹来的风，两人一路颠簸，两个多小时后总算到了病人家里。尼玛江才一步跨下摩托车，急匆匆地赶到病人床前。病人的神情充满痛苦和哀伤，仿佛感觉自己命不久矣。在当地很多人的认知中，尿不出来的时候，人就会死掉。

尼玛江才拿出药箱中的各种药品和器械，熟练地进行着一步步操作，只用了半个多小时，就解决了让病人以为"活不成了"的问题。病人的疼痛得到了暂时缓解，尼玛江才告诉他们，患者的前列腺增生已经很严重了，这次治疗只是缓解症状，之后最好去州①上的医院看看。

患者家属充满感激地把尼玛江才送回家，来时迎着高原山间午后的风还不算太冷，回去时已经是晚上7点多，冷风趁着夜色开始张狂起来，横冲直撞地扑到他的脸上。尼玛江才在七转八绕的山间小路上顺着地势起起伏伏，赶到家时已经是夜里10点多了。这个时间的东坝乡，早已夜深人静，偶尔会传来山风从窗外吹过的声音。

---

① 囊谦县属于青海省玉树藏族自治州。

这样的出诊经历并不是特例，只是尼玛江才在乡卫生院 6 年间的工作侧影。他从小就知道家乡地广人稀，山地多，路又格外难走，对乡亲们来说看病是件麻烦事。一些病人不能承受路途颠簸的辛苦，只能把医生请到家里。因此，尼玛江才经常出现在雪山牧场之间，在这个山头的牧民家里看完病，再在山路上跋涉两三个小时来到另一个牧民家中。

2012 年，经过 6 年的锻炼，尼玛江才积累了相对丰富的临床经验，被调到囊谦县人民医院急诊科。他不再是当年刚刚走出学校的新手医生了，6 年的沉淀使他在面对病人时心里更加有底气。

可是没想到，这份底气并没有撑太久。来到县医院不久，尼玛江才很快就意识到自己在知识储备上有些力不从心。每天在乡卫生院诊治的病人数量有限，每次出诊时，因为山路难走，一天也就只能看两三个病人。来到县医院之后，情况变得格外不同。囊谦县人民医院每年门诊接待近 10 万人次，医院门口来来往往的都是病人和家属。"病人一多，各种情况都有，我明显感觉自己学得还不够。"一边是急需治疗的病人，一边是感到经验不足的尼玛江才，到底应该怎么办？

尼玛江才开始疯狂学习。县医院每年都会有外出学习的指标，但名额有限，交流学习最常去的城市是西宁。囊谦县距离西宁 1000 多公里，公共交通不便，每次只能驾车前往。4 天的外出培训，一半时间要花在路上。除了抓住外出学习的机会，尼玛江才给自己充电的方式，更多的是和年长的同事交流，从网上和书上看更多的病例和治疗方案。

来到县医院的几年间，尼玛江才总在琢磨怎么才能更好地学习。坐在诊室，看着每天来来往往的病人，他更加认识到知识到底意味着什么。

2020 年 8 月的一个周五，一堂别开生面的直播课让尼玛江才格外兴奋——困扰他许久的问题在这一天得到了解决。直播课上，三甲医院的专家针对囊谦县医院不同科室遇到的各种常见病、多发病和疑难病进行针对性解答，尼玛江才和同事们听得格外入神，有时是恍然大悟，有时则在笔记本上奋笔疾书，遇到疑惑的地方有时还会即时提问，和视频另一端的专家实时互动。

课程结束后，尼玛江才还会和同事们就课上的内容展开讨论。他高兴地说："之前我们这里基本没有三甲医院的老师亲自授课的机会，

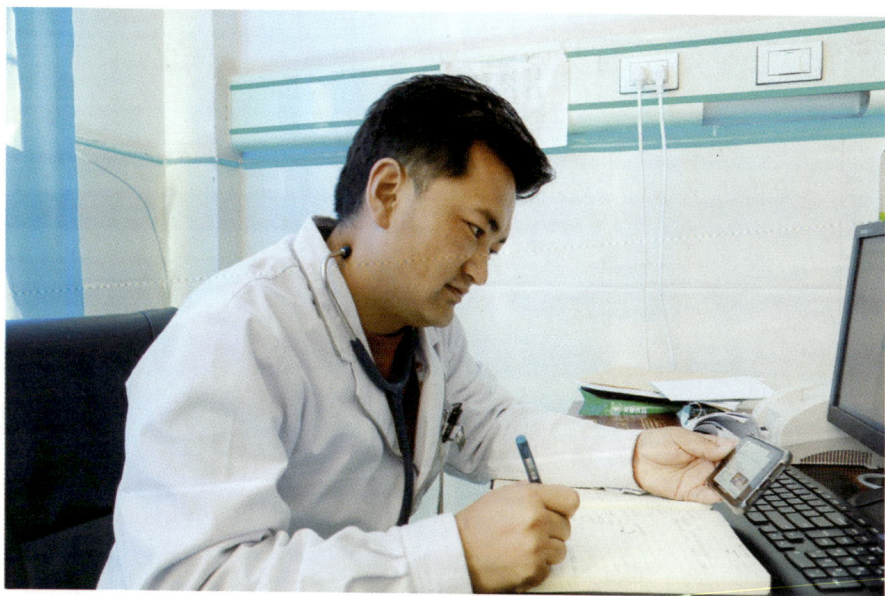

尼玛江才在"医蝶谷一起学"的直播课堂上一边听课，一边记笔记

感觉每次上课都像上大学一样，学到了很多。"尼玛江才像是一块在高原的强烈阳光下晒了很久的海绵，一场山雨落下，马上开始疯狂吮吸这份难得的滋润。不舍得落下课堂上的每一点知识，他在笔记本上密密麻麻地写下了上万字的笔记，工整地记录了每一个要点。他知道，每一点知识都和一个又一个活生生的患者相关，多学一点，就能多救一个人。

对尼玛江才来说，一根网线不仅将他和三甲医院的专家们链接到了一起，还让更多患者也融入其中。尼玛江才清楚地记得，有一天，急诊中心来了一名表情十分痛苦的患者，这位患者被检查出胸腔积液，但情况较为复杂，不能明确具体病因，很难开展下一步治疗。

尼玛江才再次产生知识层面的无力感，就在束手无策之际，他突然想到"医蝶谷一起学"项目中对他们科室进行一对一定点帮扶的涂杳然博士。涂博士是南昌市第一医院急创中心副主任医师，有着丰富的临床经验。"医蝶谷一起学"是由阿里健康和中国志愿医生等组织联合发起的医疗脱贫帮扶项目，通过建立线上线下相结合的医疗脱贫帮扶平台，连接更多像涂博士一样的专家和尼玛江才一样的县域医生，把医疗知识通过直播课堂传递到青藏高原的雪山之间、四川盆地的密林之中或是陕北大地的黄土梁峁之上……

涂博士不仅给他们上直播课，还和他们科室建立了线上交流小群，经常在群里和大家分享自己在临床中遇到的特殊病例。尼玛江才在临床诊治中遇到不懂的问题也会去群里咨询，每次都能得到涂博士的耐心解答。

尼玛江才马上打通涂博士的视频电话，一一说明病人的体征。涂博士远程诊断后给出了下一步的治疗方案，解了燃眉之急。

在涂博士的帮助下，通过远程会诊的方式，尼玛江才和他同在急诊中心的同事们为更多患者提供了更为专业的治疗。不过，他们没想到的是，更惊险的故事还在后面。

2020年9月7日晚上，囊谦县人民医院急诊中心突然传来一阵慌乱的脚步声，医生和护士推着病床冲到重症监护室，床上的病人已经陷入休克状态，原因是心力衰竭。

心力衰竭引发的休克现象在囊谦县人民医院急诊中心并不常见，病人命悬一线，一旁的医生们心里却有些拿不准。每一秒钟都事关人命，病人微弱的呼吸像是最急的鼓点，催促着医生们尽快施救。可是，万一处置不当，那动作越快，风险也就越大……

这时，急诊中心的阿旺巴久主任急匆匆地拿出手机，在重症监护室的病床旁再次打通了涂博士的视频电话。

"嘟嘟嘟……嘟嘟嘟……"阿旺巴久焦急地盯着电话，电话这头响了两声之后，手机屏幕上终于出现了熟悉的面孔，涂博士的声音从电话里传出来的那一刻，所有人的心里都踏实了许多。

在阿旺巴久急促又清晰地介绍完病人的情况后，涂博士凭着多年来丰富的临床经验马上给出了具体的救治建议。重症监护室里的医生们按照视频里传来的指示，麻利地进行着一步步操作，千里之外的涂博士透过手机，密切关注着医生们的一举一动，实时给出建议。终于，病人的呼吸渐渐平稳，这一生死时速的赛跑暂时告一段落。

"医蝶谷一起学"连接起了成百上千个涂博士和尼玛江才。从 2020 年 8—12 月，"医蝶谷一起学"项目开展仅 4 个月，已经覆盖了青海、四川、陕西、云南、贵州、新疆、广西等 15 个省（自治区）、30 个市的 70 家县医院，累计培训县域医院医生 1704 人次。

每周的直播课堂还在继续，涂博士们的分享也从未停歇，尼玛江才正掀开笔记本崭新的一页，记录下一行又一行清晰的笔记。或许，只有坐在诊室里的人和躺在病床上的人才最清楚，纸上的每一笔都有意义。正是这一横一竖、一撇一捺的积累，才有了更为专业的"永不撤离的医疗队"。

健康脱贫——健康的日子才是好日子

项目背景

健康是个人和家庭发展的根本前提。只有实现个人健康，贫困户才有可能正常学习、生产和生活；只有不断提高贫困地区医疗健康服务能力和医疗保障水平，才能从根本上保障贫困人口健康生活、病有所医，也不再因病致贫、因病返贫。近年来，国家卫健委等部门不断加大政策扶持、医疗资源供给和财政投入力度，保障贫困人口享有基本医疗卫生服务，显著提升了贫困地区群众的健康水平。

项目理念

阿里巴巴依托技术力量聚焦贫困地区人口健康问题，借助互联网在贫困人口与社会公众之间建立有效链接，通过"公益宝贝"等互联网公开募捐信息平台的公益产品带动社会力量广泛参与，实现健康脱贫工作广泛、有效的社会协同。发挥阿里巴巴数字化能力，配合政府完善县域医疗体系，降低因病致贫、因病返贫发生率，助力乡村医疗可持续发展。

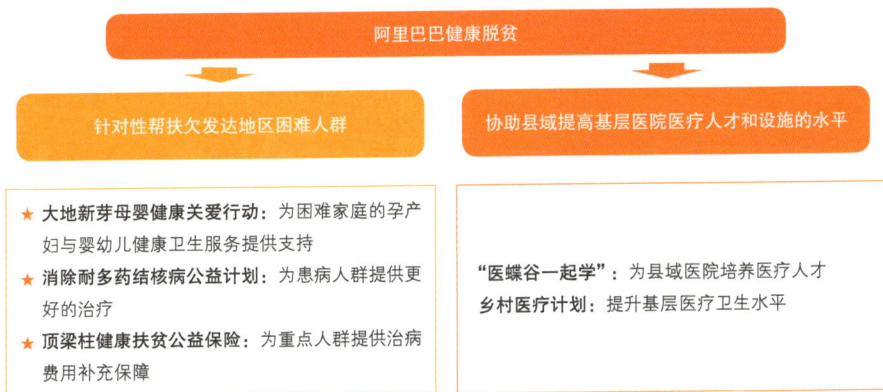

代表项目

项目一：顶梁柱健康扶贫公益保险

项目介绍：2017 年，阿里巴巴公益、蚂蚁金服公益、蚂蚁金服保险与中国扶贫基金会联合发起"顶梁柱健康扶贫公益保险"项目，创新地将健康脱贫与公益保险结合，为现行贫困标准下 18—60 周岁的建档立卡贫困户提供专属"扶贫公益保险"，发挥互联网平台优势，运用公益保险杠杆价值，不区分病种和医院，对住院总费用中政府多重保障外的"自付费用"进行补充报销，以此来降低因病致贫、因病返贫的发生率，并为该项目提供了强大的技术保障，实现保单电子化、实时化。

项目成果：截至 2020 年底，项目累计募集善款 34603.43 万元，投入 34172.29 万元，为全国 12 省（自治区、直辖市）84 县（市、区）1138.66 万人次建档立卡贫困户提供健康保障，累计获赔 136118 人次，累计理赔金额 21692.85 万元。

项目二：消除耐多药结核病公益计划

项目介绍：阿里健康与蓝农公益基金、复旦大学附属华山医院感染科主任张文宏教授合作开展"消除耐多药结核病公益计划"，携手基层医生、省市治疗团队和结核病防治专家，搭建线上线下结合的结核病管理平台，为基层医生提供培训和指导，提升基层医生诊断、治疗能力。在平台上实现耐多药结核病患者的发现、上报、有序转诊、治疗、随访等工作，对患者病情及时追踪。同时，通过免费的检查、药品等方面的支持与帮扶，帮助贫困的耐多药结核病患者获得先进的治疗方案、治疗药物，提高传染病患者的治疗管理效率。

项目成果：2020 年 12 月，"消除耐多药结核病公益计划"落地云南省昭通市，并计划在 2021 年覆盖到昆明、西双版纳、个旧、昭通、文山、曲靖、保山等 10 余个市州。

项目三：大地新芽母婴健康关爱行动

项目介绍：阿里巴巴公益与爱德基金会共同发起"大地新芽母婴健康关爱行动"，针对生命周期中最关键的孕育阶段——生命最初的 1000 天，为贫困孕产妇提供免费健康孕检、根据她们的营养状况提供营养健康包、向县级妇幼保健院及乡镇卫生院捐赠医护设备、为乡村医生提供培训等。项目依托基层医护人员主动推进孕期检查、营养支持、生长监测和健康宣教等持续深度服务，降低母婴健康风险，让更多贫困女性和婴幼儿都能够享有"健康"这一人生基本权利，打破因先天不足造成的贫困代际传递，促进贫困地区人口素质和综合能力的提升，推动地区实现可持续发展。

项目成果：截至 2020 年底，该项目已在云南省红河县、元阳县等全国 5 省 8 县开展，惠及约 59.2 万名育龄妇女。项目已为 28187 人次孕产妇提供健康检查，发放成人营养包 9785 份、婴幼儿营养包 20273 份、孕产家庭礼包 3143 份、乡村医生出诊访视工具 567 套，为基层医护人员提供能力培训 4895 人次，孕产妇科学营养管理知识普及 35180 人次。

项目四：助力脱贫乡村医疗计划

项目介绍：由阿里巴巴公益联合爱德基金会共同发起以村民为核心、村医为载体、社区为基础的公益项目。通过为贫困户免费发放爱心药包、建设乡村卫生室、捐助医疗设备及村医培训等，完善农村三级医疗卫生服务体系，提升基层医疗卫生水平，使农村居民能享受到优质的医疗卫生服务。

项目成果：截至 2020 年 10 月底，项目一期圆满结束，在甘肃礼县、湖南城步、贵州普安 3 县累计支持 50 个乡村卫生室建设，并为 257 个乡村卫生室提供基本医疗设备支持，共计 37.46 万人从中受益。

项目五："医蝶谷一起学"医疗脱贫帮扶平台

项目介绍：由阿里健康和中国志愿医生等爱心医生组织联合发起的"医蝶谷一起学"医疗脱贫帮扶项目，以基层专家工作站的形式，建立线上线下相结合的医疗脱贫帮扶平台，为基层医生提供线下义诊赠药、线上定制化专科内容培训、远程病例讨论、远程查房等，帮助县域医院有目标地提升专科能力。

项目成果：截至 2020 年 12 月，该项目走进了青海玉树、四川甘孜、陕西渭南、云南怒江、吉林长白山进行线下帮扶；线上平台已覆盖青海、四川、陕西等 15 个省（自治区、直辖市），30 个城市的 70 家县医院，累计培训县域医院医生 1704 人次。

第五章
CHAPTER 5

麦田的守望者

花儿，年复一年地开放，
我们都是那片麦田的守望者。

2016 年"马云乡村教师奖"获奖教师蒙晓梅与学生们

1. 山区小学的元宝足球队

15 年前，他很年轻，沉迷于理想，想过做一个诗人，写下满含热忱、激情或者哀伤的篇章。后来，他远走他乡，在贫困之隅投身教育。这一年，徐召伟 25 岁，离开他生活的新疆，只身前往贵州山区。

15 年后，他有些发福，脸颊黝黑，像泥土的颜色，让人觉得亲近可爱。他在贵州省大方县对江镇元宝小学教书，"无所不能"，教授数学、语文、英语、思想品德，但最让他满意的是体育课。为此，他还组建了一支足球队，叫元宝球队。正因为有了足球队，这个山村小学上空总是飘荡着欢笑声与喝彩声。

其实，他不会踢球，教授的踢球技巧完全来自视频。元宝球队逐渐引发关注，被央视接连报道，重点中学为其打开通道，两届球队中共有 18 名同学被重点中学录取。徐召伟认为，足球场上的态度应该是人生态度的映射，取胜的时候要欢呼雀跃，失利的时候则要坦然面对，戒骄戒躁。

徐召伟和足球队队员们

渐渐地，他成为学生们最热爱的老师之一，他却说，他什么都没有，只有孩子们。

在 15 年悠长而又转瞬即逝的时光里，徐召伟只回过一次家。在仅有的那一次回家之旅中，他对父母说："我帮助的很多人都读大学了，也有很多人找到了好工作，都有出息了。唯一对不起的就是你们两个，还有我弟，到现在都没有给过你们一分钱。但我希望你们想起儿子的时候，一辈子都感到骄傲。"徐召伟的确没有钱给父母，他的月收入只有 1500 元。

徐召伟还记得自己想当诗人的梦想。他说，成不了诗人，那就活成一首诗。他最喜欢的诗人是里克尔，因为里克尔曾经说："赞扬是围绕着一个人的名字积聚起来的全部误会的总和。"徐召伟拒绝赞扬，他喜欢"坚守"这个词，在他看来，支教理所当然，只要孩子们获得了快乐，他就很快乐。

有一个原本性格内向的女孩成了足球队队长，她笑靥如花，说："徐老师让我知道了什么是梦想，以及如何去追寻梦想。"

整整 15 年，孩子们走了一茬又一茬，徐召伟却始终没有离场。教室、球场，是他人生上半场的坚守之地。学校有点破旧，可球场对孩子们来说，像一个随时可以躺下来做的绿色之梦。

2017 年初春，校长告诉徐召伟，上海有人愿意捐赠给学校足球场一块人工草皮，但前提是操场必须是水泥地。徐召伟看着坑洼不平的操场、高低起伏的地面，暗生惆怅。后来，学校负债 10 多万元实现了足球场硬化，一块 18×30 平方米的小球场建成了，这是孩子们的天堂。

2019 年，徐召伟 39 岁，他第一次出国。他接受了支付宝的邀请，去葡萄牙观看欧洲国家联赛，支付宝是这届联赛的赞助商。他拿着一个已经被踢破裂的足球，请他钟爱的球星卡瓦略签名，可当他看到签名的时候内心又开始纠结了：这个足球要收藏起来，不能踢了，有点可惜。

支付宝邀请徐召伟去看球赛缘于他在 2018 年获得了"马云乡村教

师奖"。在申请"马云乡村教师奖"的时候他写了一段深情、简洁但动人心弦的话："支教在我生命中不可或缺，申请'马云乡村教师奖'，一方面是因为我长期支教，需要支持，我爱山村教育，我爱山区的孩子。另一方面，我想替那些长期在山区支教的志愿者们申请，让大家知道他们的存在，知道他们为山区孩子默默做的一切。"

就像徐召伟一样，更多的普通人开始从繁华世界走近那些渴望获得关注的孩子身边。

李孟昊选择去乡村做一名教师，大概和自己的童年经历有关。在城市里生活的人可能无法想象一个农村孩子为了求学所要经历的艰辛。李孟昊小的时候，为了上学，要翻越三座山头。那些山头像高傲的陌生人，不断写下难题，让李孟昊解答。学校也是简陋不堪，赶上连绵的雨天，屋顶会渗进雨水，头发会被寒冷的雨水打湿。

那时候，学校里只有一位李老师。雨天路滑，他会挨个背孩子回家。每次考试前，他必须步行3个小时到乡中心小学去取考卷。李老师的背影，趴在李老师后背上感受到的温度，是李孟昊童年里最美好的回忆。李老师的一言一行，李孟昊看在眼里，也使他笃定了自己要做一个什么样的人，以及拒绝成为什么样的人。

2012年，他考进湖南第一师范学院，这是一所历史悠久的大学，可以追溯到南宋的长沙城南书院，与英才辈出的岳麓书院齐名。

早在2006年，湖南一师就在全国率先实施农村教师公费定向培养专项计划。在求学过程中，李孟昊接受了定向培养，打算成为一名乡

李孟昊和孩子们

村教师。这就要求他不仅要学习专业知识，还要掌握美术、音乐、舞蹈、写字、情景剧编排等多项科目。李孟昊多少带着点实用主义的心态去掌握这些学科，他希望有一天，当他走进乡村小学之后，能立刻教给孩子们。

读书期间的一次短暂下乡支教，给了李孟昊巨大的冲击。他曾送一个孩子回家，走到半途，孩子指了指旁边的一个房子说："老师你别送了，你回去。"于是，李孟昊返身回校。后来，有同事告诉他，那孩子的家其实还要翻一座山才能到。"我以为他家就在那个房子那里。"李孟昊说。

毕业后，李孟昊义无反顾地回到家乡，成了一名乡村教师。"忙，连轴转，从早到晚。"每天晚上9点，孩子们沉沉入睡，只有这时他才有闲暇抬头看看故乡的天空，读几十页他最爱的余华的作品。

2018 年，李孟昊入选首届"马云乡村师范生计划"。"马云乡村师范生计划"于 2017 年 12 月启动。马云在启动时说，在 10 年内至少投资 3 亿元，助力乡村教育事业，具体做法是每年在全国招募主动投身乡村教育的优秀应届师范毕业生，给予每人持续 5 年、共计 10 万元的支持，帮助他们在乡村一线成就个人价值，为乡村儿童带去优质教育。

湖南一师是"马云乡村师范生计划"合作师范院校中的一所，四川师范大学、重庆第二师范学院、陕西师范大学、杭州师范大学等师范院校也在其中。2020 年，"马云乡村师范生计划"面向全国 2020 届师范毕业生群体招募 300 名优秀乡村师范生。

许多人终其一生也无法回到故乡，但像李孟昊这样的年轻人，却以乡村教师的身份，守住乡愁，并为故乡带去改变。

马云说："乡村教育，从有到优，这将是一个漫长的过程，但我们愿意为这样的未来，和大家一起携手努力，为乡村师范生提供尽可能的帮助。"

同样改变家乡的，还有四川省凉山彝族自治州喜德县李子乡晨光小学的创办人阿苏英雄。在过去的 20 年里，她始终在这所小学任教、当校长，事无巨细地操持学校里的每一件事。

阿苏英雄认为自己并非英雄，她只是希望自己曾经遇到的困窘不再笼罩在孩子们身上。

阿苏英雄 9 岁才上学，是当时班里最小的学生，也是仅有的两个读书的女孩之一。中专毕业后，她本来在一所小学里代课，但家乡落后的教育情况一直缠绕在她的内心深处——孩子们依然很晚上学，女孩们的教育更是被漠视。

于是，2001年，她在故乡创办了李子晨光小学。26个学生坐在唯一的教室里，这间教室还是阿苏英雄的弟弟用家里的厨房改建的。他们共用一本教材，传来传去，破旧不堪。

在那个年代，女孩到了六年级就要外出打工，她们瘦弱的身躯很快便汇入社会的洪流，但命运却很难改变。

阿苏英雄挨家挨户地劝说家长送孩子上学。她回忆说："让我印象深刻的是有两个学生在读六年级的时候，家长就准备带她们出去打工。我当时用尽了一切办法劝，最终才让家长同意放一个孩子回来读书，另一个孩子出去打工。现在，回去读书的学生考上四川一所师范大学，而打工的那个学生在十七八岁的时候就做了妈妈。"

一个偶然的决定或会影响一生的命运，一位良师的坚持或能让一个人走进崭新的世界。

"让大凉山彝族的女孩能够读上书，而不是像我当年的姐妹那样过早嫁人或者开始另外一种生活，这就是我最初办学的想法。"在2016年"马云乡村教师奖"颁奖典礼上，获奖者阿苏英雄坦陈自己单纯而美好的初衷。

虽然获得了认可和支持，但阿苏英雄仍面对着难以克服的困境。孩子们每天要跋涉三四个小时的山路来上课，她最大的希望是"给孩子们建造一幢宿舍楼"。

2020 年，阿苏英雄的梦想变成现实。在"马云乡村寄宿制学校计划"的支持下，晨光小学宿舍楼已经初步竣工。楼宇黄蓝相间，蓝色代表希望，黄色代表明亮。

除了硬件提升，在过去的几年里，社会各方力量都开始关注这一隅之地，渴望通过努力改善当地的教育环境和教育理念。

事实上，阿里巴巴松果公益[①]曾经联合 UC 公益、书旗小说、夸克搜索、担当者行动等共同合作的"益起读书"公益项目，来到四川凉山州喜德县，为李子乡中心小学和晨光小学捐赠了 32 个班级图书角。

书籍成为一扇窗口，孩子们用双手、眼神去触碰那些他们未知的知识、思想。更多的窗口也在陆续打开，让孩子们踮起脚尖、屏住呼吸，去探寻更丰饶的世界。

那些孩子明亮的眼睛，应该张望着明亮的教室，也应该穿着鲜亮的校服，在宽阔的操场上恣意奔跑，在知识的海洋里任意遨游。

乡村教师是马云公益基金会关注到的乡村教育的重要一环，在马云乡村教师计划启动一年后，马云公益基金会开始关注乡村教育的领头人——乡村校长。于是，"马云乡村校长计划"应运而生，这个计划的目标是发现并助力具有优秀领导力的"乡村教育家"。

---

① 松果公益：由阿里创新和文娱两大事业群联合发起的公益项目，面向全国 6—15 岁乡村学生，以"挖掘、激发和培养乡村学生探索世界和学习知识的兴趣"为愿景，搭建优质课外兴趣培育类内容平台，打造线上"乡村兴趣班"模式，为乡村学校提供学生素养培育解决方案。

2. 一位让校园歌声嘹亮的校长

那是几座古旧的建筑，红色的墙漆，走在木制台阶上总能听到吱呀作响的声音。附近群山环绕，如同绿色的瀑布般包裹着这所小学。操场上，一些孩子在打羽毛球、篮球，踢足球。教室里，阳光洒在桌面上，孩子们学习、唱歌，很是温暖。

置身于此，不禁让人想起电影《放牛班的春天》。那个被人遗忘的小学里来了一位其貌不扬还有些谢顶的老师，他热衷于让同学们纵情歌唱，还发现了一个歌声如同夜莺般的男孩。

同样被阳光和歌声包裹的还有这所小学——云南腾冲市界头镇中心学校，这里也有一位这样的老师。不，应该说是校长。他叫熊国朝，关注孩子们的基础学科成绩，也以百分之百的热情激发孩子们各方面的兴趣。

熊国朝校长举办了建校以来的首次文化体育艺术节，可家长们却说："孩子们每天唱歌，也没唱成歌星啊。"熊校长则回答："不是每个孩子都能成才，但他们应该努力成人。"

成人，意味着每一个孩子都应该具有健全的人格，基本的素养，乐观豁达的心态——30年来，这是熊国朝努力的方向。

1991年，从师范学校毕业后的熊国朝被分配到界头乡，担任界头乡中牌小学"负责人"。这多少是个耐人寻味的头衔——不是校长，但要负责。用他自己的话说："做负责人，不是因为我有多优秀，而是因为没有人。"

形势比熊国朝预想的还要严峻，中牌村里的土路坎坷崎岖，自行车无法正常通行，牛车常常陷入泥潭，校舍都是木制，稀疏的篱笆由几根斑驳的木头扎成。这所小学只有4个教师，熊国朝是其中之一。他们需要承担90多名小学生的教育任务，还包括他们的衣食住行。

熊国朝面对赤脚游走在学校里的孩子，看着他们的脸蛋被冻得通红，内心感到十分不安。但生活并非只有苦痛挣扎，每天，4个老师除了授课，还要给孩子们做饭。每当食物将熟、香气氤氲的时候，孩子们总会跑过来抢上第一口。这时候，外人听到校内的欢声笑语，就会说："四只快乐的公老鼠正带着孩子们愉快地吃饭。"

有一次，当熊国朝走上讲台准备授课时，他惊讶地发现，讲台的抽屉里塞满了学生给他带的水果、蔬菜。

每天，他看到孩子们放学后还要照顾弟弟妹妹、做饭、割草，心中倍感沉重。爱与怜惜在熊国朝的内心交替升腾，他决定留下来，做一个乡村校长。

过了一年，熊国朝又被派往情况类似的界头镇中心校任教。一年后，他开始担任校长，此后便再也没有离开过这片土地和这片土地上的孩子们。

诱惑并非没有。

2005 年，熊国朝有机会去腾越镇参加校长的公开选拔，但他舍不得，也不忍心离开这里。他对劝他参加选拔的人说："我要是走了，那界头的教育咋办？"

他满怀希望。他，就是希望本身。

2016 年，"马云乡村校长计划"诞生。一个校长，能深刻影响一所学校，决定一个学校的未来。帮助校长持续提升领导力，开拓农村教育新模式，那就是助力乡村教育更好地发展。

这一年的 7 月 4 日，马云公益基金会发布"马云乡村校长计划"，每年将评选出 20 位优秀的"乡村教育家"代表，为他们每人提供总计 50 万元的支持，希望他们能从教育理念、管理智慧、社会影响三个层面改善乡村教育质量，助力新乡村教育的创新发展。具体举措包括举办校长领导力论坛、国际游学活动，进行领导力培训，设立实践基金等。

这个计划的初衷来源于马云公益基金会对"校长"这一角色的认识，那就是一个校长能深度影响一所学校，校长的教育情怀与教育思想决定了学校的教育文化，校长的管理能力决定学校的教学成效，校长的领导力决定学校的氛围和活力。做乡村校长应该像做 CEO 一样，要有领导力。

像熊国朝这样的校长，如同繁星般散落在中国各地，他们满怀热忱地操持着学校的日常运营，但相对缺乏管理思维和领导力。"马云乡村校长计划"正是为了弥补这个缺憾。

熊国朝和孩子们

这项计划不是让校长去摘取山顶上辉煌的管理桂冠，而是让他们的激情、勇气、无私与智慧、技巧、力量相结合，让校长具备教育家的思维。正如陶行知所言："培养教育人和种花木一样，首先要认识花木的特点，区别不同情况给以施肥、浇水和培养教育，这叫'因材施教'。"

2016 年, 熊国朝在给"马云乡村校长计划"写的自荐信上, 这样描述自己的教育理念:"在第二所小学担任校长后, 我提出不分主科、副科, 开齐课程, 上足课, 就是最朴素的素质教育。"

20 世纪 90 年代, 熊国朝在翻看一本叫《教师博览》的杂志时发现了"素质教育"这个词。文中对该词的解释是: 要让学生们身心健康, 全面发展。

熊国朝认为全面发展很重要, 那是奔向素质教育天国的阶梯。可他面对的却是"残缺不全"的现状, 比如上音乐课时, 连老师都不会唱歌, 那又怎么去教学生享受音乐的美妙呢?

那时, 熊国朝展现了自己"铁腕"的一面。他要求老师们必须带着孩子一起唱歌, 即使五音不全, 也要纵情歌唱。唯有如此, 学生们的兴趣才会被激发。实际上, 在学生们的眼里, 熊校长一直极为严苛, 一丝不苟, 甚至有人说他是"魔鬼"。

但有时候, 熊国朝又展露出耐心、温和的另一面。他带着老师们引领孩子们听音乐、唱歌; 他在坑洼不平甚至积水的操场上跟孩子们一起开运动会; 他告诫老师, 孩子们的阅读是头等大事, 眼光要跳出教科书, 要去拥抱更广阔的文山瀚海。

他还陪着孩子们去春游、野餐、开篝火晚会——在此之前, 这群孩子几乎不知道什么叫春游。

学校里每天歌声飞扬、舞步翩翩, 村民们十分好奇, 甚至也有怀疑——这还是教学吗?

熊校长从来没有否定过自己的决定。2007 年,他力排众议,举办了首届"文化艺术活动周",这自然引起了村民们的不满和疑虑。熊国朝则认为,举办文化活动的初衷不是让孩子们成为明星,而是让他们健康、快乐地成长,体会艺术、文化的魅力。

事实上,因为持续举办艺术周,有多个孩子因被艺校选拔而获得了进一步提升。家长们也惊喜地发现,培养孩子们的文化兴趣并没有影响正常的教学,相反,界头镇优质高中上线人数从三四十人上升为上百人,高考被一本院校录取人数稳定在百人以上。熊国朝所在的小学,成绩一直处于全市前十之列。

家长的观念也逐渐发生了变化。熊国朝说:"从前,让家长给孩子买双表演鞋都要招来苛责,但当他们看到孩子们如同精灵一样在表演的时候,他们由衷地意识到艺术、文化对孩子的改变,他们开始争先恐后地让孩子多参与表演和艺术活动。"

当然,校长的工作绝不仅限于此。多年以来,他发现,现代社会与乡村学校之间有着巨大的数字鸿沟。外边的互联网世界缤纷多彩,另一边的穷乡僻壤则依然处于数字化闭塞的区域。这样导致的结果就是教育资源分布不均,山村教师要获取最新教育理念和方法也比较困难。

幸运的是,在国家的帮扶下,村里有了网络。熊国朝又变成一个热衷于依靠网络来改善教育境况的先行者。也许,对于很多人来说,熊校长对网络的运用还比较粗浅,但网络其实极为实用。

他跨进了互联网的门槛，从此义无反顾。他引入视频教学，让乡村教师接受网络培训，吸纳更先进的教学理念。他曾介绍过自己独特的"大数据"分析方法：不同的小学生在进入初中后表现迥异，有的孩子能进入优质高中，有的则不行。他通过数据分析发现，那些表现良好的孩子大体上都接受过素质教育的洗礼，他们不仅成绩优秀，人格也相对健全。

在从 2016 年到 2017 年参加"马云乡村校长计划"的 1 年里，熊国朝在杭州接受教育培训，去美国体会了最先进的教育理念，这些新的理念使他的内心有些躁动，但他又极为理性。"中美教育没有孰优孰劣，城乡教育确有差距，但乡村孩子的自立自强和独有的资源也是优势……适合的才是最好的。"

如今，乡村也在拥抱互联网和数字化时代，虽然相对于大城市来得迟缓些，但终究也是来了。那些兢兢业业、试图改善乡村教育环境的校长，也等来了一个崭新的时代。

3. 学校里有一个我的家

"我每天上学要走两三个小时，有些地方的路很窄，一不小心就会掉到池塘里面去。"

云南省昭通市镇雄县花山乡黄连小学位于高寒地区，海拔 2100 米。那里的近 200 名孩子靠走路上学，他们大部分是留守儿童。他们中家住得最远的孩子上学单程要 14 公里，一天上学、放学就要走 60000 多步。

"冬天凌晨 5 点起床，打着火把手电走山路，下午三四点放学后又要往回走，一天在路上的时间甚至超过了在学校的时间。"黄连小学校长谢汉江说。这一情况在 2019 年 5 月得到改变，孩子们搬入了学校的寄宿制新"家"。

云南省镇雄黄县连小学的学生走路上学

2018 年，马云公益基金会联合鹏瑞启航公益基金会启动黄连小学寄宿制改建项目，合并黄连村原有的 3 个教学点。

改建后，黄连小学有 24 间宽敞明亮的宿舍，卫生间、洗衣房、洗澡间、阅读吧、美术室、音乐室、少年宫、乐高室一应俱全。这里还有"亲情吧"，可以让留守儿童和父母视频通话。孩子们一日三餐都在学校解决，学校食堂的菜单是由中国营养学会专门设计的。

曾经每天要走 60000 步山路的孩子，如今一周只用走一次。

"寄宿后，老师教学生洗澡、刷牙，帮他们养成科学的卫生、生活习惯。"谢汉江说。

更重要的是，撤点并校后，黄连小学的师资得到了优化。过去，黄连村 3 个教学点分散各处，每个教学点只有 2 个老师，隔年招生，一个老师代一个班的全部学科。现在，新黄连小学拥有 13 个老师，其中 8 个是 90 后，还有了专业的美术、音乐、科学老师。

五年级学生小敏曾跟随在福建打工的父母就地上学，2019 年，她重新回到黄连小学。"我最喜欢学校的美术室，我喜欢画画，我的愿望是当一个画家。"小敏说。

六年级的杨胜跟随父母在河北唐山上学，2019 年秋天回到家乡。他说："原来在唐山，没有朋友，父母没时间陪我。如今，住在学校，有了更多的朋友一起玩、一起学习。"

花山乡中心学校办公室主任王浪介绍，实行寄宿制半年后，黄连小学学生的成绩有了大幅提升，更重要的是，孩子们变得话多了。比之前更自信了，适应能力提升了。

从 20 世纪 90 年代开始，我国的城镇化水平不断提高，农村学龄人口却不断减少。全国有近 10 万个农村小学教学点，半数教学点的学生少于百人，六分之一的教学点不足 10 人。

这些学校主要分布在西南、西北等偏远地区，学校缺乏教学设施和学习资源，师资力量与乡镇学校差距较大。而且，那里的乡村学生大都是留守儿童，由爷爷奶奶照料，缺乏良好的生活习惯和家庭教育。

2018 年 1 月 21 日，在马云乡村教师颁奖典礼的乡村教育午餐会上，基于马云公益基金会过去 3 年参与乡村教育的探索，马云向到场的 80 多位企业家提出一起建设乡村寄宿制试点学校的倡议。就这样，"马云乡村寄宿制学校计划"正式启动试点。

"寄宿制解决的不是教的问题，而是育的问题。"2019 年，马云在乡村教育午餐会上又说，"寄宿制将教育、文化、生活融为一体，为乡村留守孩子搭建了一个阳光场地，白天上课，晚上开展兴趣活动，把教和育结合在了一起。"

此后，马云公益基金会探索出一条"基金会—企业—教育系统"的三方合作模式，形成了可推广的乡村寄宿制学校建设和管理经验。

同样的"搬家"故事还发生在江西寻乌。

寻乌县留车镇中心小学是一所翻新改造完毕的马云乡村寄宿学校，有 30 间学生宿舍，99 个寄宿生（其中 58 个留守儿童），最远的学生离家 20 公里。女生宿舍为粉色调，男生宿舍为蓝色调。宿舍新换了地板，安装了衣柜、鞋柜，还放置了课外书。

12 岁的邱金旺是四年级的住校生。住校后，他不仅不用每天奔跑在路上，还在宿舍学会了叠被子、装饰和整理宿舍。

这里的每间宿舍，都有学生给起的名字。305 寝室叫"冰壶秋月"。侯丽婷说，她们在墙上镶嵌了画，她画的百香果是家乡特产。赖慧萍是五年级 3 班住校生，以前数学成绩不及格，现在在学校参加特别好玩的洋葱数学，上次考试考了 80 多分。

澄江中心小学是另一所马云乡村寄宿学校。这所学校合并了一所乡村小学——长畲小学，原来的长畲小学是"一栋楼，两个班，三个年级，四个老师，五个学生"。徐慧娟、徐倩、徐耀文三个小学生来到澄江中心小学上三年级。徐子涵在长畲小学时是一个人一个班，到澄

马云公益基金会打造的留车镇中心小学女生宿舍

江中心小学上四年级后，一下有了几十个小伙伴。宿舍里还有乐高玩具，他们特别高兴。

原来的长畲小学校长徐良清也跟到澄江中心小学任教。他坦言，以前孩子们的学习成绩比较差，师资力量跟不上，现在，孩子们的成绩都好了很多。徐慧娟说她的英语考了 94 分，数学 84 分，而以前都是 60 多分。

徐良清与原长畲小学的学生在澄江中心小学门前合影

为了让孩子适应新学校，学校给孩子配备了生活老师。朱俊娣是徐慧娟的生活老师，她把同村来的女生先分在一间宿舍，一周后再将她们分开。分开是为了培养她们的自立能力。

在寻乌县，像长畲小学这样 10 人以下的教学点曾有 40 多处。2019年，马云公益基金会联合小赢公益基金会等机构和企业家，在寻乌县5 所学校进行了寄宿制建设，改善了宿舍硬件条件，配备了生活老师，丰富了寄宿学生的课余活动。

朱俊娣很重视对寄宿生的生活习惯培训，还开展了文明寝室评比。"在生活老师的培训下，我们都懂得在进寝室前要把鞋放在鞋柜里，刷完牙要把牙刷头朝上，以免细菌滋生。"徐子涵说。

"小规模寄宿制契合当前农村教育的发展，生活、学习都在学校，这不仅是办学形式，更是学习形式。目前，马云寄宿学校的生活条件甚至超出许多贫困家庭的生活条件。"在寻乌县澄江中心小学项目一期改造工程的验收仪式上，时任江西省教育厅基教处处长的何少加说道。

浙江省桐庐县分水镇玉华小学实行寄宿制后也取得了良好效果。据校长吴斌介绍，原来 5 个教学点共有 78 名老师，全部集中到玉华小学后，35 名老师就够了，其余老师则分到了其他学校，学校的师资力量整体更强了。"我们还和公交公司合作，根据寄宿学生们的上下学路线，以村为单位设置站点，学生往返学校不用再犯愁。"

自 2018 年启动寄宿制项目起至 2021 年 1 月，马云公益基金会在全国共完成 15 所学校的寄宿制建设，6201 名乡村儿童搬进了寄宿制新家。

未来，马云公益基金会将继续探索撤点并校和乡村寄宿制学校管理，研究寄宿制模式的标准化，生活老师的专职化、专业化，以及课外活动的丰富创新，帮助乡村寄宿制学校连接更多优质资源。

4. 学习，可以很有趣

　　拉尔夫·瓦尔多·爱默生是美国 19 世纪伟大的学者、诗人，他对教育亦有着卓越的见识。爱默生认为，教育的意义是唤醒灵魂。唤醒，或许意味着教育应该摆脱单调、乏味的刻板印象，用多样化的方式去激发孩子的兴趣、动力和好奇心。

　　技术的进步理应普惠更多的人，让他们的生活更便捷，让他们获取知识的手段更多元。江西省寻乌县车头小学五年级的一个小姑娘也许并没有完全意识到新技术对她的影响，但她的性格、学习成绩却因新技术正发生变化。

　　她过去的人生是灰暗的。父母早年离异，她在 1 岁多的时候就跟随父亲辗转各地打工。

直到 2020 年，小姑娘辗转来到了车头小学，虽然已经五年级了，班主任吴老师却惊讶地发现，这个小姑娘居然连二年级时就该掌握的乘法口诀都不会。

更严重的是，由于学习基础落后于同班同学，小姑娘对学习全无兴趣，每天都茫然地坐在教室里，像孤独的小鸟。

变化发生在"优课计划"的云课堂入驻之后。一天，吴老师带着孩子们一起看云课堂的乘法教学视频，孩子们惊讶得张大嘴，目光定格在屏幕上，再也没有离开。视频结束后，老师向同学们提问，那个一直不苟言笑、很少回答问题的小姑娘竟然抢着举手。

老师的教学兴致一下子被点燃了，此后的时光里，吴老师和她的同事们将课堂教学与视频教学结合起来，效果显著，这个小姑娘的成绩从不及格跃升到了及格线以上。

老师们的视野也被打开，他们开始优化备课流程——先认真审视云课堂的视频内容，然后结合教材，力争用最能激发孩子们兴趣的方式授课。

"优课计划"是由阿里巴巴技术公益委员会发起的，旨在通过钉钉平台和数字化手段，为乡村教师提供更多优质的教学资源和教学工具，并提供数字化教学能力培训，助力乡村教师"减负增效"，提升教学效果。项目的第一阶段，以数学这一基础学科为切入点，联合洋葱学院作为"优课计划"首家在线教育合作伙伴，为该计划覆盖的老师和班级提供免费的数学课程及教师在线培训。

2020 年 8 月 12 日，"优课计划"在山西省长治市平顺县迈出了第一步。江西省寻乌县，贵州省普安县，河北省巨鹿县，陕西省宜君县，甘肃省礼县、渭源县，河南省民权县等相继引入，惠及乡村小学 60 所、老师 283 人，有近 300 个班级超过万名乡村学生受益。

"优课计划"进课堂

贵州省普安县的历史可以追溯到春秋战国时期。普安，意为"普天之下，芸芸众生，平安生息"。这座古老的县城坐落在贵州省西南部，乌蒙山横穿县境，县城周遭山峰林立。

"优课计划"的到来，让普安的孩子们对学习有了更浓厚的兴趣。龙溪石砚小学有两个姓王的小学生，他们的成长环境颇为相似：家里都是拆迁户，父母都不太关心孩子的学习。据上数学课的蔡老师观察，在导入"优课计划"之后，两个学生开始主动利用闲暇时间看学习视频，他们的学习兴趣被激发，成绩有所提升。

在河北省张北县，英国人王富贵成了很多小学的名人。这位外国老师通过松果公益变成了学生心目中的网红老师。阿里巴巴特派员刘云飞还记得，2020年夏天，张北县1000多名小学生在网上遇到了王富贵。

王富贵讲课妙趣横生，包罗万象，从北京烤鸭到宇宙奇观，他信手拈来，同学们在欢声笑语中洞悉英文的简洁、美妙。同学们积极回应王富贵提出的问题，王老师则以Good（好）、Excellent（优秀）、Perfect（完美）给孩子们鼓励和认可。

刘云飞慢慢发现，在松果公益来了之后，以前对英文没兴趣的一些学生也开始爱上英语，甚至连日常交流都开启了英文模式。

实际上，松果公益不仅包含英语教学，还囊括了科普、自然、美学及我的祖国等线上影音课程，由阿里巴巴整合内部的文娱资源、社会公益资源共同打造而成。

身处新疆的一位老师在引入松果公益之后说："以前，在学生们问我新疆以外的地方是什么样的时候，我只能说我也不知道，我也没去过。今天，我和孩子们一起开眼看世界了。"

5. 职业教育，疏通职场最后一公里

在很长时间里，杨东亮认为，时代并不喜欢他这样的年轻人。他和祖辈们一直生活在河北沧州南杨庄村。随着时代浪潮的汹涌而至，越来越多的年轻人离开家乡。

杨东亮没有想过离开，他的未来几乎一眼都能看到边际——结婚生子，过不咸不淡的生活。然而，就在他准备结婚的时候，父亲生了一场大病，全家陷入困顿。

作家茨威格有一句被反复引用的名言：一个人生命中的最大幸运，莫过于在他的人生中途，即在他年富力强时发现了自己的人生使命。

在接受蔡崇信公益基金会采访的时候，杨东亮说自己有一阵子浑浑噩噩的，过着没有任何方向的生活。

曾经迷茫的杨东亮

　　杨东亮那时候的生活状态和心境折射出中国职业教育的困境，作为距离职场只有一公里的教育形态，长期以来，职业教育一直不被社会大众认可。世人普遍认为不够优秀的孩子才会去职业学校。

　　不解、偏见，加上职业教育本身与职场、社会的脱节，都让职校生容易产生自我放弃的心理。

　　德国的职业教育已经成为世界职教的典范。在德国，不读大学，进一所职业学校也是特别好的选择。早在 1969 年，德国就出台了《职业教育法》，明确政府、行业协会、职业院校和企业在职业教育与培训上的职责。此后，德国政府与各行业协会签订协议，提出除了极个别特殊工厂，所有企业必须提供各种实习工作岗位来支撑这一体制。

简单来说，德国的职业教育与社会、企业紧密相连，这也是德国制造业广受赞誉的底力之一。蔡崇信公益基金会意识到这一点后，决定致力于搭建职业教育与企业之间的桥梁。

杨东亮非常喜欢 3D 动画电影《秦时明月》，当他看着美轮美奂的画面时，内心升腾起了去做电影的希望，但他的父母并不赞成。对长年生活在农村的他们来说，电影行业太过浮夸，杨东亮应该找份稳定的工作，安安稳稳地生活下去。

然而，转折点出现了。"蔡崇信职业教育计划"影视后期实训班的公益项目在武邑职教中心落地。父母担心学影视要花巨资，杨东亮却告诉他们，学费几乎全免。

兴趣变成了动力，动力能破除一切困难。

杨东亮仿佛获得了新生，再也不是那个懒散、甘于平庸的少年。在培训班里，他面对着看不懂的英文软件界面潜心学习英语，他来到陌生的石家庄接受集训，再后来，他被分配到北京橙视觉公司实习……

那个他只是听闻却从来没有想过能亲手触碰的世界，居然就这样在面前徐徐展开了。他变成了一个北漂，就像嘉莉妹妹一样，从一个小镇来到一座辉煌的大都市，只不过他们的命运并不相同。

像很多北漂一样，他住在狭窄逼仄的出租房里，每天穿越拥挤的人群去上班，但物质生活的不安定感并没有湮灭他对理想的执着。生活，也慢慢向他露出了微笑。在这家公司里，他参与了《盗墓笔记》《孙悟空大战盘丝洞》等影视剧的后期工作。2020 年 9 月，他进入电影《金刚川》项目，担任后期合成师。

工作一天后，杨东亮会坐在家门口的小面馆吃上一碗面条。老板亲切地问候他："电影搞得怎样了？"他心里喜滋滋的，那是一种他从未体验过的成就感。

不久之后，杨东亮回到老家，带着全家四口人一块儿去电影院看《金刚川》。那是他参与制作的电影。

杨东亮带全家人看他参与后期合成的电影《金刚川》

和杨东亮一样感到幸福的，还有陶守林。

"最幸福的事儿莫过于学以致用。"2020 年 10 月 16 日，国家扶贫日前夕，蔡崇信公益基金会在安徽金寨技师学院发布了职业教育项目脱贫成果。陶守林站在舞台上回顾自己曾经遭遇的困境，感恩今天的幸福生活。

从 2013 年开始，国家开始推行扶贫开发建档立卡制度，为每个贫困户建档立卡，建设全国扶贫信息网络系统。

陶守林就来自于建档立卡的家庭。在职业学校学习期间，因一个偶然的机会，他了解到蔡崇信公益基金会的影视后期实训项目在金寨开班，便报名成为第一期学员。此后，他进入了武汉的一家公司实习，生活开始步入正轨。陶守林说："我在武汉的实习工资就有 4000 多元，现在更是涨到了 8000 元。"更重要的是，他的成长给家庭带来了希望，实现了蔡崇信职业教育计划的初衷——培养一个人，带动一个家。

这种培养方式其实是合力的结果。

让杨东亮和陶守林的日子过得更有奔头的背后，有蔡崇信公益基金会的发起及出资支持，有火星时代教育机构的落地实施，有职教主管部门和学校配合的共同推进。

火星时代的王国研一直关注中国的职业教育。经过漫长的调研，他发现职业学校里的孩子眼睛里是带光的。他们对知识的渴望从未止歇，但缺乏的是专业的职业引导、技能提升以及连接企业的桥梁。

火星时代是国内知名的影视后期培训机构，除了教学，火星时代一直关注县域职业教育短板，在"蔡崇信职业教育计划"的项目框架内，他们不断地将优秀教师输送至全国各地的职业学校，试图提升当地的职业教育水平。滦平职业技术教育中心、金寨技师学院就是影视后期实训的首批试点学校。

为了给杨东亮、陶守林们更专业的辅导，让他们与企业的联系更加紧密，"蔡崇信职业教育计划"和火星时代联合研发的课程体系打破了常规的教学模式，他们将5个月划分为5个教学阶段，每个月为1个阶段，每个月由火星时代安排不同技能的专业老师到校实地教学授课，让学生掌握Photoshop、Premier、After Effects、C4D等行业主流图像视频编辑软件，能独立完成商业级广告片的制作。

结果让人欣喜，影视制作实训班的首期项目学员，金寨有43人，滦平有29人，除了升学学员，其他学生毕业当月即实现100%就业，平均工资为3000—6000元/月。

改善职业教育的路途依然漫长，世人对职业学校的偏见依然广泛存在，职业学校的教学水平如果停滞不前，就会形成恶性循环。因此，要改善职业教育，必须要有更优秀的职校教师。

心理辅导老师杨金花一直生活在贵州省天柱县，这里的景色迷人。杨金花每天早早来到天柱县中等职业学校，开始一天的工作与生活。

她的说话声音时而轻柔悦耳，时而慷慨激昂，语句像事先巧妙雕琢过一样自然地流淌出来。从2000年开始，她在乡村小学任教5年，在县城初中任教6年，在高中任教8年，教授过历史、语文、思想品德等多门课程，此后进入天柱县中等职业学校担任心理辅导老师。

在心理辅导老师这个工作岗位上，杨金花如鱼得水，可另一方面，她又深感自己的知识储备不足，管理经验不够。

2020年7月，蔡崇信公益基金会帮扶职业学校的培训项目引起了她的注意。杨金花拿到了前往浙江南浔培训的机会。

蔡崇信公益基金会的目标是为职业学校老师赋能，提升他们的教学水平、管理能力。培训完后，杨金花在黔东南州公益讲师的岗位上发挥了更大的作用，她关心女童心理安全、留守儿童心理健康，那些即将参加中高考的同学也乐于向她敞开心扉，谈论自己的困惑以及无奈。

杨金花不是唯一的样本，安徽金寨技师学院的汪灿灿是陶守林所在的影视后期实训班的班主任，她跟班接受培训后，指导学生获得了创新创业大赛全国优胜奖。

杨金花和汪灿灿活跃在不同领域，面对不同的学生，她们都有一种期待，那便是用自己的那束光去照亮学生。

教育脱贫——每个孩子成为最好的自己

项目背景

乡村振兴的根本在于教育，为了支持乡村孩子更好地成长，阿里巴巴脱贫基金依托马云公益基金会、蔡崇信公益基金会，整合蚂蚁金服、阿里大文娱、阿里云、淘宝大学等资源，在乡村教师激励与培养、乡村校长领导力提升、乡村寄宿制学校资源提升以及乡村职业生教育等方面展开积极探索与实践。

项目理念

马云乡村教育计划

"马云乡村教育计划"通过一系列乡村教育人才计划激励与培养一线的优秀教育工作者。"马云乡村教师计划"激励与培养专业的一线优秀乡村教师，"马云乡村校长计划"助力具有领导力的乡村教育家，"马云乡村师范生计划"寻找与培养未来的乡村教育家，为乡村教育注入新兴力量。同时，"马云乡村寄宿制学校计划"通过"马云乡村寄宿制试点学校"改善学校基础设施、配置与培养专业的生活教师、提供丰富的课余活动资源，使乡村孩子享有优质的教育资源，健康生活，阳光成长。

马云乡村教育计划发展路径

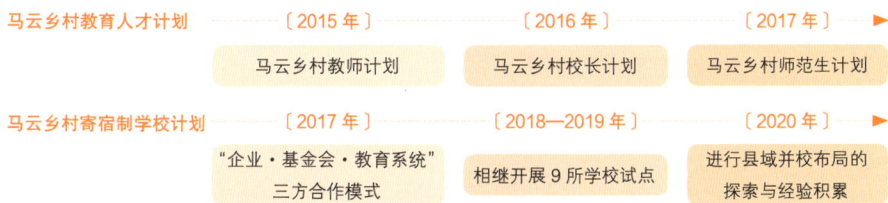

马云乡村教育人才计划	〔2015 年〕	〔2016 年〕	〔2017 年〕 ▶
	马云乡村教师计划	马云乡村校长计划	马云乡村师范生计划
马云乡村寄宿制学校计划	〔2017 年〕	〔2018—2019 年〕	〔2020 年〕 ▶
	"企业·基金会·教育系统"三方合作模式	相继开展 9 所学校试点	进行县域并校布局的探索与经验积累

蔡崇信职业教育计划

蔡崇信职业教育计划通过教学与实训实践，让专业带头人有效行动起来，利用线上线下培训，指导学生有效提升技能，并参与拓展活动提升视野，培养学生的职业素养。为优秀学生提供实习就业推荐，为优秀师生提供游学培训机会，对老师的行动成效和学生去向进行跟踪评估，给予奖励。通过培养有课程规划能力和授课水平的专业学科带头人，提升其专业认知、能力和自信，促进学校课程改革。

代表项目

项目一：马云乡村教育计划

项目介绍：

马云乡村教师计划：2015 年 9 月 16 日，马云公益基金会发起"马云乡村教师计划暨马云乡村教师奖"，每年举办一届，寻找 100 位优秀乡村教师，给予每人总计 10 万元支持——持续 3 年的现金支持与专业发展机会。

马云乡村校长计划：2016 年 7 月 4 日，马云公益基金会正式发布"马云乡村校长计划"，核心目标是助力新一代具有优秀领导力的乡村教育家。围绕这一目标，基金会每年招募 20 位优秀的乡村教育家代表，为他们每人提供总计 50 万元的支持。其中，10 万元用于帮助改善个人生活；10 万元用于领导力提升，包括参与游学、领导力课堂，以及帮他们结成乡村教育家社区，共同探讨乡村教育发展；30 万元将作为实践基金用于校长所在学校，以帮助入选校长持续提升领导力，开拓新乡村教育模式。

马云乡村师范生计划：2017 年 12 月 11 日，马云公益基金会正式启动"马云乡村师范生计划"，预计 10 年内至少投入 3 亿元，助力乡村教育新生力量，为中国培养未来乡村教育家。该项目每年在全国招募主动投身乡村教育的优秀应届师范毕业生，给予每人持续 5 年、共计 10 万元的支持，帮助他们在乡村一线成就个人价值，为乡村儿童带去优质教育。

马云乡村寄宿制学校计划：该计划以"社会力量参与公益"为理念，通过"企业＋基金会＋教育系统"的三方合作模式，在不同地区的项目试点学校打造农村寄宿制学校样板，并在学校建设、管理、生活老师培训等方面积累有效经验，总结形成基本规范和模式，并推动各地小微学校进一步撤并。

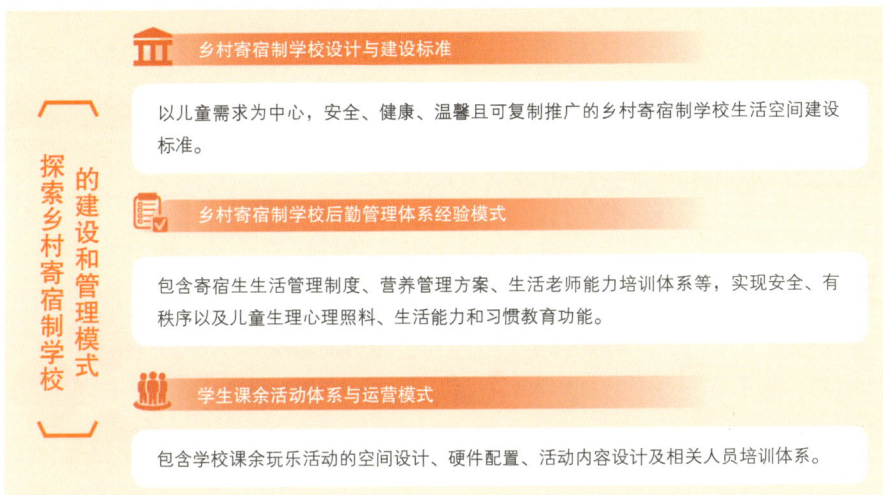

探索乡村寄宿制学校的建设和管理模式

乡村寄宿制学校设计与建设标准

以儿童需求为中心，安全、健康、温馨且可复制推广的乡村寄宿制学校生活空间建设标准。

乡村寄宿制学校后勤管理体系经验模式

包含寄宿生生活管理制度、营养管理方案、生活老师能力培训体系等，实现安全、有秩序以及儿童生理心理照料、生活能力和习惯教育功能。

学生课余活动体系与运营模式

包含学校课余玩乐活动的空间设计、硬件配置、活动内容设计及相关人员培训体系。

项目成果：6 年来，马云公益基金会直接资助培养了 600 位获奖老师，80 位入选校长，200 位入选师范生。这些入选者得到累计 1.2 亿元现金资助和专业成长支持。另有提名教师 590 人、校长 80 人、师范生 220 人。入选者与提名者直接影响学生近 15 万人。在实施"马云乡村寄宿制学校计划"的过程中，助力云南镇雄、河北青龙、江西寻乌、贵州普安、浙江桐庐和四川凉山等地撤并 39 个教学点，将累计 3134 名学生从原有的村小和教学点，转移到新建的寄宿制学校，让儿童享受到安全健康的生活条件和更加多元的教育资源。2019 年、2020 年，马云公益基金会还先后宣布分别向西藏、云南捐赠 1 亿元，持续推动少数民族地区乡村教育发展。

项目二：蔡崇信职业教育计划

项目介绍：蔡崇信公益基金会搭建了"基金会＋企业＋职业学校"合作方式，开展教师赋能培训、品牌专业共建、学生素质拓展、就业推荐等服务内容，帮助贫困县中职学校培养一批高质量的老师，培训高技能人才，促进学生高质量就业或升学。

职业教育计划发展路径

第一阶段重点
硬件投入与学生心理支持

第二阶段重点
专业师资培训与学生就业支持

第三阶段重点
学校的品牌专业建设与人才培养

基金会 ＋ 企业 职业学校

项目成果：截至 2020 年底，"蔡崇信职业教育计划"已覆盖全国 15 个省 75 个县，服务了 3000 多名老师，影响了 23000 多名学生。部分影视后期制作专业优秀毕业生最高月薪已超过 8000 元，真正实现了"培养一个人，脱贫一个家"的目标。2020 年，蔡崇信公益基金会"让每个中职学生有出彩机会"案例入选国务院扶贫办社会扶贫司"2020年社会组织扶贫案例 50 佳"。

第六章
CHAPTER 6

诗和远方，
就是把数字化带给老乡

心中有多少情怀，
脚下就有多少泥土的芬芳。

11 位阿里巴巴脱贫特派员

1. 白菜，不菜！

人生的路是漫长的，要紧的有时只有几步。

2019 年 5 月 11 日，山西省长治市平顺县淘宝店主任舒文突然接到一个电话，这个电话是平顺县政府打来的，说阿里巴巴 5 月 18 日有薇娅公益直播，问他是否报名参加。"在平顺，很多人不知道薇娅是谁，我成了唯一参与淘宝公益直播的平顺电商商家。"薇娅直播当晚，平顺商家震惊了，8000 多个订单，一下子爆仓了。直播过后，任舒文每天忙着发货。

"薇娅对平顺的影响不仅仅是一场直播，而是让平顺人一下子相信电商了。"平顺县主管电商的副县长段开松说，"我们政府的功能就是'煽风点火'，利用这个契机，全县迅速开展淘宝直播培训，让星星之火得

聂星华与老乡

以燎原。"任舒文赶紧和妻子一起报名参加培训，培训到第三天，来了一个外乡人——阿里巴巴脱贫特派员聂星华，花名"白菜"。

从 2019 年 6 月开始，阿里巴巴派出 11 名工龄超过 10 年的优秀员工驻扎 11 个国家级贫困县，利用阿里农村数字化技术和电商平台助推贫困县脱贫。

下乡四个字：上下左右

白菜在阿里巴巴工作了 14 年，最早供职于阿里著名的"中供铁军"，后转岗到钉钉。2019 年 5 月的一天，阿里合伙人方永新（花名"大炮"）兴奋地跑到他的工位说有一个活特别适合他。白菜一听是阿里巴巴要往全国贫困县选送脱贫特派员，便立即报名。

2019 年 6 月 11 日晚，白菜第一次来到平顺，这也是他第一次来到山西。就像女儿出嫁一样，"娘家"派了几个同事陪同，他们一起做前期的摸底考察。"来时，几个人热热闹闹待了两天，之后我留下来目送他们的背影消失在山路上，心情有些复杂。"一直以来，白菜对这幕场景记忆犹新。

平顺，既不平也不顺。据县志记载，平顺突兀于晋、冀、豫三省交界之处，峰峦叠嶂，水源奇缺，交通闭塞，全县除了西部不足 10% 的平缓台地，其余之土地贴挂在 3 万多个大小山梁和沟洼中。

平顺县对阿里巴巴脱贫特派员很重视，县政府工作分工栏上写着：聂星华，县长助理。初来乍到，白菜摸不到头绪。县委书记吴小华告诉他，别急，先了解当地情况。于是，他开始不停地下乡。平顺海拔落差极大，海拔从 300 多米到 1800 多米，沟壑迂回。在平顺有句顺口溜："山高石头多，出门就上坡。"白菜的下乡其实就四个字：上下左右。不是上到山顶，就是下到谷底，不是左转弯，就是右转弯。

到达平顺的第 4 天，白菜到杏城镇走访，他在山上发现有一种灌木，便随口一问，得知是野生沙棘。"原来这里可以长沙棘，我立刻想到了'蚂蚁森林'。"白菜兴奋地向县里汇报，并立刻联系了"蚂蚁森林"的同事潼木，潼木很快从杭州赶赴平顺现场考察。

一场波澜壮阔的沙棘造林计划于 2019 年 10 月开工，2.5 万亩沙棘林覆盖 3 个乡镇、12 个村，预计沙棘产果后惠及 5456 人，其中贫困人口 1565 人，人均可增收 2500 元。

数字是枯燥的，但数字背后的故事是温暖的。下页图中这位老人是青羊镇大渠村村民，家中 6 口人，种了 7 亩地，被野猪糟蹋了 6 亩半，2019 年他参加"蚂蚁森林"种树，拿到了 4000 多元劳务费。"这样，

"蚂蚁森林"沙棘造林（摄于 2019 年 10 月）

一下子就可以过个好年了。"他说。

种上沙棘了，那沙棘结果后咋办？对此，西沟乡西沟村村支书郭雪岗早有打算，村里利用"纪兰"品牌入股，合伙建立沙棘加工厂。"这个工厂正在兴建，预计'蚂蚁森林'的沙棘结果后，正好投产，可以解决村里 60 人的就业。"工厂总经理牛小忠说。

几名农民挑起"万担粮"

在平顺县，有一家成立不到两年的电商公司，名叫"万担粮"，9

名员工全部来自中五井乡农村。2019 年，万担粮给 7 名员工每人奖励了一辆价值 8 万元的江淮汽车——这一下，轰动平顺。

万担粮公司总经理黄慧东，是中五井村农民，2018 年 2 月被平顺县供销社聘任为中五井供销社主任。这个供销社建于 1951 年，鼎盛之后日渐衰落，2008 年歇业。一个偌大的院落就此荒废。

平顺县供销社主任张文浩一直筹划乡镇供销社的转型。"屋塌院破，满地荒草，这样一直下去不行啊。"院子荒废的第 10 个年头，他开始进行改造，并重新开张。"开业半年多，我发现山区供销社再做实体店真不行了，年轻人大都外出务工，留守人口太少，没生意。"

令人欣喜的是，张文浩发现了一个机遇。这里的留守农民大都超过 50 岁，他们对供销社有天然的感情，供销社还有房屋院落、有组织人员，需要转变的是思想。以前是把城市的东西卖给农村，现在倒过来，要把农民的特产卖到城市。

他便和黄慧东商议做电商。

恰逢此时，平顺县如火如荼地搞电商培训，黄慧东就联合参加过电商培训的农民赵爱苗、罗旭光、黄腾丽、黄鹤，5 个人在 2019 年 2 月成立了万担粮农业开发有限公司，由供销社出场地、出品牌、出资金，占股 40%，员工持股 60%。

就这样，一个全部由农民创办的公司开张了，主营当地花椒、党参、小米、杂粮等产品。"一开张就是最低谷，产品卖不出去，大家一直在供销社的窑洞里开会，像热锅上的蚂蚁。"赵爱苗回忆道。

白菜来到平顺后，每逢周三晚上，他经常会来窑洞做培训。做电商要与全国人民打交道，最好要说普通话，这对说惯方言的农民来说不是容易事。白菜教给大家一个小窍门：放慢平顺话的语速，对着新闻联播慢慢练，外地人就能听懂。果真，一段时间后，大家都能与外界顺畅交流了。他还把阿里园区里的那句"谢谢曾经努力的自己"，变成万担粮窑洞墙上的"将来的你一定会感谢现在奋斗的你"。

这帮村民没日没夜地在一起培训学习，闲言碎语便产生了。有人说他们不在地里干活，不回家做饭，这是在搞传销。他们努力培养出来的第一位农家女主播，被人说不正经，因为她主播时会提前化个淡妆，有时还在田间地头直播说"宝宝们"。这些闲话都让女主播的家人受不了，丈夫强行把她拖回家，不让干了，中五井乡的领导前去她家做工作，也不行。"我来平顺一年多，最遗憾的就是这名农家女主播没有继续做直播，特别有潜力，可她的梦想被硬生生地掐断了。"白菜说。

公司 5 个创始人，3 个女性，1 个残疾人，他们开始陷入不自信的状态中。"我们农民文化程度不行，可能天生不是做电商的料。"不止一人产生了这种想法。

"这种时候，让他们看到电商的希望比啥都重要。"白菜积极联系淘宝公益直播，2019 年 9 月 17 日，万担粮第一次参加淘宝公益直播。"简直不敢相信，我们的大红袍花椒卖了 50 万元。"张文浩说，这简直就是救命钱，给大家发了工资，更重要的是坚定了信心。

2020 年 10 月 14 日，万担粮发货车间里，5 个女村民在包装玉米籽。赵秀英，53 岁，中五井村农民，如今，不出村 1 小时便能赚 15 元左右。

如今，万担粮团队招募了 2 个大学生，他们的家也都是附近村的。马晶浩，毕业于山东师范大学，2020 年过年回家后便留了下来，做淘宝店铺运营的技术后台；胡晓飞，是一个女大学生，做主播，也做客服。

赵爱苗，47 岁，她很幸运，丈夫支持她离开村子，不再做"三转婆姨"（田间地头、锅台灶头、孩子老头），全心全意在万担粮上班，以前在村里记过账，现在管公司财务，有时主播不够了，也去"救急"。"3 年前，我第一次见到爱苗时，一身农家妇女的打扮，现在你看她站在长治的大街上，也是职业女性的模样。"张文浩说。

罗旭广，患有小儿麻痹症，妻子也患有疾病。他在公司负责后台，上个月拿到了 3000 多元工资，平顺县最低工资为 1000 元左右。无须背井离乡，拿到这些钱，对一个正常的农村家庭来说，已经足够日常开支。他更看重的是一份有价值的工作带来的生命尊严。

一把黄豆也能卖出去

在万担粮，张文浩欣喜地打开公司后台数据给白菜看："受疫情影响，我们已经做了 230 万元，2020 年底突破 300 万元不成问题。"后台体现的是数据，那前端的货源来自哪里？

石城镇和峪村，地处深山大沟，勤劳坚韧的村民"一把镢头一把镰，一条扁担不离肩"，开垦出层层叠叠的梯田，种满了花椒。"2019年我们全村卖给万担粮公司 1 万斤花椒，一斤 40 多元，以往卖给商贩只能卖 20 多元，电商真是带来了实实在在的增收。"村支书赵中兰说。吕海风家两口人，2 亩地，2020 年收了 600 多斤花椒，收入 24000 多元，她心里产生了说不出的喜悦。吕青兰家是村里的花椒大户，这一年收了 1000 多斤。

张文浩说，供销社通过自身的品牌优势，连接了两端，一端是通过供销社在各村设立的点，收购农民以及村中小微企业的产品；另一端连接阿里平台，真正让"农产品上行"。

张文浩和白菜所做的"农产品上行"有一句口号：一把黄豆也能卖出去。为啥呢？平顺县海拔落差大、地形复杂、小气候多样，山区种植只能见缝插针，这里种一把黄豆，那里种几束谷子。又由于地处偏僻，空气和环境优良，农作物质量高。"这种'量少质优'的农

吕海风在家里收拾花椒，身后就是连绵的绝壁

业生产模式恰恰适合电商销售。"白菜说。从万担粮公司的农副产品收购表里可以看到，有一家农户只卖了 5 斤花椒。

万担粮不仅直接带动农户，还盘活了村里的小微企业。阳高乡浊漳河米醋厂是一家家族企业，常新江是祖传的制醋师傅。如今，他们兄弟三人负责酿制，他的儿子是总经理，他们酿制的米醋，仅在万担粮的电商渠道就卖了 20 多万元。

长期以来，我国农民千家万户进行小规模生产，中央农村工作会议一直强调，要把农民组织起来，通过供销合作社、农民专业合作社等新经营组织形式，把每家每户的生产纳入标准化轨道。"在阿里'脱贫特派员'的具体帮扶下，供销社和一群农民一起创办的万担粮公司走上了致富路，这是中央精神在农业生产中的一个具体创新式实践。"张文浩自信地说。

特派员就是"协调办主任"

平顺县东寺头乡井底村被太行大山锁隔，连崖壁立，地处沟底，犹如井底。进村之前，要经过一段类似河南郭亮村的挂壁公路。2020 年 10 月 13 日，白菜再一次前往井底村电商物流服务点，来找这里的负责人周志平。井底村挂壁公路前一年塌方，塌方后汽车不能通行，周志平便步行爬过塌方区，把物流包裹一个个背出塌方区，再步行四五公里回到村里。

　　周志平原来在平顺县城打扫卫生，2018 年，响应县里号召，回村开办了电商服务点。"就我一个人，一出门就得上锁，所以一直不敢做大电商这块业务。"她说。白菜和她探讨电商直播，交谈良久后，偶然发现周志平的模样酷似明星陶虹。白菜脱口而出："井底村小陶虹。"在场的人都说，用这个名，说不定能成农家网红……

　　有人问白菜，阿里直接派员工驻扎在贫困山区，这种脱贫特派员模式是不是太重了？他笑笑说，如果来贫困地区看看就走，或者只是捐点钱，我永远不会认识周志平，永远无法真正帮助大山深处一心脱贫的山民。

　　2017 年，阿里巴巴正式成立脱贫基金，参与国家脱贫攻坚行动，一路摸索，大概走过几个阶段：从助力农村电商，到聚焦教育脱贫、

聂星华（中）与老乡们一起工作

健康脱贫、女性脱贫、生态脱贫和电商脱贫五大方向，再到直接派出脱贫特派员，投入越来越多，融入越来越深，建立了 100 亿元脱贫基金，推动国家级贫困县 5 年实现 3100 亿元电商销售收入。

脱贫，从来不会一蹴而就。脱贫攻坚是一个系统工程，需要多种角色、多种力量互动协同，包括电商企业、商家、主播、消费者、贫困老乡、各种社会公益助农组织等，脱贫特派员则是各种力量的"协调办主任"，扎根乡村，一点一滴落地各个脱贫项目，身体力行培养数字化脱贫力量，让脱贫真正可持续。

也有评论认为，脱贫攻坚，越往后难度越大，阿里直接把员工派驻到贫困县现场办公，不仅是一个企业的情怀，更是脱贫攻坚战中一种"政府＋企业"的抱团实践。脱贫攻坚，政府是左手，企业是右手，只有左右手联合起来才能有效解决实际困难。

白菜，从杭州"移植"到平顺，入乡随俗，如今平顺话说得也挺顺溜。唯一比较煎熬的是晚上一个人回到宿舍的时候。"我不能没有声音，必须听点音乐或者有声书，否则会想家。"

白菜刚来平顺时，大家称呼他为聂县长，后来叫聂老师，现在，很多人叫他"白菜"。"白菜，不是普通的'白菜'，他来了之后，真的把平顺县电商推上了一个新台阶。"段开松县长说，平顺县 2020 年成为山西省电子商务进农村综合示范县第一名，白菜功不可没。

2020 年 5 月，白菜在平顺县的一年挂职期结束，中共平顺县委、县人民政府专门向阿里巴巴致函商请延长其挂职期限。函中说，在脱贫特派员聂星华同志的协调配合下，2019 年，全县电商产业销售收入达 1.092 亿元，13.4 万农村人口、5.1 万贫困人口从中受益，推动小微个体企业从最初的 30 余家发展到近 400 家。

同年 10 月 14 日，阿里巴巴首创的脱贫特派员模式被评选为"网络扶贫十大案例"之一。这一天，白菜正行走在平顺的乡间公路上。

很多人问白菜，为何取花名为"白菜"？他说，朴实无华，遍地能长。张文浩与白菜很熟，他开玩笑说："我不知道这棵白菜在杭州能值多少钱，拿到我们平顺，这棵白菜就是无价之宝。"张文浩还对"无价之宝"作了"诠释"：就像烙饼，往往就差最后一点火候，但靠原有的能力就是烙不熟，这时，白菜来了，加一把火，饼就熟了。

更令人欣喜的是，2020 年 2 月，平顺县摘帽全国贫困县。西沟展览馆的墙上有毛主席 1955 年对西沟《勤俭办社，建设山区》一文的亲笔按语：如果自然条件较差的地方能够大量增产，为什么自然条件较好的地方不能够更加大量增产呢？

2. 宜君自新

  一个出生在国家级贫困县的农村留守儿童，一个以优异成绩从北京邮电大学毕业的学霸，一个在阿里连拿 16 项国内国际专利的优秀员工，一个从杭州远赴国家级贫困县的脱贫特派员——走出大山，回归大山，不是简单的轮回，这是刘亚辉人生中螺旋式上升的重要节点。

  刘亚辉，河南虞城人。虞城是国家级贫困县（2019 年脱贫摘帽）。2003 年高考，总分 300 分的大综合试卷，他考了 291 分。2016 年 8 月，他入职阿里巴巴，花名"自新"。短短 3 年，他斩获 16 项专利，其中一项是信用回收，全面应用到了闲鱼、天猫。他的工作绩效连续 3 年是 3.75A（业绩最高、价值观最优）。"我来阿里 17 年了，除了自新，没听说哪个员工连续 3 年拿到 3.75A。"他的主管王威说。

　　这个前途无量的小伙子，有一天突然做了一个特殊的决定。2019年底，阿里招募派往全国贫困县的脱贫特派员，要求在阿里入职 10 年以上、有处理复杂社会问题的能力。刘亚辉入职年限不够，但他立刻报名，并列了三条优势：从农村来，想回报农村；18 岁入党，党龄比工龄长；进入阿里前有 10 年央企工作经验，从事过中国移动"村村通"工作……就这样，他被破格录取。

　　2020 年 4 月 13 日，刘亚辉正式成为阿里巴巴派驻陕西省宜君县特派员。在这片从关中通往陕北的要塞热土上，他用解数学题的方式，与当地人民一起破解脱贫难题，把"专利"写在广袤的大地上。

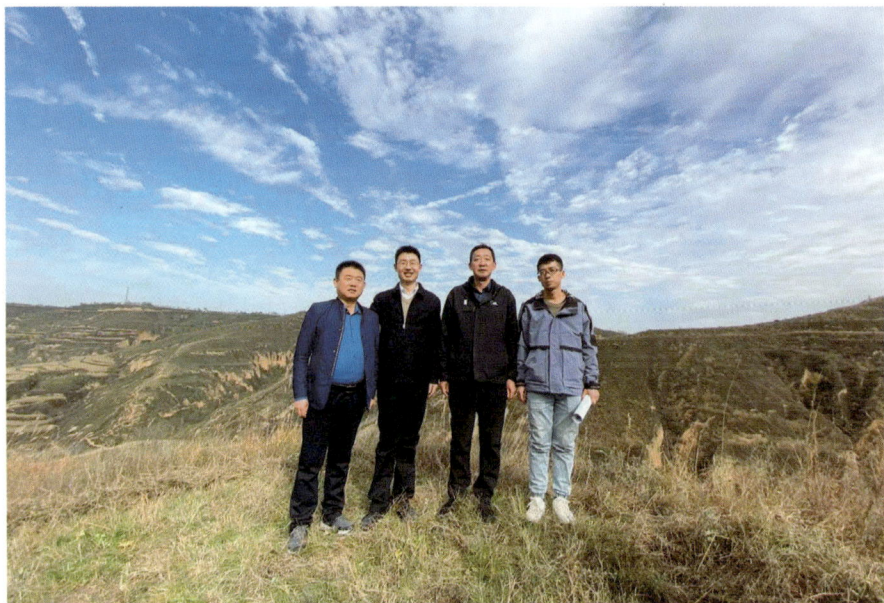

刘亚辉（左二），现任宜君县政府党组成员、县脱贫攻坚指挥部副指挥长，他身后的这片山岭规划建设"蚂蚁森林"

加法: 1＋1＋1= 宜君品牌

刘亚辉到达宜君后的第一件事是下乡。县长曹全虎告诉他，苹果、核桃、玉米是宜君"三宝"，也是农民收入的主要来源。于是，刘亚辉马不停蹄地走进每个乡镇的田间地头。

2020 年 5 月，在尧生镇信远苹果合作社仓库，刘亚辉看到一摞摞各种各样、辨识度不强的苹果箱，很多箱上印着"洛川苹果"。"宜君苹果很好吃，但品牌弱，过去有些时候，我们会借用洛川苹果的牌子往外卖。"合作社社长姚明强说。

当天，阿里小二黄河（花名"三可"）接到刘亚辉的求助电话，三可是阿里巴巴乡村事业设计部负责人，也是阿里巴巴"寻找远方的美好"项目发起人，这个项目是助力国家脱贫攻坚战略的配套公益项目，由阿里脱贫基金联合阿里设计、阿里兴农脱贫共同设立，专门帮助县域做整合营销全案设计、提升县域数字经济能力。

三可与项目组成员火速从杭州赶赴宜君。"他们用了 3 天，跑完宜君所有乡镇，到处调研，寻找设计灵感，每天工作到凌晨 3 点多。"宜君县经贸局局长张忠民说。三可团队也发现了刘亚辉看到的问题，宜君是陕西苹果优生区，苹果包装各自为战，没有统一形象；宜君核桃是国家地理标志产品，看包装不会觉得这是国内数一数二的核桃。

"宜君产品的好，远远没有被人看到。"三可团队要做的是，通过设计，让宜君的"好"被更多人看到。他们的设计理念也非常质朴：

越是宜君的，越是最好的。

偶然间，他们发现一幅宜君农民画，感到非常惊艳。让三可惊艳的农民画出自王改银之手，王改银是陕西省非物质文化遗产宜君剪纸传承人。2014年秋天，她去彭镇姐姐家摘苹果，在田地里时灵感涌现，便回到家里铺下纸，10天就创作出《苹果熟了》。

6年后，王改银的《苹果熟了》机缘巧合地成为三可团队的设计灵感。"农民画就是宜君的底色。"团队90后设计师讲讲兴奋地说。画面描绘了普通农民的劳动生活，秋果飘香，小狗嬉闹，燕子衔果，农妇俏颜笑，充满丰收的喜悦，内容朴实温暖。宜君地处陕西，历史悠久，随便一个文物就有几千年历史，三可团队选择魏碑字体作为设计字体，这是宜君独有的文化，也是他们设计的起点。

县里和阿里开了多次会议进行设计优化，设计敲定后，由企业自愿申请，政府审核资质，在全县推广统一使用宜君苹果新包装箱。姚明强特别乐意使用新包装，原来购买价为5.2元的纸箱，换成新包装后降到4.2元，原来12.5元的纸箱则降到7.5元。为啥？政府联合苹果合作社统一与纸箱供货商谈判，采购量大，价格大幅降低。"我一年光纸箱钱就能省出8万元。"姚明强说。

杨小杨鲜果店是宜君最大的苹果电商，2020年10月去北京参加消费扶贫展销会，"那么多苹果摆在一起，宜君苹果的独特包装一下子火了。"我们当时接了一个订单，1万箱。"店主杨婷说。

"通过一个苹果包装箱的设计，宜君实际上是将产品标准化和商品

三可团队讲讲设计的宜君苹果新式包装，文字字
体的设计灵感来源于宜君福地湖石窟碑帖

化，还创造性地融入了宜君的历史文化，使得每一件商品成为一个文
化载体。"宜君县委书记刘冲说，"这让我们宜君苹果产业上了一个新
台阶。"

　　2020 年 10 月 26 日，刘亚辉去三秦慧农公司见到了董事长徐龙刚，
他们已经购进 300 万斤苹果，出口中东的 100 多个货柜全部使用新包
装，要在国际上打响宜君苹果的品牌。"我卖的就是宜君苹果。"徐龙
刚高兴地说。

尧生镇走马梁村张万国老人，他的妻子和小女儿都是残疾人，他自强不息，成为全县的苹果种植能手，家里存着一摞奖状。2020年，他把苹果全部卖给了姚明强，价格比上一年高，光是卖苹果就收入了18444元。

没有投入一分钱，没有占用一点经济资源，一张农民画，一个脱贫特派员，一个公益设计团队，加上政府的市场化引导，1＋1＋1，不仅是大于3的效果。"它做出了宜君品牌，提升了宜君产业，带动了农民增收。"宜君县经贸局副局长许智斌对苹果的新包装赞不绝口，"这个做法给我的思想造成了很大冲击，没想到事情原来可以这样做！"

减法：2年－535天＝宜君效率

刘亚辉在宜君担任脱贫特派员的时间为2年。他的办公桌上有个倒计时牌，到2020年10月24日这一天，倒计时535天。

"在没来宜君之前，我以为贫困地区的工作效率不高，来了宜君后发现完全相反，宜君效率是只争朝夕，催着我往前跑。"刘亚辉说着，随手拿出一组数字：宜君县就业扶贫假发社区工厂从考察到开工只有37天，2020年7月28日，阿里巴巴速卖通组织全国13家假发企业来宜君考察，第二天达成意向，第一周起草协议，第二周确定场地，第三周签署协议，第四周招工；9月3日，员工上岗培训；9月15日，对外发货；10月12日，给53名员工发放第一个月工资。

宜阳街道罗沟村村民陈甜甜入职才 1 个多月，一天半做一件假发，一件 100 元。她说，很快就能一天做一件。党立娟，彭镇拔头塬村村民，以前在西安打工，半年才能见到一次孩子，如今做假发，每周双休，每天工作 8 小时，1 个月收入近 3000 元，还当上了班长。"就业赚钱只是一方面，更重要的是农村妇女变成公司同事，朋友圈里多了同事圈。"她说。

刘亚辉办公桌上的倒计时牌

假发在欧美和非洲国家是时尚男女必购品，由于海外疫情肆虐，原本走向朝鲜的假发制造业中的手钩环节重新回流到中国，宜君迅速抓住契机，引进了这个就业扶贫社区工厂。"就在几个月前，这群女工还在家看孩子，没想到现在在家门口就参与了一场国际化分工。"宜君县就业促进中心主任陈进国说。

脱贫攻坚越到最后越要响鼓重锤。

与假发工厂同样快速落地的项目还有菜鸟仓，刘亚辉引进菜鸟的想法源自李亚军，尧生镇李家河村村民，靠卖蜂蜜成为宜君创业领头人。2020年6月，刘亚辉组织李亚军第一次参加公益直播，卖了50瓶蜂蜜，快递过程中碎了10多瓶，漏了10多瓶，赔了500多元。"物流成了宜君致富路上的一大障碍。"刘亚辉向县里汇报，积极申请建设菜鸟仓。

7月16日，菜鸟团队的成员第一次与宜君县接触，当天就和当地村民谈到了后半夜，然后组建了钉钉群，每天一次电话会，每周一次当面会。菜鸟乡村供应链总经理张博伟先后到了宜君6趟。"单纯从产业和人口角度看，做菜鸟产地仓，宜君并非最优之地，但宜君是关中通往陕北的'天桥'，是重要的苹果、核桃产业带，更重要的是，宜君的政府效率催人奋进。"

菜鸟仓于2020年10月基本完工，12月试运营。投入运行的菜鸟仓是全国第一个菜鸟乡村农产品上行中心和共配中心。

刘亚辉说："菜鸟乡村农产品上行中心落户宜君，工作涉及全县将近20个部门，为了赶上今秋苹果顺利入仓，大家真是拼了。"有了菜鸟仓，宜君整体快递费用降低60%，物流时间节约1—2天。宜君农产品实现了"今天在树上，明天在路上，后天在您的舌尖上"。成功的花儿，人们总是惊羡于它的明艳，但初芽其实浸透了奋斗的泪泉。

菜鸟仓项目的实施涉及多个部门的协调，而这件事并非易事。刘亚辉带着工作人员开始使用钉钉，通过随时随地开钉钉电话会议，让项目推进更便捷更高效。"这是最快的办公方式了"……

刘亚辉倒计时牌上的数字每天都在减少，他从互联网公司员工转变为脱贫一线先锋官，到宜君前5个月便在办公室睡了20多天。他的办公室墙角堆满了泡面，楼层保洁员有一次不解地问："这个人咋老是吃泡面？"有一次周六深夜，大约凌晨两三点的样子，刘亚辉忙活完，从二楼楼梯上晕倒滚了下去。一楼门卫知道后互相提醒："亚辉经常半夜两三点才回宿舍，我们要多留意点。"

"亚辉来到宜君，不讲条件，只争朝夕，和干部群众打成一片，做了许多我们想做而没做到的事情，我们非常欢迎亚辉这样的好干部。"刘冲说，阿里巴巴派驻脱贫特派员到宜君，并与宜君确定重点帮扶合作关系，目前，在产业、品牌、教育、生态等精准落地帮扶项目中，均取得显著扶贫效果。

乘法: 1×1×1＝宜君产业

脱贫攻坚，人是关键。刘亚辉一直在寻找宜君"新农人"。他眼中的"新农人"是产业带头人，下游连接当地农民，上游连接电商销售平台或线下大型收购商。"一个新农人 × 一群农户 × 一批上行销售平台，就可以实现一个地区可持续增收。"刘亚辉说，"从脱贫攻坚到乡村振兴，没有带路人，就不可持续。"

茹远江，尧生镇蔡道河村人，以前在北京做生意，2015 年，看到《新闻联播》播放湖北农民种艾草，他离开北京，回到宜君，尝试种植艾草。宜君隶属于铜川，铜川是药王孙思邈的故乡。茹远江成立的思邈大艾公司，几经尝试，种出了优质艾草，精油含量 1.287%，燃烧值 18374 焦耳 / 克，这种质量在国内实属上乘。

艾草种出来了，茹远江却没有太多电商经验。2020 年，在铜川市人代会上，他偶然听说阿里的一个脱贫特派员到了宜君。"我马上去找亚辉，让他帮我出主意。"刘亚辉让他回去等信，却一直没动静，他以为没戏了。两天后，刘亚辉去找茹远江说，他和阿里同事仔细研究了两天，支付宝决定上线思邈大艾 3 款产品：艾草泡脚包、艾灸艾条、艾草消杀条。

"太出乎意料了，上架 10 天后，每天 1000 多单。"2020 年 10 月 25 日，茹远江又找到刘亚辉，他俩要研究的是，一支艾草消杀条能燃烧 4 个小时，但其实点燃 1 小时后就可起到杀菌作用，能否出一种新款，把艾条做成四分之一长短，大幅降低价格，也方便客户使用。说话的工夫，茹远江打开支付宝说："又涨了 10 单。"如今，茹远江逐渐把种植规模扩大到 5000 亩，仅贫困户就带动了 40 多户。

陈明涛，太安镇寺坪村人，西北农林大学硕士毕业，原是公务员，2020 年 4 月辞职，回到距离县城 40 多公里的深山老林养中华蜂。宜君生态环境良好，至今生存着一定数量的野生中华蜂群，陈明涛编荆为笼，和泥为窝，传承着汉代以来的土法养蜂技艺。他不善言谈，却懂蜜蜂的语言。"蜜蜂一生气，就抖翅膀，这时你就得赶紧跑，它要蜇人了。"陈明涛说，如果蜂王死了，群蜂不认识他买回的新蜂王，便会咬死蜂王。"我让它们一起喝酒，酒醉复醒，忘却往昔恩怨，新蜂王就可以发号施令了。"

陈明涛刚刚开始创业，很是艰难，还背了不少贷款，但他颇有理想，他的目标是建立传统老蜂蜜的行业规范和标准。

兰玉婷，原宜君电商运营中心职员。2020 年 4 月 21 日，她成为宜君县第一任淘宝主播，2 个小时直播卖了 8000 多元，5 月离职后，专门售卖名优地产，几个月便卖了 60 多万元……

独行快，众行远。

刘亚辉不停地寻找这种"新农人"，他们中既有像姚明强一样的农民企业家，企业已经在快速奔跑；也有像陈明涛这样正在艰难爬坡的创业人。他们都有相同的特质：肯吃苦，爱学习，接受新事物，愿意帮助父老乡亲。宜君县农业局局长郭延红经常和刘亚辉盘点宜君"新农人"："刘亚辉不是一个人来到宜君，他身后是阿里 10 多万名员工，身前则是一批积极进取的'新农人'。"

刘亚辉曾经在阿里内网发过一段话：

经常想起高中岁月，寒夜，总担心大风会把摇摇欲坠的宿舍窗户连根拔起，总听到同学牙齿打冷战，后来到北京读大学，屋里暖和得像城堡，像夏天在微笑……但我一直没有忘记，同学在被窝打冷战的声音，我想我能做的可能很少，但我必须做点什么。

脱贫攻坚是系统工程，需要多种角色、多种力量互动协作，包括刘亚辉，阿里巴巴派出 11 名特派员进驻全国偏远县，他们是脱贫协同网络的关键节点，扎根乡村，一项一项落地各个脱贫项目，一人一人培养数字化脱贫力量，尽最大努力，让农村脱贫，让乡村振兴。

刘亚辉在阿里工作时经常写专利，他说，写专利是发现问题，解决问题，并归纳成理论和模式的一个过程。通过数字化力量助力宜君打赢脱贫攻坚战的过程也像是写专利，只是把专利写在了祖国的大地上。

3. "张北"在张北

先看两张照片（详见下页）。

第一张图片中的时尚美女，英文名叫 Iris，长发披肩，英姿飒爽，是阿里巴巴员工；第二张图片中在劳作的妇女，外号"飞姐"，手握方向盘，驰骋在田间大道上，她是河北省张家口市张北县县长助理、县脱贫攻坚办副主任。

两张图片其实是一个人，她叫刘云飞，花名"张北"。她是阿里巴巴派驻张北县特派员，刘云飞是 11 人中唯一一个女特派员。2020 年 4 月 14 日她赶赴张北，当时，疫情防控形势严峻，不适合乘坐交通工具，她一个人从石家庄开车穿过 28 个隧道，沿着莽莽重山，一路北上，海拔一直上升到 1400 米，将绵绵群山甩在身后。坝上张北雄伟辽阔，她穿着

生活中的刘云飞

刘云飞到张北后

单衣从车里出来，冻得瑟瑟发抖。"听说过张北冷，没想到这么冷；听说过张北风大，没想到脸上感觉被刀子刮了。"她赶紧到商场买羽绒服。

刘云飞生在农村，小学四年级时进城，对农村生活并不十分了解。在阿里工作 15 年，作为职业女性，她穿梭在各个城市。到了张北，行走在田间地头，她逐渐变成了互联网大厂里最"土"的员工。

开拖拉机的"女汉子"

2020 年 11 月 6 日，张北县小二台镇闫家地村，有一群人在刨蒲公英根。田边的池塘已经结成厚冰，这片田地的承包人是柳进国。"蒲公英生命力顽强，但也不是撒把种子就有收成，蒲公英的根得长两年才能挖。"云飞一边说着，一边走进地里。这是柳进国第一次收获蒲公英根，大家都想赶快看看收成咋样。"好得很，根很粗。"柳进国乐开了怀。

"跪下！"58 岁的章珍快人快语，"来到农田，就得按农民的方式来，不跪着，挖不出根来。"可不，一排七八个人，膝盖绑上棉垫，双腿跪在地里，用铁钩寻找地里的蒲公英根。

不一会儿，蒲公英根装满了箱子，云飞熟练地迈上地边的拖拉机，准备装货。大家并不觉得诧异，因为这不是云飞第一次开拖拉机了。她小时候跟父母回农村，学过开拖拉机。刚到张北不久，她下乡入田，主动请缨，开拖拉机帮老乡运秸秆。

柳进国是小二台镇小西梁村村民，以前在张北开饭店，后来回村带领村民成立合作社种植蒲公英，2020 年种了 300 多亩。张北县特别重视这个项目，投入 140 多万元扶贫资金，帮助村里建了蒲公英茶厂。柳进国文化程度不高，但聪明好学，他租下厂房，种植生产蒲公英茶。"以前，进国的产品没有对外的销路，只能零散地在张北卖，云飞来张北后，正在帮他解决这个难题。"张北县委办公室主任王海军说。

刘云飞在田间地头

2020 年 6 月，柳进国参加张北县创业大课堂，第一次知道了淘宝直播，听完课后便立刻开了淘宝店。县里把张北公用农业品牌"中都农臻"授权给柳进国免费使用。"农民创业从一开始就做品牌，很难。公用品牌授权大大缩短了他们的品牌创造之路。"张北县电子商务公共服务中心主任高建琴说。

不管多忙，柳进国每晚都坚持直播。"从第一次才几个人观看，到高峰时 478 人观看，我看到了张北老乡们特有的坚持和忍耐。"云飞说。2020 年 10 月 13 日，柳进国到杭州参加"双 11"培训，他在笔记本上写了一个小目标：2019 年"双 11"卖了 13 元，2020 年目标是 10 万元。

柳进国的蒲公英茶逐渐在网上打开市场，1 亩地经济效益在 5000 元左右，有效带动了农民增收，章珍每个月能拿 4000 多元。"云飞到张北后，全县电商卖家实现了从个位数向百位数的迈进。"高建琴说。

张北县电商服务中心已经培养出 6 位主播，王永新是其中之一。她是油篓沟镇东坊子村村民，每隔两三天从村里来一趟电商中心，直播卖藜麦和燕麦。"现在张北的淘宝店也开始注重形象设计，大部分店的评分都在 4.8 分以上。"云飞说。

摸土豆的"漫画家"

云飞刚到张北时，有一次经过一片盛开着花穗的土豆地，便兴奋地跑进地里拍照留念，身穿职业女装，柔发飘飘。

"实话实说，刚来时我对农村和农业生产不是很了解。"云飞很快脱掉西装，穿上运动鞋，剪短头发，以前化妆用水乳，现在改成了更适合高寒地区的保湿霜。

农村去多了，云飞不仅会挖蒲公英根，还会摸土豆。"吃了张北的土豆，才知道啥叫'曾经沧海难为水'。"一提土豆，云飞神采奕奕。

她每次回到阿里都给同事带土豆，时间长了，不等她开口，同事就替她说："对，这是中国最好吃的土豆，海拔高、温差大、光照足……"

"我原以为刨土豆要撅，张北沙地松软，土豆就像长在水中，手顺着土豆秧摸下去，一个个大土豆就像鱼一样被摸出来了。"为了证明张北土豆的确好吃，她拉上朋友到小二台镇南天门村杨奶奶家现场蒸土豆。她在灶前烧火做饭，炕上盘腿拉家常，游刃有余。

"土豆开花了。"随着杨奶奶的一声叫喊，大家赶紧围观。"土豆开花就是土豆被蒸裂了。"云飞说，"这种开裂的土豆最好吃，剥去土豆皮，露出像雪花一样晶莹剔透的土豆泥。"

这么好的土豆，如何让外界知道，是云飞时刻在思考的事情。她的办公桌上摆着两个土豆，她在土豆上画了漫画，她想把张北土豆做成动漫，形成文化品牌。

刘云飞做的漫画土豆

马桥江湖的"刘经济"

转过路口，哞哞的牛叫声此起彼伏，熙熙攘攘的牛群中突然冲出一匹枣红色大马，一个身体健壮、肤色红润的男子一手挥着套马杆，一边用苍劲而浑厚的声音高唱："有人问我这是什么地方，我会骄傲地告诉他，这是我的家乡……"

这是什么地方？张北镇庙滩村！这里有华北牲畜交易中心；唱者何人？牛经济！这是一种古老的职业，他们的职责是使牲畜买卖双方达成交易，他们则从中抽取佣金。

"民国23年（1934），张北设马市，后称马桥，后来逐渐发展成全国最大的牲畜交易中心。"华北牲畜交易中心管理处副主任吕运泉说，交易中心上一年光往外地就销了50万头牲口。

张北地处阴山山脉与燕山山脉交会处，北边，风吹草低见牛羊；南边，农民常年耕种忙。这里历来是游牧强酋与中原霸主的必争之地，也是中原通往蒙古高原的咽喉。历经百年发展，马桥成了一个江湖、四海来客云集之处，大家素不相识，全靠牛经济担保交易。

马福清，外号"马老二"，20多年前下岗，到这里学做牛经济，如今，一年能赚100多万元。像他这样的牛经济，在马桥有400多人。"毫不夸张地说，张北的有钱人基本都在这里。"吕运泉说。

在马桥，有一套十分成熟的暗语交易模式。马老二说，为了避免哄抬价格，买主和卖主通过牛经济进行"暗语操作"。"讲价时，两个人在衣袖里用不同的握手姿势表示不同的价格。"云飞多次来这里，学会了这门"江湖绝招"。比如，对方在你的食指上连续攥3次，就表示出价11100元，全在衣袖里进行，其他人什么也看不见，交易就已经完成了。

与这里的人混熟了，大家笑称云飞是"刘经济"。当然，云飞来到这里不是为了学暗号，她带领阿里云的同学来调研一个项目：如何用大数据让马桥既能保持传统的交易文化，又能增加交易的成功率。云飞小心地躲避着地上的牛粪，找不同的牛经济探讨她的想法。走着走着，马老二大喝一声："远点，别让骡子踢着你。"

云飞去拜访一位女牛经济，她叫白莲杰，内蒙古人。她是何老二中介的资深牛经济，40多岁，出手很快，有时一天能交易200头牛。她俩在一起，一个是女特派员，一个是女牛经济，有点像马桥"双娇"。

学勾假发的"巧娘"

2020年是国家脱贫攻坚收官之年，年底要确保农村人口全部脱贫。阿里巴巴特派员的主要任务是协助脱贫县在电商、教育、健康、女性、生态五大方向，对接阿里平台资源，进行落地扶贫。

作为脱贫特派员，云飞自然很关心女性脱贫。她联系阿里巴巴速卖通平台引进了假发钩织项目。

林深远，是张北一家服装厂的老板，由他承接假发生产。刚开始，当地妇女对钩假发不太热心，毕竟之前没人干过。云飞有时就去假发培训点学钩假发，"尽管我钩得不好，多少也能带动和影响一些人。"
她说。

目前，张北已有 70 多个妇女在家钩假发，实现居家就业。温慧敏
是县城龙腾小区居民，立冬这天外面很冷，家里已经有暖气。她在阳
台上一边钩着假发一边说："为了照顾俩孩子，我没法出去打工。在家
工作，赚钱是小事，最重要的是可以打发时间。"她的大女儿正在写作
业，作业本上写着：在一个阳光明媚的春天，告诉世界，今年麦子丰收，
绿草遍地。

禹桂花，心灵手巧，一天能钩两三个假发套，挣 100 元左右，她
很享受一边喝杯咖啡，一边钩假发的居家生活。这几天，她要去北京
办事，领了 30 件头套，打算在路上钩假发。

林深远的服装厂原本生产中药袋，中药袋的原料就是做口罩的无
纺布。因为疫情，原料的价格大涨。"服装厂今年停工，缝纫机都蒙上
了灰尘。特别幸运的是，在走投无路之际，云飞送来了假发代加工生
意，"她说，"我现在愁的是招不到人。"

"我们拿着喇叭到村里找人。"云飞和林深远开玩笑说，她们一起
去油篓沟镇义合美沟村。云飞关注这里很久了，这个村下辖 6 个自然
村，2017 年开始易地扶贫搬迁，村民们住进了居民楼，土地进行了流
转。"伺候土坷垃的农村妇女突然闲下来，如何让她们搬得出、住得稳、
能致富，成为精准扶贫的一个难题。"驻村第一书记宋旺说。

听说云飞的来意后，宋旺立刻把村里的广场舞大妈喊来了。"这不

是唠着嗑就能赚钱吗？"广场舞大妈开心地说。听宋旺说一下就能组织三四十人，林深远喜出望外。

高建琴还出了一个主意，她决定召集全县 264 个电商村站长开大会，把假发扶贫的信息传播到各村。"如果能组织到上千人钩假发，这在张北就是一大产业。"她说。

宋旺在村里设立了一个"巧娘工作室"，为村里妇女介绍一些手工活，以往主要做些塑料珠子编织品，销路不佳，假发目前全球供不应求，未来可期。"云飞，你才是巧娘。"一众人在村委大院迎着刺骨寒风，哈哈大笑道。

土"县长"办了一件"洋事"

云飞刚到张北时最不适应的是气候，她感觉那时只有三种天气：狂风暴雪，狂风暴雨，狂风黄土。有人说，张北一年只刮一次风，一次刮一年。二台镇九年制学校校长侯建平说，去年八级大风把园丁楼上的"园"字直接刮下来了。云飞说自己有一次晚上回到宿舍，嘴里含着沙尘，有些失落地自言自语：我以前其实很漂亮的，来张北后黑了很多，脸上的皮肤粗糙了很多……

慢慢地，她发现一个有趣的现象——风，在张北人眼里可不单单是一种气候，它是张北人引以为豪的城市品牌。县委书记郝富国经常说，让张北的风点亮北京的灯。"张北已建成风电装机 257 万千瓦，供应北京十分之一的用电，也正是因为丰富的风能，阿里巴巴把云联数据中心建在张北。"云飞说。

如今，云飞逐渐爱上张北的风。有时，她会沿着张北的草原天路，去看沿路无尽的电力风车，她说那是对未来美好的想象。

2020年11月8日一大早，云飞从张北出发去杭州参加"双11"。刚出门，她的帽子被刮出去200多米，她飞快地在寒风中追帽子，一边追，一边开怀大笑。在石家庄机场转机期间，吃完拉面，她拿出了化妆包。"我现在越来越土，化个妆，回杭州见同事，显得更美一些。"停顿了一会儿，她又说，"我觉得不是土气的'土'，是充满泥土的芬芳。"

云飞在张北挂职县长助理，这个"土县长"做了一件"洋事"，她联系阿里大文娱的同事，请外教给张北的学生上网课，当时共有1000多名学生在线，还有很多家长围观。王志慧，12岁，家住二台镇六号湾村，第一次听外国人教英语，兴奋了好多天。外教老师中文名叫王富贵，这个来自英国的老王和来自张北的小王就这样相识了。

如今，云飞融入了张北的草原生活，不过因为有点高原反应，所以经常失眠。失眠时，她偶尔会想起她刚来张北时做的一件糗事：她一下买了两麻袋土豆，准备两周后带给家中亲朋，又怕土豆坏了，就用塑料袋把土豆包裹得严严实实。结果，土豆都发芽了……

2020年"双11"当天，云飞在杭州对媒体骄傲地说："我们是阿里巴巴特派员，诗和远方，就是把数字化带给老乡！"

4. 成宝"及第"

幸福的家庭每每相似，不幸的家庭各有苦情。

李成宝，河北省巨鹿县张王疃乡大留庄村民，41岁，身患极为罕见的低磷性佝偻病，身高只有1.1米。"兄弟姐妹4人，成宝排行老小，除了二姐，其他3人都是佝偻病患者。"高泉第一次到李成宝家时感慨地说，"见过艰难的家庭，从没见过如此艰难的家庭。"

没上过一天学，却学会了普通话和读书认字

高泉，阿里巴巴社会公益部员工，花名"及第"，现任阿里巴巴派驻巨鹿县脱贫特派员、巨鹿县扶贫开发和脱贫攻坚领导小组副组长。

2020 年 3 月，刚刚来到巨鹿的高泉，从大留庄村驻村第一书记孟洋口中听说李成宝一家人的遭遇，就赶紧到村里看望。

与农户一起搬运的特派员高泉（右）

这次看望，让高泉和李成宝成了好朋友。

李成宝遗传了母亲的佝偻病基因，10 岁之后便不能正常行走，没进过一天学堂，却酷爱学习。"听广播，看电视，查《新华字典》，熬了无数日夜。我大姐也教我认了不少字，她上了两三年小学。"李成宝说。

在城市里，说普通话是再正常不过了，对于一直生活在农村的李成宝来说，实属不易。"成宝坚持练习了 20 年，现在能说一口特别标准的普通话，也能读书写字。"高泉说。

15 岁之前，李成宝借助拐杖还能用膝盖缓慢移步，随着年龄增加，他全身变形萎缩，已彻底无法行走。父亲给他做了一张小板凳，16 厘米高。这张小板凳不仅是他的座椅，也是他的行走工具。"现在，成宝全身只有双臂和双手可以艰难地动弹。走路时，只能用双手缓慢地挪动小板凳。"高泉说。

日久天长，李成宝的小板凳上竟然磨出了深深的手印。李成宝一直保留着被他双手磨平的第一张小板凳，如今，他已开始使用第三张小板凳，并尝试加快走路的速度。他乐呵呵地说："别看我的两条腿萎缩到只有瓶装水这么粗，几乎没有一点力量。但是，我用双手移动板凳的时候，稍微用两条腿做一些照应，就会顺畅很多。"

哥哥李成亮也是高泉的好朋友，他的身体比弟弟稍好一点，双臂变形轻，可以用双手移动着两个板凳走路，速度比弟弟快一些。

李成亮也十分好学，年轻时曾学无线电维修，基本上能养家糊口。后来，电器维修没了生意，他就去石家庄打工，还考取了残疾人驾照，弟弟去医院检查，都是他开车去送。李成宝担心哥哥的身体："我的小侄女已经开始走路不太正常了，哥哥在拼命挣钱，给她用最好的药来延缓病症，真怕他身体吃不消。"

接触时间长了，高泉对李成宝的人生轨迹十分熟悉。高泉说，20 岁是李成宝人生的分水岭。此后，他不能像正常人一样睡床，腿部变形萎缩到爬不上床，只好睡在比较矮的门板上。李成亮也有一张特别的床，床腿是四个大喇叭音响。

2007 年，对李家来说是有如晴天霹雳的一年。父亲患癌，第二年离世。一年后，母亲去世。父亲去世前特别担心地说："孩子，我走了，你们咋办？"

母亲生前一直瘫痪在床，睡的是一张带有滑轮的铁床。母亲走后，李成宝让人把滑轮截掉，从此睡在了铁床上，床腿 18 厘米高，正适合他从板凳移动到铁床上。高泉说，李成宝睡在铁床上也是表达对母亲的一种思念。

李成宝的父亲是家里唯一的健康的劳动力，他的去世对李成宝打击很大，连续几年都走不出悲痛。高泉说，李成宝一度把自己的微信名改成了"没有阳光"。

不过，两个月后，李成宝又把微信名改为"阳光"。他说，国家对残疾人的帮助一直很大，不仅每月发放低保和残疾人补贴，还帮他翻修了房子。屋里不再漏雨的日子不就是充满阳光吗？

第一次上网，两家合用一根网线

就在母亲去世那年，李成宝的表弟送给他一台破电脑。"那一年冬天都在学电脑，刚开始连复制粘贴都不懂。"后来，李成宝拉上了网线，"上网费用 700 元，我和一个邻居分摊，两家合用一根网线。上网费是慈善机构捐的。"李成宝永远记得他第一次上网是在 2000 年的腊月二十六，那天大雪纷飞，他说他在雪中看到了一个广阔的世界。

上网之后，李成宝凭着心灵手巧和聪明好学，开始做游戏代练、淘宝云客服等活，每月挣几百元钱。后来，他在家里开起了网吧。为了节省成本，他学会了自己维修电脑，安装系统。后来，智能手机兴起，他不得不关闭网吧，等待下一个风口。李成宝说，这是他相对苦闷的一段日子。

"2019 年，村里来了第一书记，我坐在轮椅上在村里溜达，正好碰上他，这一次照面改变了我的人生。"李成宝说的第一书记是孟洋。孟洋是国家外汇局派驻大留庄村第一书记。他一直记得两人的第一次见面的情景："轮椅上的李成宝是我在村里见到的第一个会说普通话的人，他掀起裤管，我看到扭曲变形的双腿，真是感到触目惊心，但同时又钦佩他的坦荡胸怀。"

孟洋说，命运总眷顾那些准备充分的人。高泉来到巨鹿后，一听孟洋的介绍，便马上去见了李成宝，说："你普通话这么好，一身正能量，还不怕吃苦，我来帮你做电商直播，你愿意吗？"李成宝一听，第一反应是自己作为一个残疾人，哪会做直播，颜值也不行啊。他对高泉说要先考虑一下。

高泉没有放弃，先帮李成宝报名参加淘宝主播网络培训。"第一次考试，有点懵，没过，第二次考了 85 分。"李成宝说，他通过考试后，信心倍增，决心开淘宝店，"开店押金是赵棣华副县长付的，直播设备是高泉组长买的，孟洋书记帮我量身定制了一身西服，还提供了一部手机。"

李成宝特意为自己的淘宝店取名为"巨福庄园"，第一个字是巨鹿的"巨"；第二个字"福"，是因为村里有个干部，名字中有个"福"字，帮助他很多。

淘宝店刚开张，没有人气，第一单好不容易卖了出去，还是他表妹买的。李成宝不免有些失落，高泉鼓励他要每天坚持做直播，一天都不要停，还给他出了一个点子，让他直播村里的街头巷尾、乡土人情和四季庄稼。

李成宝在直播

高泉在阿里巴巴工作了 12 年，见过无数人做直播，但像李成宝这样的真是很少，他要付出比正常人多百倍的艰辛。比如，李成宝直播展示金银花水，那一箱水对他来说实在太沉了，根本拿不动，他只好把水喝完，用一箱空瓶做直播，并把真实原因告诉粉丝，没想到，赢得了大家的理解。小米杂粮放在距离他几米的地方，他双手艰难地移动板凳去拿，把小米放在大腿上，再用移动板凳回到直播镜头前。时间长了，粉丝们被他这种自强不息的精神打动，给他起名"板凳哥"。还有些人就算不买东西，每天也来看他的直播。"一看见'板凳哥'就能燃起激情，我这点困难跟成宝相比，啥都不是。"一个粉丝说。

残疾三姐弟走上致富路

几年前，在大留庄村曾有一句顺口溜：贫困县里有个贫困村，贫困村里有个贫困户，李成宝这样的残疾人何时能致富？

李成宝兄弟姐妹四人都是不向命运低头的人，他们感情特别深厚。父母去世后，李成宝的二姐，作为四人中唯一一个体格健康的人，为了支撑起整个大家庭，到外地当保姆。她临走前问大姐，你确定能照顾好弟弟？大姐说，你放一百个心。嫁到邻村的大姐李彩宁为了照顾一直未婚的李成宝，父母去世后，她和老公一起回到大留庄村开了一家小卖部，负责李成宝的一日三餐。

2020年11月17日，高泉和李成宝去李彩宁的小卖部，当时她正在粘密封圈，胶水散发出刺鼻的气味。粘一个密封圈能赚1分钱，一天下来能挣10元钱。高泉说："大姐，你再忍忍，我正在巨鹿落地一个假发钩织项目，你熟练的话每天能钩两三个，一个能挣 20—50 元钱。"李彩宁一听很高兴。她的小卖部是租的房子，房东特别好，看到他们家的情况，没要租金，但是村民都习惯赶集买东西，小卖部的生意一般。"为了照顾弟弟才开的小卖部，如果钩假发能挣这么多钱，我就能把小卖部一直开下去。"

李成宝特别感谢姐夫，姐夫有劳动能力，但是视力听力都不行。有一次浇完地，已经深夜 11 点半了，李成宝坐在轮椅上在前面领路，姐夫在后面听着他的声音骑三轮车回村，差一点掉进了沟里。"我们尽最大努力生活。"李成宝笑着说。

李成宝的淘宝店主卖金银花及杂粮。金银花、枸杞和红杏是巨鹿"三宝"，金银花在巨鹿有着 400 年种植历史，巨鹿是名副其实的"金银花之乡"。为了让巨鹿农产品上行更顺畅，高泉组织县电商协会成立了优品研究所，把巨鹿优质农产品孵化成适合网上销售的农商品。李成宝就是这个优品链路上的一个终端环节，他在淘宝店卖出一款产品，由巨鹿县电商协会一键代发，帮他完成后续所有流程。

在优品链路上，农产品深加工是关键。巨鹿县旺泉食品公司是当地最重要的金银花加工企业，在高泉到巨鹿之前，他们基本没做过电商。"作为巨鹿县为数不多的能将巨鹿'三宝'深加工成标准商品的企业，我非常重视它的数字化转型。"高泉说。

为此，高泉建议企业对产品包装进行重新设计，让金银花水"瘦身"，从一瓶 500 毫升变成一瓶 350 毫升，一箱 20 瓶变成一箱 6 瓶，以此来降低产品单价和物流成本。然后，通过明星叶璇及淘宝公益主播直播带货，建立用户心智。"没想到，不到5分钟卖了3600多单。"旺泉食品公司总经理姜孟杰高兴地说。

不管啥商品，树立品牌和拓展渠道是王道，高泉积极推荐巨鹿金银花水成为上海外滩大会接待用水。"高泉来巨鹿后，让我真正了解到互联网数字化的力量，我们公司今年产值已经超过去年三倍了。"姜孟杰说。

高泉和巨鹿县电商协会副会长马杰为巨鹿金银花茶搞了一个"变形记"：大包装改成精美小包装，重量从50克变成25克，价格从40元变成13元，更适合网络销售。"薇娅带了一次货，5分钟卖了8万瓶金银花茶，销售额超过100万元。最关键的是，随着销量的大幅提升，巨鹿物流价格降下来了，以前5元一单，后来降到3.5元一单，现在可以拿到2.5元一单。"马杰说。

"这一系列变化，其实是把基础农产品变成了标准农商品。"高泉说。完成这些优化后，旺泉公司的金银花水在李成宝的淘宝店迎来了收获。2020年11月18日上午，马杰兴奋地说："成宝今天上午收成不错，8单。"

在李成宝开淘宝店的背后，高泉像是一个"麦田的守望者"，暗地里推进了"四步走"：第一步是让李成宝参加电商和直播培训，并考出证书；第二步是帮他搭建直播间；第三步是整合供应链，让电商协会帮他一键代发，无须进货、无须发货，李成宝就能做电商；第四步是在李成宝的淘宝店做出品牌时，帮助他开发销售自己的产品。

经过几个月的坚持，李成宝的淘宝店越来越红火，粉丝们都叫他"板凳哥"。李成宝说，他的目标是每月挣1000元，如果这个目标实现了，不但他的生活不成问题，还能帮助其他人，到那时，借用高泉的花名，没上过一天学的他就"及第"了。"其实，成宝现在已经开始帮助村里销售黄金小米了。"高泉说。

李成宝的屋里有一句话：犒赏奋斗的青春。在村里，李成宝一边学习，一边通过残疾的身体自食其力，他还受邀参加了优酷"新主播新文旅"大赛，获得了"家乡带货王"潜力主播奖。以前，村里曾有人看不起他，而现在，很多村民都愿意来他家玩耍。"成宝身残志坚，懂技术，会电商，你看他家，灯都是声控的……"他的邻居说。

2020年冬天，人民网、《工人日报》、《中国青年报》等媒体纷纷报道了"板凳哥"李成宝在国家政策扶持下靠电商改变命运的事迹。高泉看到后特别高兴，收藏了每篇文章。

临近寒冬，巨鹿天气渐冷，李成宝要从村里搬进养老院，大家帮他协调解决经费，他的直播场地也从家里搬进了养老院。在搬走之前，高泉又来看望他，李成亮带着女儿也来了，四人一起在院子里做了一次直播，这次是卖他家的玉米。李成宝对着镜头说："这是我姐夫种的玉米，他视力不行，浇地时经常浇到别人家……"

孟洋在大留庄村担任第一书记1年多了，他说，巨鹿已经摘了贫困县的帽，大留庄已经摘了贫困村的帽。原本没有任何劳动能力、只能依靠政策兜底的最贫困的残疾人，依靠自己的双手创造出了美好生活。

李成宝小时候曾抱怨母亲，也曾感叹命运不公，低磷性佝偻病发病率为二十万分之一，但随着年龄增长，他懂得了感恩父母、感恩社会。他想让人知道，这个世界上有个叫李成宝的人，没有虚度人生。

在去养老院之前，李成宝本来想给父亲上坟，无奈天气不好，没去成。他本想告诉父亲一句话："爸爸，您不用担心，我现在挺好的。"

李成宝的手机里一直存着一首歌，那是他最喜欢的歌——《明天会更好》。

5. 热血刘寒

创业有多难？在湖南卫视做了 6 年导演、制片人的欧江曲，跑到湖南省邵阳市城步苗族自治县的山沟里做起了电商直播。出师未捷，合伙人先被毒蛇咬伤。

扶持创业有多难？在阿里巴巴工作 13 年的社会公益部员工刘寒，到城步担任阿里巴巴驻城步脱贫特派员、挂职城步苗族自治县县长助理。刚报到不久，棱角分明的脸庞两次被蜜蜂蜇肿，再后来，手指头也被蜇肿了，不得不找消防队剪掉戒指。

在这个 2020 年刚刚摘帽的国家级贫困县，一群来自西面八方的年轻人，抛洒青春热血，在城步绵延不绝的 80 里大南山上演着另一部创业励志剧《一点就到家》。

"二刘"县长推一流农货

城步县五团镇金童山村，地处湖南南山国家公园的崇山峻岭之中。2019年3月，当时还在湖南卫视工作的长沙女孩欧江曲一到这个村采访，就被吸引住了。"拾径而下，河在左边，清澈无比，飞流直下，错落的苗寨在右边，空气是甜的，山林在云雾中隐隐约约，这不就是我向往的'南山悠居'么？"欧江曲回到长沙，思考了两个月，下定决心离职。她回到这个小山村，租下一栋破旧民宅，开始做淘宝直播。

谁都知道直播带货是风口，但并不意味着风一定会刮到你这里，即便欧江曲每天都在这座高山上吹着城步大南山的风。"苦苦坚持了3个月，攒的钱花得差不多了，7个主播全走了，我成了光杆司令。"欧江曲原本想，城步山好水好，庄稼无污染，南山牧场牛奶纯天然，没想到这么好的东西就是卖不出去。

四顾茫然，痛定思痛，她决定打道回府——就在这个时候，刘寒的电话来了。

就在欧江曲到城步安营扎寨不到1个月的时候，国家商务部派驻城步苗族自治县的挂职县委常委、副县长刘书军告诉她，阿里巴巴有个脱贫特派员快来城步了，她立刻要了电话，直接去长沙见刘寒。刘寒开车拉着她从长沙到城步县政府报到。

刘寒在电话里说了一个让欧江曲兴奋不已的想法，这个想法后来在中国电商直播界蔚然成风。他告诉欧江曲，你是城步不可多得的人

"二刘"县长

才，既然从长沙来了，就别轻易服输。"没有主播，不要紧，我和刘书军一起上。"

刘寒，作为阿里巴巴第一批特派员之一，深知扶持创业带头人的重要性。两年来，阿里已派出 11 名资深公益员工进驻全国 11 个县担任特派员，借助阿里的平台资源，在当地教育、健康、生态、电商、女性五大方向播种"致富力"。而要致富，就必须先找到领头雁。

2019 年 9 月，刘书军、刘寒两位县长做客欧江曲的"乡村芝麻官"淘宝直播间。直播间破天荒地设在海拔 1800 米高的南山牧场，主要推荐南山牛奶和青钱柳茶。两个小时有 20 万人观看，销售额 4 万元左右。

"南山是全国十大国家公园之一，以前外地人知道得不多，这一下子可成了网红打卡地。"欧江曲说。

刘寒虽在阿里巴巴工作多年，却从未有过直播经历，他边看边学，第一次直播时因紫外线太强，脸一会儿就被晒得乌黑。

"二刘"县长推荐"一流"农货，这次试水，成功打造了"乡村芝麻官"的直播 IP，还引发了全国很多县开启县长直播推荐家乡特产的新模式，央视等媒体纷纷报道。"二刘"第二次直播时，围观人数剧增到 120 万。

刘书军说，城步的县域特点是"两头弱，中间贵"。"两头"是指产业基础弱，市场运营弱；"中间"是指城步距离最近的地级市都在200 公里以上，至今没有铁路，物流费太贵。

如何弯道超车？

城步有绿水青山，有灿烂的苗族文化，有独一无二的南山国家公园，有喝着山泉水、吸着甘甜的空气长大的农作物，只是一直面临"酒香也怕巷子深"的窘境。"二刘"找到的突破点是电商。

当时，全县只有一家每月接几单生意的店铺。"现在做电商不是 10年前了，走传统路子肯定不行，我们要么做第一，要么做唯一。"刘书军说，产品卖出去是硬道理，商务部在流通领域有优势，阿里巴巴在电商和数字化领域有优势，于是，"二刘"联盟诞生了。

"二刘"白天上班，下班开播，一天直播 4 个小时，口干舌燥时就直播蜂蜜，顺便品尝。"嗓子一润，就不疼了。"刘寒说。他们渐渐把

19.9 元的 6 瓶牛奶套装播成爆款，卖了七八万份，还把适合网销的农商品从原来的一两种扩展到七八十种。

"'二刘'大概一起直播了 70 多次，把全县的优质农商品都推荐了，刘寒前后上了 200 多次直播，最多一次卖了 200 多单。"欧江曲说。

有一次去户外直播，刘寒爬到树上时遇到一窝鬼蜂。据当地老人说，这种蜂会蜇死人的，刘书军在下面小心翼翼地指挥刘寒避开鬼蜂下树，这才逃过一劫。

说实话，做实事，卖实价，求实效——这是"二刘"的直播口号。他们推荐的都是老百姓家的东西，极其看重消费者的反馈。"我们的销量突然上来了，工作人员有时处理客户投诉不专业，我被'二刘'骂惨了。"欧江曲说。

如今，"乡村芝麻官"有了两名专职主播。李杨，苗族小姑娘，城步儒林镇人，毕业于长沙理工大学。她吃住都在金童山村，一周回一趟县城。她接过了"二刘"的接力棒，一周直播 6 天，牛奶、蜂蜜卖得最多，平常一天三四十单，高峰时期每天 100 多单。"最多时，一天拿下 400 多单。还有一次，在地里直播，不到 1 分钟拿下 43 单。"李杨高兴地说。

青钱柳茶、竹笋、蜂蜜、红薯、牛奶……这些可持续的特色产品在"乡村芝麻官"销路良好，仅仅一个红薯产业便带动 2000 户农民增收，还带动 6 家农户开了淘宝店。

2020 年 1—9 月，城步苗族自治县电子商务交易额达 4.9 亿元，同

刘寒（左）与李杨一起直播

比增长 75%。申通快递 2018 年全县出港单 1.6 万单，2019 年 2.3 万单，2020 年剧增至 40 万单，快递费从 10 元多一单降到 2 元多。

欧江曲说，万事开头难，刚创业时，开坏了两台车。一天深夜，汽车在山上爆缸，前无村后无店，生怕野兽来袭，她简直欲哭无泪。她的孩子才 3 岁，丈夫在长沙工作，她一个人在深山老林里创业，与孤寂为伴，实属不易。她的合伙人易蓉，也是从长沙来到这里，这年夏天还被毒蛇咬伤。"一边把易蓉送往医院，一边发动村民找蛇，因为不知道她是被哪类蛇咬的，不知道该打哪一种血清。"欧江曲感慨地说，幸亏村民们找到了那条烙铁头毒蛇，迅速给易蓉打了血清，才保住了她的性命，但是至今仍未痊愈。

一个卫视编导，两个"挂友"，三人都来自繁华大都市，却在城步的高山上创造了一番事业。

"能力强，做实事。"这是刘书军对刘寒的评价。"女之柔美，男之刚。"这是刘寒对欧江曲的评价。"没有你们，我坚持不到今天。"这是欧江曲对"二刘"的评价。

第十代农民有了自己的"红美人"

"枝头高挂傲寒霜，娇靥艳红裳……蓦然回首，有美伊人，待嫁何方？"

北出城步县，在去茅坪镇的路上，或会想起这阙《红美人》。这里坐落着城步县苗乡"红美人"柑橘种植专业合作社，社长叫肖时炅，他是城步县西岩镇人，从沈阳工业大学毕业后在宁波工作，担任过三江购物副总经理。

"祖上九代是农民，我开玩笑说我爸爸就是'丐帮九袋长老'。小时最大的梦想就是考上大学，离开大山。"肖时炅没想到，斗转星移，他最终还是离开了浙江，回到城步老家，当了第十代农民。刘寒到城步几天后，就去见了肖时炅，坚定地说："第十代农民必须是'品牌'农民。"

肖时旼放弃浙江的优越生活回到城步，心里并非毫无准备。"我在宁波看到"红美人"柑橘试种成功，当时就想着城步是柑橘主产地，应该也能种。"

肖时旼种"红美人"用的是大棚。刘寒说，以前还从没见过用大棚种柑橘。

这不是多此一举。

"红美人"源自日本，怕冷怕冻又怕热，怕湿怕水又怕干，真的像美人一样难伺候，要种在大棚内恒温滴灌，施农家肥。肖时旼用全国最先进的技术在城步种出了"红美人"，一个平均半斤以上，皮薄，汁多，果瓣大，果肉嫩，嚼之无渣，甘之如饴，当地人称"甜过初恋"。当然，"红美人"的价格也很贵，平均30元一斤，是中国最贵的柑橘品种之一。

2018年，肖时旼试种了470多亩，2019年，产量达到10万斤。可问题是，这么好的柑橘种出来卖给谁？只靠当地销售，显然不行。

"2019年12月，刘寒来直播，卖了两万多单，跟单也有几千单。重要的是，让很多人知道了湖南有'红美人'。"2020年11月26日，肖时旼说。

"红美人"的采摘期短，需快速完成售卖。在采摘期来临前，刘寒开车拉着肖时旼到长沙与盒马鲜生谈合作，也与深圳盒马建立了联系。"我刚刚给深圳盒马邮去了'红美人'样品。"肖时旼说。

绿叶超市是湖南最大的水果连锁店，有800多家店。刘寒跑了多次，把"红美人"柑橘送进绿叶超市售卖渠道。"简直太猛了，我刚刚给绿叶发走了两万斤'红美人'。"肖时炅兴奋地说，"刘寒给了我实实在在的帮助，他是企业出来的人，懂销售，三言两语就知道我的痛点在哪里。"

绿叶超市董事长唐红说，绿叶超市一举两得，拿到了优质货源，还带动了农民增收。肖时炅种植的 800 多亩果园，土地来源于 67 家农户，带动 750 个贫困户增收，加上政府的其他扶持，使贫困户均实现顺利脱贫。刘军原是茅坪镇文田村人，如今，靠着柑橘基地，一年收入有 4 万多元。

2020 年底，肖时炅又找到刘寒说，这么优质的"红美人"，包装箱设计太土。刘寒承诺协调阿里巴巴公益设计的同事帮忙重新设计 Logo。"不仅是'红美人'，我们想把全县的特色产业都进行品牌设计优化。"刘寒说。

在阿里云上养蜂，准确记录蜜蜂进出蜂箱

蒋守良，城步苗族自治县儒林镇大桥村蜂农，祖祖辈辈都养蜂。他家前对界背河，后靠大深山。这些大山历来是野生中华蜂栖息地，他的蜂箱就散落在山中。他腿部有残疾，妻子有病，随着年龄增长，爬山看蜂越来越难。"一个蜂箱，一天至少观察两次。一旦有蚂蚁骚扰，或者蜂王打架，如果不及时制止，那一箱蜂就废了。"蒋守良说，他跑一趟要 1 个多小时，这里山高、雨多、路滑，实在干不动了。

蜂蜜时而年景好，时而年景差，不好赚钱——这不仅是蒋守良的困境，也是中国小农模式的整体困境。小农模式不组织起来，就一定有能力边界。

后来，蒋守良只在家门口留了几个蜂箱，算是对祖传产业有个交代。再到后来，他的养蜂生活竟有了奇迹般的改变。

蒋守良认识了段才太，段才太也是土生土长的农民，他成立了养蜂合作社，直接收购蒋守良的蜂蜜。为了蒋守良上山方便，合作社出钱修了一条爬山路，但是，一天两趟对他来说还是很艰难。

这时，又一个人出现了，刘寒。

2020年5月19日，在刘寒的协调下，阿里云公益为城步县700多户蜂农安装了智能养蜂软件，这是中国目前最先进的智能养蜂系统。蒋守良再也不用每天上山两趟了，阿里云帮他时刻守着山上的蜂群。只有手机中的阿里云数据显示有蜂箱出现异常时，他才会去现场查看，劳动强度减少了70%。他还特别感谢薇娅来城步帮卖蜂蜜，来他家送了一部崭新的智能手机。"刚开始不太适应，现在，我能用手机熟练地看阿里云数据了。"

在城步县城的阿里云智能养蜂大数据中心，只要打开电脑，就能看到分布在全县的2万多个蜂箱。

在苗林蜂养蜂专业合作社的电脑端，尾号"555"的蜂箱数据一目了然，其中有包括温度、湿度、产量以及每小时进出蜂箱的蜜蜂数量等数据。"蜜蜂进出蜂箱的数量，是判断蜂箱是否正常产蜜的核心数据，在以前这只能靠蜂农的经验来评判。"段才太说。

这个"555"蜂箱放置在儒林镇一座深山里，看着就是一个木头箱子，装着 200 多个传感器，山脚下配备一个电子装置，把气象数据以及传感器数据实时传回阿里云物联网平台，阿里云再传递给养蜂合作社和蜂农。

野生中华蜂生存在自然资源十分优越的深山老林中，城步全域近 90% 被山林覆盖，蜜源植物丰富，并有生产高端蜂蜜的野桂花、五倍子等独特植物。"我们公司管理的 27000 箱蜜蜂全是野生中华蜂。"汇蜂蜂蜜公司总经理王铸钦说。

在苗林蜂养蜂基地，阿里云数据运行器旁边有一块宣传板，上面写着：没有了蜜蜂，人类只能再活 4 年，从 20 世纪 90 年代至今，我国蜜蜂数量减少了 32%。这几年，城步蜂蜜产业形成后，至少多了 8 万群野生中华蜂。

2020 年 8 月，阿里巴巴创意设计团队帮助城步设计了蜂蜜新品牌——"蜂舞南山"，充满了苗族文化元素。

"有了崭新的统一品牌形象，城步蜂蜜从游击队变成正规军，销量上升 35% 以上。"段才太说。副县长刘书军十分看重的城步苗族文化和蜂蜜一起打包被传播到了全国。

不仅是蜂蜜，刘寒正在下一步更大的棋，他在组织城步高山蔬菜合作联社。这些日子，他逐一拜访全县的蔬菜种植大户，见人就分析：城步的高山萝卜等蔬菜种植海拔在 1200 米以上，没有任何污染。以前，农民种菜随大流，一家种茄子，就都种茄子，种辣椒，就都种辣椒。缺品牌、缺规划，产得好、卖得差。"我们一旦成立高山蔬菜合作社总社，就要把盒马数字化农业基地引进来，让销售数据来引导合作社分工生产。这将是一个巨大的进步。"

张荣久是在广东打拼 20 年后回乡创业的蔬菜种植大户，管理着 200 多亩蔬菜。听了刘寒的畅想后，他说了 10 个字：创新在基层，我看我们行。

开了一年半车，相当于绕赤道跑了两圈

刘寒因为坐车晕车，便只能自己开车。2019 年 6 月来到城步后，他开着自己的车跑遍城镇乡村，到如今，已跑了 9 万公里，相当于足足围绕赤道跑了两圈多。

刘寒随身背着一个斜挎包，走到哪里，大家都说这个包好。这款包的品牌叫"七语七诗"，背后有一个很励志的故事。一个叫杨淑亭的女孩，原是城步县城一个美丽的护士，19 岁时因遭遇车祸而高位截瘫，只能借助轮椅行动。通过网络，她赚到了"重生"的第一桶金——7.7 元钱。

"七七"是杨淑亭的人生新起点。她在县城有一个小厂房，做皮包来料加工，尽管有成熟且精湛的皮包缝纫技艺，可卖一个包却挣不到 1 元。刘寒说她头脑聪慧，有商业才能，建议她做自有品牌，杨淑亭这

才开始了艰苦卓绝的转型。2020 年 6 月，阿里巴巴公益、阿里巴巴设计以及潘虎包装实验室为她量身打造了皮包品牌"七语七诗"，这个品牌一上线，3 个月卖了 1 万多个包。

这就是城步，一个湘桂交界处不太知名的县城，地处红军长征翻越的第一座高山——老山界。刘寒、欧江曲、肖时炅、段才太、杨淑亭，及活跃在各个村播点的蜂蜜哥、竹笋姐、红薯妹们，以自己的青春在城步上演着另一部《一点就到家》。他们不是电影中虚构的魏晋北、彭秀兵、李绍群，他们是活生生的存在，却有着比电影人物更曲折、更传奇的人生。

作为阿里巴巴派驻城步的特派员，刘寒有一个理想，那就是等结束两年的派驻期，离开城步时，他希望能有一批年轻的人才和一批有特色、有竞争力的品牌留在城步，让这里的电商和产业可持续自运营，让城步有他没他都一样。

6. "县长"助学

16 年前，他拿着一张中专毕业证，凭着唯一的特长——努力，被阿里巴巴破格录用；16 年后，他报名成为阿里巴巴第二批特派员，被派驻江西省赣州市寻乌县，担任寻乌县精准扶贫领导小组副组长、县工商联副主席，参与当地脱贫攻坚。

他叫戈新县，花名"现长"。特派员在县域工作，在当地他也被群众戏称为"县长"。

他说，他的学历不高，所以他在寻乌竭尽全力让山区的孩子接受更好的教育。

戈新县与孩子们

一个年级只有一个学生

2020 年 12 月 8 日，江西省赣州市寻乌县留车镇族坑小学，三年级学生陈堉烨正在上美术课。三年级只有一个班，班里就她一个学生。

课间休息时，戈新县走进教室问陈堉烨，放学后妈妈来接你吗？不料，堉烨潸然泪下，说："妈妈把我抛弃了。"听族坑小学校长汪鑫说，堉烨的爸爸在广东打工，妈妈在堉烨出生不久后就离婚出走了，至今没有回来。

不一会儿，堉烨画完了，画上写着一句话：我想爸爸。她在小声哭泣着，旁边的美术老师一边劝一边说，这孩子真是不容易，她画画有潜质，可惜得不到更好的培养。

堉烨不愿意一个人上课，太孤独了。但是农村学生少，只能这样。汪鑫说，族坑小学目前有 6 个老师，10 个孩子，4 个年级。孩子少，不利于提高学习成绩，也不利于培养社交能力。戈新县和汪鑫商议，下学年准备让学生搬迁到留车镇中心小学，那是一所马云乡村寄宿学校。在寻乌，已经有 5 所马云乡村寄宿学校。

汪鑫提出了一个很现实的问题，孩子转到寄宿学校，条件肯定比在村里好，可问题是周末谁来接送孩子上学、放学。这 10 个孩子的家长都在外打工，全是爷爷奶奶接送，老人不可能到镇上接送孩子。戈新县提出的方案是协调校车。还有一个问题，那就是堉烨的爷爷不同意她出村上学，因为那样的话，他就不能随时想看孙女就跑到学校去看。

放学后，戈新县和汪鑫决定去堉烨家一趟。爷爷奶奶还没回来。堉烨说，在家和在学校一样孤独，没有小朋友和她玩，她的玩伴是院子里的几只鹅和一条狗。她站在窗口，望着外面，啜泣着说，她对不起爸爸，上次爸爸回家跟她生气了，因为她不小心弄坏了水壶。她还说，现在爸爸还在生气，要不然早回来看她了。戈新县给她擦去眼泪，堉烨开始翻阅她的"绘画书"，那是一本叫《民法典与生活同行》的小册子。她说她看不懂，只是里面画了一些孩子，就感觉挺好看的。

堉烨家已经摘了贫困帽，吃穿不成问题，但是，没有父母在身边，她得不到很好的照料，她的床上堆满了东西。墙角的小梳妆台是她姐

陈堉烨的一人教室

姐的，她说也好久没见姐姐了。

临近傍晚，爷爷回来了，他还是不放心孩子出村读书，留下一句："还是得把孩子放在眼皮底下。"戈新县说，寄宿学校学习条件好，宿舍非常干净，孩子们也能一起玩。堉烨此时站在一个干涸的池塘边，默默无语，一站就是半小时。爷爷望着孙女的背影，开始有点犹豫，最后，大家提议第二天先领爷爷参观一下马云乡村寄宿学校。

戈新县领着堉烨的爷爷奶奶去了澄江中心小学，眼见为实，堉烨的爷爷奶奶看了宿舍，见了老师，堉烨还学着踢了足球，爷爷终于放心地说，可以让堉烨出村上学。

戈新县介绍，马云公益基金会每个月都会来寻乌考察，他们计划投入 3000 万元，翻新改造 10 所以上马云乡村寄宿学校，目前已有 21 所 10 人以下的教学点被撤并优化，800 多个孩子住进了温馨的宿舍。

我和你是一模一样的家境

"从小，我对'爸爸''妈妈'这两个词异常陌生，在书里读到这些词就感觉卡在嘴边念不出来……"

这是一个高中生的心灵写照。她叫尹芸，寻乌中学高二 14 班学生，家住寻乌县吉潭镇滋溪村，家中姐妹三人，她是老大。妹妹尹莘，在职业学校上学，小妹尹婷上初三。

"两岁时父亲去世，母亲改嫁；六年级时，爷爷去世。"谢薇老师是尹芸的班主任，在她眼里，尹芸学习特别刻苦，不用老师操心，尤其在入选"新未来高中生计划"之后，总分排名进步很大。

"新未来高中生计划"是阿里公益基金会与中国扶贫基金会的合作项目，针对家庭贫困、品学兼优的高中生成立"新未来高中生自强班"。该项目在寻乌中学为 100 名建档立卡的贫困学生每人每年提供 3000 元补助金，直至高三毕业。

戈新县第一次见到尹芸时，感觉这个孩子内向，不爱说话。尹芸第一次见到戈新县时特别吃惊："新县叔叔的家境竟然和我一模一样，我俩的父亲都是出车祸去世的，母亲都改嫁了，都是跟奶奶过，都有一个特别好的姑姑。"相同的人生处境，一下子拉近了两人的距离，尹芸似乎突然打开了内心的窗户。她说："新县叔叔能做得这么好，将来我一定也能做好。"

如今，尹芸在班里变得越来越开朗，上次考试语文考了 114 分。老师说她的成绩很稳定，每次测评考试都超过一本线。

戈新县出生在河南农村，兄妹五个，他是长子。13 岁那年，他的父亲去世。1997 年，他初中毕业，成绩优异。姑姑告诉他，实在没能力供他上大学，只能上中专，为凑学费卖了家里的拖拉机。他说："我自己没上过大学，来到寻乌后靠着当地政府的支持和阿里公益资源的投入，我要尽最大能力让别人接受更好的教育。"

学校对尹芸也特别关心，给她免了学费，加上每年 3000 元的"新未来高中生计划"资助金，尹芸上学没有问题，但她还是特别节省，吃饭总是吃最便宜的菜，7元一份。戈新县对她说："我小时候，不能像城里的孩子那样学各种特长，我的特长就是吃饱饭，不生病，能干活。所以无论如何，你要吃好饭，不能总省饭钱。"

陈志斌是"新未来高中生自强班"的班主任，他熟悉班里每个学生的家庭情况，其中孤儿和来自离异家庭的孩子占了一大半。他定期组织学生活动，让孩子们有更好的心态。他说，孩子入选"新未来高中生计划"后成绩普遍更好了，也更加活泼了。

我就是 20 年前的你们

"20年前，我靠着勤工俭学勉强完成学业，知道一个中专生找工作有多难。"

2020年9月23日，戈新县在与寻乌中等职业技术学校学生分享成长感悟时，一上来就说了这句话。他看见，原本在玩手机的几个学生有些疑惑地望着他。杨纯就是其中一个，他是2018级学生，学习计算机平面设计。"考不上高中就进了中专，他已经在内心深处把自己放弃了。在课堂上，没有心思听课，玩玩手机，浑浑噩噩，得过且过，以此来掩饰内心的焦虑。"他曾经把这种心理感受告诉了他的班主任林霖。

戈新县直接说："我就是20年前的你们。"

20年前，戈新县毕业后找不到工作，在乡里的砂轮厂烧窑，一天能挣10元钱。有一天，突然接到同学电话，让他去广州做文员，月薪

1200 元。他拎起几件衣服就去了广州，结果误入了传销窝，一个月后的一个深夜，他和另外一个人逃到了宁波。因为身份证被扣在了传销窝，在宁波，他实在找不到工作，只好沿街卖洗发水，没有底薪，一瓶提成 5 元。他每天背着满满一包 10 公斤的洗发水奔跑在大街小巷。5 年间，他从宁波辗转到常熟，从卖洗发水到卖软件，一直默默坚持。

戈新县在向同学们介绍完了自己的经历后说明了来意。针对中职学生就业难问题，蔡崇信公益基金会推出职业教育脱贫计划，戈新县便在寻乌中等职业技术学校招募 40 名学生参加为期 5 个月的影视后期制作专业实操培训班。这个专业在国内前景看好，月薪可达 5000 元以上，真正实现一人就业，全家脱贫。杨纯一听，便赶紧报名了。

"开班一个多月，很多同学身上都发生了很大变化，杨纯成了班长。"林霖说。

杨纯任班长后，第一件事就是让大家上课自愿交手机，把前面浪费的时间补回来。他原本想着会有阻力，可没想到，同学们都同意这个做法。前几天杨纯到杭州参加了技能大赛，他告诉同学们："阿里巴巴科技感很强，园区很大，在一次活动中，我找到了人生的方向，在曾经的迷茫中看到了光芒。"

戈新县有时会找杨纯聊聊天。他对杨纯说，如果你是大学生，可以低看自己，如果你是中专生，就一定要高看自己。杨纯聊完后感觉内心充满了力量，他说，只要有技能，只要肯努力，中专生一定也有美好的人生。戈新县还告诉他，学习无止境，等条件好了，可以继续上学或参加在职教育。戈新县如今也考出了大专文凭。

在寻乌上班，月薪万元不再是梦想

戈新县到寻乌后，用自己的切身经历，不遗余力地帮孩子接受更好的教育。在中小学，落地"马云乡村寄宿制学校计划"；在中专，落地"蔡崇信职业教育脱贫计划"；在高中，落地"新未来高中生计划"，还开展洋葱数学、松果公益等趣味教学以及"乡村女子足球计划"等。

教育从娃娃抓起，针对0—3岁婴幼儿科学养育，戈新县还落地了由湖畔魔豆基金会捐赠的"养育未来"项目，第一批5个"养育未来中心"已完成装修，22名养育师与3名管理中心干事招募到位，5个站点全部开业，为周边1400多名0—3岁孩子提供免费科学养育服务。邝云彬是个1岁半的孩子，家住岗背村，附近就有一家"养育未来中心"，他妈妈每天都陪他来玩。这里设施安全先进，有养育师讲课，还能和其他孩子一起玩游戏。"生命最初的1000天，是人类大脑发育的最关键阶段，'养育未来'计划就是帮助这个阶段的儿童均衡发展。"戈新县说。

除了学生教育，戈新县还瞄准了就业培训。

在寻乌中等职业技术学校，2020年5月25日，阿里巴巴第一批"橙才计划"开班，35名学员脱产培训42天，考试合格后，进入阿里巴巴寻乌客服中心工作。起初，工作人员因疫情而居家办公；10月22日，客服中心正式在幸福小镇启用。这个"橙才计划"已帮助 200 多人在完成培训后实现家门口就业，其中，68 人是返乡就业人员，七成是"宝妈"。

何莉娜，寻乌县长宁镇人，"橙才计划"第一批学员，半年时间就从专职宝妈蝶变成职场精英，开朗活泼，风风火火，如今带领着一个 30 多人的团队。戈新县说，第一次见何莉娜时，她不爱说话，还有点产后抑郁。

2020 年 12 月 12 日，何莉娜发工资了，14000 多元。她高兴地说，自己用努力证明了在寻乌也能拿到万元月薪。

陈芦清，花名"衢寻琪"，南桥镇高排村人，在厦门做了 7 年会计，因母亲去世而回到寻乌，因找不到会计工作，便报名"橙才计划"。如今，她在客服中心工作，工资和在厦门差不多，每月能拿到 4000 多元，

在工作的何莉娜

还有大把时间陪父亲。谢兴朝，腿部残疾，曾在广东打工，在新冠疫情发生后回寻乌送外卖，一个月挣 1000 多元，后来进入客服中心，不用再艰难地频繁上下楼。如今，第一批"橙才计划"中已有 13 人晋升。"我们一个个都在改变，我们要讲述自己的故事！"何莉娜说。

戈新县经常讲述自己的故事，每个人不能改变家庭出身，但可改变自己的命运。戈新县利用阿里巴巴特派员的资源优势，成为"摆渡人"，让更多人能更容易改变自己的命运。对戈新县来说，人生初始，努力比选择重要。从出生到上中专，再到卖洗发水，那时，他没得选择。从卖洗发水到卖软件，他接触和学习了更加专业的知识。这时，选择比努力更重要。从卖软件到阿里巴巴，选择和努力，两者都很重要。

戈新县依稀记得到阿里巴巴面试时的场景。

面试官同时面试 3 个人，问了 3 个相同的问题。第一个问题是，人生中最大的一次挫折是什么？戈新县说，父亲去世。第二个问题是，销售生涯中最难忘的场景是什么？他回答说，因去山里推销洗发水而错过回城末班车，一家又一家地敲门求收留却无果。雨夜，他沿着山路下山，饥饿、寒冷、恐惧，交织在一起。后来，他钻进路边的一辆中巴车挨过了一晚。第三个问题是，记忆最深的一句话是什么？他回答："你每天见 300 个客户，只有 290 个拒绝你，那你就成功了。"

后来，他才知道阿里巴巴当时破格招他的原因是他遭遇了常人没有的挫折，吃过常人不能吃的苦头，有着常人难有的坚持，他对人生的执着弥补了学历上的不足。

7. 少龙"传剑"

新上任的普安县脱贫攻坚指挥部副指挥长牛少龙，决定去一个非常偏僻的山村，见一见有人跟他提过的老伍——一位带着 4 个小女孩独自在大山里养乌鸡的单亲父亲。

牛少龙出现在老伍家门口时，几个小女孩转身跑回了屋里，但很快又出来了。出来时，每个孩子都戴了一顶厚厚的帽子，就是"冬天的那种帽子"。

那是 2019 年 7 月，大夏天的，孩子们怎么戴个厚帽子？

一问才知父亲把 4 个小女孩的头发全部剃光了，省得打理。"他一个人既要照顾孩子，又要干活，去外地打工不太可能，所以就在家养鸡，没有更多的精力来照顾几个孩子，头发剃光省事。"

牛少龙，1982 年出生，比老伍小一岁。"看到老伍，就会感觉到岁月的不留情。"这给了初来普安的牛少龙很大触动，"脱贫不光是让一个人远离贫困，让一个家庭致富，还直接关系到下一代人的成长。"

从零开始打造网红爆款

牛少龙是河南登封人，出身农村，15 年前加入阿里巴巴，是著名的阿里巴巴"中供铁军"的一员。2015 年，牛少龙转岗到阿里乡村事业部，后来成为云贵川渝片区总经理，管着上百号人。

像许多走进城市的年轻人一样，牛少龙也曾感叹自己可能不会回农村了。这一切，在 2019 年 6 月突然有了变数：牛少龙看到阿里招募

与孩子们在一起的牛少龙

特派员，内心突然澎湃不已，他报名参加并通过了面试，被派往贵州省黔西南布依族苗族自治州普安县。

普安县曾是国家级贫困县，牛少龙被任命为脱贫攻坚指挥部副指挥长。一到普安，县领导让他先熟悉情况。在走访调研了20天后，牛少龙写了一份调研报告，并决定先从自己最熟悉的领域下手，他要做一个电商创业大讲堂。

这是第一次在普安组织电商培训，牛少龙提前准备了十几天，或许是大家不相信，或许是通知不到位，培训的前一天早上，他才得知报名人数只有3人。

牛少龙当即傻眼了："200人的会场啊，只来3个人？！"

他是个急性子，立刻去找分管电商的副县长汇报，建议每一个乡镇推荐1—2人，又安排人给企业一家家地打电话，200人的会场这才坐满。

培训课开始了，他才发现投影仪不好用，条幅也没弄好，一切都需要从零开始……培训一连做了6天，效果非常好，反响很热烈。结束之后，牛少龙几乎累到虚脱。那天凌晨，他闹肚子，到一两点还没有睡觉，只听到外面在下雨。"我心里就想，办一件事怎么这么难。但毕竟有了好的开始，后面应该会更好。"

在牛少龙来普安之前，整个普安县，能统计到的淘宝店不过10余家，都只有一两颗红心，等级很低，最好的也不过两颗钻。

牛少龙挨个找老板们喝茶聊天，他打算在县里打造一家标杆店铺，带一带县里的电商氛围。其间，他结识了年轻人保贵。保贵的店铺刚开张几个月，级别只有一颗红心，不懂电商，也没去打理，更没有什么美工，用牛少龙的话说："反正就是一塌糊涂。"

"这家店铺的优势也一目了然，它是当地一家国企的电商平台，能够间接承载带动脱贫的功能。"牛少龙说。

牛少龙想培训这家店铺的负责人，但问题很快就暴露出来。不管牛少龙怎么指点，对方都没办法理解他的意思。"比如做一张海报，他们竟然把主打产品放到角落里，把非主打产品放到选品的第一位。"他只能一点一滴地手把手教。

普安主打产业被称为"一红一白"，"红"指的是红茶，"白"指的是长毛兔。牛少龙尝试了一次直播，一次性推3款红茶，可主播竟不知到底该主推哪一款，消费者也很难被打动，最终只卖出了几十罐茶。

他甚至还卖过生鲜。当时，番茄是卖了，包装时也用上了冰袋，可运输过程中出现了各种问题，有不少客户反馈，收到的番茄都馊了……

经过早期的病急乱投医之后，牛少龙最终将目光聚焦于普安红茶，他要打造一个网红爆品出来。

当地人世代种茶，普安也是中国古茶树之乡、中国茶文化之乡、全国十大魅力茶乡。普安红茶原来就有，但是销路不是很顺畅，品牌没有打出来，网上难找普安红茶的身影。当地也曾想过打造这个品牌，还搞过采茶活动，但一直没能走出贵州。牛少龙认为，做这事，不仅要用传统的方法，还得用互联网和新媒体的力量。

2019 年 10 月，大型公益节目《益起追光吧》来到普安，徐海乔、祝绪丹两个明星亲赴普安县茶园拍摄，推介普安红茶。紧随其后的天猫"双 11"晚会出现了郭采洁为普安红茶"打 CALL"的身影。"双 11"期间，阿里巴巴还专门拍了一部普安的纪录片，新华社等媒体纷纷报道。

"当时关于普安红茶的传播量至少应该在 3 亿—4 亿人次以上，对整个品牌知名度的提升起到了非常大的推动作用。"牛少龙说。

红茶销量水涨船高。

一款特级普安红茶成了网红爆品，销售突破了 5 万罐。在一次大型公益直播后，当地一家合作社每天要加工 3 万多斤鲜叶，每星期都有 1 辆 13 米长的大货车把茶叶运出大山，送往全国各地。如今，普安县通过电商销售的红茶等农特产品收入达到了 1000 万元以上。

一些以前不懂电商的企业，也都开始学习搞电商了，其中个别茶企直接带动 2000 余户贫困户脱贫增收。

牛少龙的到来，让普安的淘宝店数量从 10 余家增加到上百家，至少有 2000 人次参加了电商培训，这些人都是电商致富带头人。

指挥长"招徒"

普安县于 2020 年 3 月成功脱贫摘帽，牛少龙在当地已经驻扎了将近一年。他已经能用当地方言和干部、群众无障碍沟通，当地人习惯喊他一声"指挥长"。

牛少龙到普安后，一直不放弃寻找。寻找什么呢？他在找人，寻找能帮助乡亲们致富的年轻人。

时光回到 2013 年的一个夏夜，17 岁的"杀马特"少年李荣富回到闷热的工厂宿舍，在手机上刷到了偶像周杰伦在北大的演讲视频："我觉得厉害的人、不平凡的人，并不是书要念得多好，我觉得他要有一技之长。"这个初中就早早辍学，在流水线上打工的年轻人深受触动，下决心要"逆天改命"。

牛少龙第一次在普安做培训时，就注意到了他。当时的李荣富留着标志性的"杀马特"发型，穿着红色的衣服，一副吊儿郎当的模样，感觉就是来凑人数的。

让牛少龙意外的是，6 天的培训，李荣富一天都不落下。200 多名学员，只留下 64 个人参加后续封闭 3 天的集中培训，李荣富也入选了。

李荣富曾是一个问题少年。初中时翻墙逃学，从此开始了外出打工的生涯。他是父母、村民眼中的不良少年。

这个 1996 年出生的年轻人，梳着大背头，定型后的头发高度超过头顶七八厘米，身穿橙色的羊羔毛外套，在人群中特别显眼。

李荣富出生在贵州省普安县西陇村。村子坐落在虎跳峡的群山中，斧凿形状的山峰直入云层，陡峻高深的河谷中，水汽会沿着山脊爬升，滋润出成片的松林与白杨。

大自然的鬼斧神工造就了美景，也使交通极度不便。曾经，村民们进一次普安县城需要翻山越岭走 4 个小时，负重前行时甚至要 6 个小时。山路建在悬崖上，仅一步宽，一不小心就会滚落到山谷中。

西陇村曾是远近闻名的深度贫困村。李荣富关于贫穷的记忆，不是吃不饱、穿不暖，而是没有钱买洗发水。"大家都到山上摘皂角叶洗头，很难搓出泡沫，条件好些的人家就用洗洁精洗头，我们的头发又干又硬。"

留着标志性发型的李荣富

李荣富父母对他的期许都落在了名字里，希望他能够靠读书出人头地、荣华富贵，可他却志不在此。初三那年，一个晴朗的午后，李荣富带着 3 个同学借故倒垃圾，趁机翻墙逃走，此后就再也没有回过学校。很多年后，李荣富常常为这个鲁莽的行为而懊恼不已。

和村里大多数年轻人一样，辍学后的李荣富踏上了到大城市打工之路。他先是带着 300 元现金去了广东，后又辗转到浙江衢州落脚，在一家相框厂里做质检工，月工资 2000 元。这份工作几乎没有任何技术含量，工友大多是 50 多岁的女性，十几岁的李荣富在这里显得格格不入。李荣富没有朋友，下了班就回到工厂宿舍刷手机，听音乐、看电影。

在日复一日的机械劳动里，李荣富陷入了焦虑和迷茫。最开心的事，莫过于发了工资后去理发店给头发染个好看的颜色，再到县城里逛一逛。他最喜欢的颜色是橙色、红色，因为走在路上的回头率最高，陌生人的关注使这个年轻人对生活多了一些期待。

都说人生的选择充满偶然性，很多时候，这些看不见的偶然在不自知中就决定了一个人命运的走向。

2013年一个夏日的夜晚，李荣富的人生轨迹因为周杰伦而发生了小小的改变。他了解到，原来周杰伦没有上大学，方文山也只是高职毕业，周杰伦当过纺织厂机械维修工、电工、快递员、服务生、高尔夫球童，23岁还吃不起像样的鸡腿盒饭。

听完周杰伦的故事，李荣富深受鼓舞，第一次开始认真思考自己的人生，决定今后要靠技能谋生。很快，这个热爱追星、爱染发，甚至小时候还有过明星梦的李荣富，把人生目标锁定在"当一个酷炫的美发造型师"上。

李荣富回到贵州黔西南州，从理发店洗头小弟开始做起，哪怕是洗头也力争做到最好。因为双手长期泡在洗发水里，他双手的很多地方都溃烂了，最多的时候手上贴了10个创可贴。

李荣富还在店里用心学习烫染，他的水平一骑绝尘。"做极度色，要把黑色头发漂到8°—9°，操作不好的话头发就会全部断掉，长的头发可能直接变成短发。这类难度大的颜色都会交给我来做，每次操作的时候，店里的其他染烫技师都会过来围观学习。"李荣富说起这段经历，眼里带着亮光。

在理发店工作 1 年多之后，李荣富存够了 1 万元钱，马上报名参加了专业的发型师培训班，此后顺利当上了发型师，收入也跟着技术水平的提高逐渐上涨。

在为客人服务的时候，他观察到抱着手机刷淘宝购物的人越来越多。"淘宝开店是个商机，我为什么不开个淘宝店呢？"他想起了几年前打工的浙江衢州的相框厂，据说现在相框厂的很多订单都来自淘宝。李荣富一合计，背起行囊远赴衢州，向相框厂老板拿货源筹开淘宝店。

当李荣富在外打拼的时候，西陇村也在悄然发生着变化。

2018 年，一个叫樊阳升的人成了西陇村第一书记，他是公安部派驻到普安县的扶贫干部。他来的第二年，西陇村通往普安县的悬崖山路变成了盘山公路，村民进出山里方便了许多。可是，如何致富呢？

西陇的萝卜是好东西，但交通成本和邮费算下来比萝卜还贵。樊阳升经过一番考察，瞄准了乌鸡产业，西陇村空气好、山林多，山上还有天然药材，可以说是放养乌鸡的绝佳场所。

按照樊阳升的规划，养鸡场分两条腿走路，除了传统的线下销路，还要通过淘宝这样的电子商务平台，把乌鸡卖到北上广这些大城市。

鸡场的收益最终惠及村民，养鸡场利润实行 4：3：2：1 的分配模式，即 40% 用于下一步养殖生产，30% 用于贫困户分红，20%

用于村集体资金积累，10% 用于支付运营人员的工资。

可是，谁来负责这个养鸡场的线上销售呢？樊阳升犯起了难。村里大部分人连上网都不会，更别说开淘宝店了。樊阳升正发愁的时候，他迎来了一个新搭档，牛少龙。

牛少龙组织电商培训班时，远在衢州的李荣富正陷在泥潭里。李荣富筹备的网店一直开不起来，一听说家乡有电商培训班，他立刻决定放弃在衢州创业的想法，收拾行囊回到了老家。

经过 6 天的培训观察，牛少龙喜出望外，他感觉李荣富就是他要找的年轻人，有想法、爱学习、又有改变现状的决心。他认认真真地教李富荣如何运营一家网店。

李富荣的任务就是把村里养鸡场的乌鸡和鸡蛋卖出去。为了让买家看到这些吃虫子和玉米渣的乌鸡，牛少龙和李荣富把直播镜头直接对准了养鸡场。看到这些乌鸡在大山里自由奔跑、健康生长，买家逐渐建立了信任，下单的人渐渐多了起来。

让李荣富头疼的是，怎么把这些乌鸡安全运送到县城的物流中心。村里没车，用不了鸡笼，他只能把鸡装在两只编织袋里，两只编织袋则绑在木棍两头，架在摩托车后座上，就这样运往县城的物流中心。

盘山公路总共有 108 道弯，又窄又陡。在这样的山路上来回送货，李荣富从没有喊过累。但是，乌鸡受不了。"天气炎热，再加上山路颠簸，鸡总是被摩托车轮胎剐蹭，每拉一趟都要死两三只，心里难受啊！这都是村民辛辛苦苦养出来的。"李荣富说。

就这样，时间一点一滴过去，不论是樊阳升、牛少龙，还是李富荣，都在咬牙坚持。

李富荣在牛少龙的指导下逐渐上了轨道，学会了很多电商运营知识，淘宝订单越来越多，由他运营的淘宝店铺达到了 5 家。

李荣富一路跌跌撞撞，如今终于像手持日月剑的穆郎，可以在牛少龙的瞩目下坚定地"下天山"了。他手里的这把希望之剑，可以带给村子更多的希望。2020 年，西陇村农产品线上线下的销售收入接近 300 万元，西陇村第四家养鸡场也已经在筹建中。

因为养鸡，老伍一家的年收入攀升到了 5 万元。4 个女孩，也留起了长发，变得开朗。有时候李荣富做直播，她们还会跑进镜头里唱两句山歌。大女儿还从乡村小学转到了马云乡村寄宿学校读书。普安要建 5 所马云乡村寄宿学校，覆盖 3000 多名乡村孩子。普安是全国第一批以整县推进马云乡村寄宿学校的县城。"教育是从根本上改变贫困的第一步。"牛少龙说。

李荣富的摩托车也换成了小皮卡车。每天，老伍游走在山岗上，将那些散落在各处的淡蓝色鸡蛋收拣好，逐一擦洗，放进特制的泡沫包装盒，等待李荣富的皮卡车开上山顶，将乌鸡和鸡蛋发往天南海北。李荣富每天在盘山公路上来回跑三四次，闭着眼睛都知道该在哪里转这 108 个弯。

李荣富的命运改变了吗？他说自己还算不上成功人士。但可以肯定的是，很多人的命运，因为李荣富这一趟趟的奔波，出现了转机。

8. 盼盼的期盼

"你终于来了!"

甘肃省礼县副县长刘建勇握住了尹贻盼的手。

尹贻盼,花名"盼帅",在阿里巴巴工作13年,人称"盼盼"。2019年6月,他作为阿里巴巴脱贫特派员被派驻到礼县,在当地的新身份是县长助理。为此,他毅然放弃了前往北京大学深造的机会。

刚到礼县,尹贻盼就马不停蹄地跟着刘建勇下村考察。据说有一个村,山脚下的新房子都盖好了,村民们却不肯下来。尹贻盼想不通。

车开到山脚下就上不去了,一行人爬了20分钟才看到了零星的十几户人家。有户人家正在盖房子,砖块要先用整车拉到山下,再让骡子背上山。一头骡子一趟只能运40块砖,一天来回十几趟,半个月才能把砖运完。即便如此，这户人家也不愿下山住新房，说是到新地方住不习惯。

"我当时就在思考一个问题，脱贫并非单是物质上的脱贫，关键是思想观念上的脱贫。"尹贻盼说。

尹贻盼在电商直播培训班上见到张加成时，并不觉得这个 59 岁的果农有何特殊之处，直到他见到了张加成写的字。

张加成没上过学，字却写得挺好看。后来，尹贻盼才知道，张加成每天都会选出 5—10 个字，不断地去写。他也会把别人写得好看的字打印出来，照着抄，已经坚持了很多年。尹贻盼认为，他的这种坚持，正是其他人所缺少的。

电商直播，对于年岁已高的张加成而言，简直就是个稀罕物。在礼县种了大半辈子的苹果，张加成从没想过自己的命运还能再起波澜。

礼县位于甘肃省东南部，与秦岭山脉、岷山山脉相连，1984 年就被评定为全国贫困县，是甘肃省 18 个深度贫困县之一，至 2018 年底仍有 4.73 万人未脱贫，占该地域总人口的 10% 左右。

礼县产业结构单一，尹贻盼第一次坐车来礼县，看到的是大片大片的果园，几乎没有工厂。多年来，苹果一直是礼县的一张名片，但果农的付出与回报并不成正比。

张加成的苹果园年产量 6 万多斤，苹果以前要么被拉到路边零售，要么被大型果品公司扫购，价格有时能低到几毛钱一斤。这样传统的撞大运式售卖方式，很难给他带来可观的收入。

但这却是礼县最司空见惯的销售模式——全县有 60 万亩苹果园，每年产量 7—8 亿斤，因产业链不完善、市场品牌知名度低等，利润率极低。

"当地的电商企业不仅数量少，规模也普遍偏小，运营能力比较弱，短时间内要获得立竿见影的效果，就必须抓住直播这个风口。"尹贻盼说。

直播培训计划在果农中一启动就遇到了困难，果农对直播卖货的效果没有信心。张加成当时就问过尹贻盼："培训真的有用吗？"

实际上，礼县曾经在 2014 年大力推广电商，不少像张加成这样的果农也开过淘宝店，但后来都不了了之。

尹贻盼一一打电话给培训对象解释，不断科普李佳琦和薇娅的成功案例，告诉他们直播之所以能卖出东西，是因为这些主播愿意改变观念，尝试新的带货方式。

到了组织培训时，尹贻盼遇到了一个令人哭笑不得的现实问题。礼县电商办提醒他，不仅要给前来培训的果农提供每天 50—100 元的补贴，还要包吃住，否则他们就不会参加培训。尹贻盼头一次听到提供免费培训，居然还要倒贴钱。

经过尹贻盼苦口婆心的劝说和当地政府的保障，为期 3 天的直播培训招到了 80 多人。不过，速成的直播培训远远不够，尹贻盼告诉学员们，还需要每天坚持直播至少 3 小时，一个月后就会见到成效。

不出意料，80 人的培训班，最后只有 3 个人坚持了下来，其中就有张加成。

看到这样的结果，尹贻盼有些失落。他不甘心，决定亲自上阵。为了证明直播真的可以带来收入，2019 年 9 月，尹贻盼带着当地果农做了一场 3 小时的直播，一下子卖掉十多万斤苹果、两吨黄芪。

礼县的商家沸腾了。

另一边，张加成也开始在直播中收获连连。2019 年第 4 季度，张加成在直播间卖掉了 6 万多斤苹果，每天正常订单量在 50 单左右，生意好时有 100 多单。

张加成成为礼县电商脱贫致富行走的代言人，周围人看到连没读过书的张加成老伯都能当淘宝主播，比他年轻、比他有文化、比他见多识广的人，也开始陆续加入直播队伍。

尹贻盼"期盼"的结果，逐步实现了。

尹贻盼后来才得知，张加成在村里做直播成为红人后，其实压力很大。

村里有了很多流言蜚语，在许多村民眼里，正经活儿就是面朝黄土背朝天地种地，大

尹贻盼（右）和当地商家交流电商直播

家都觉得张加成直播卖货是不务正业，这让张加成备受煎熬。即便卖再多苹果、赚再多钱，这个纯朴的农民也整日愁眉苦脸、郁郁寡欢。他经常给尹贻盼打电话："别人说我是老不正经，都用异样的眼光看我。"有一段时间，他甚至想过要放弃了。

"生活在那个环境里，对新事物往往表现出抗拒。"尹贻盼决定尽快把主播队伍拉起来，打造一支"村播"队伍。一个张加成的成功是星星之火，更多的人如果能成功，大家就会习以为常了。

风风火火的姜亚丽本是礼县当地 4 家幼儿园的园长，尹贻盼刚到礼县时，就是这位大姐帮忙找房子住，生活上对他也多有关照。尹贻盼说服她加入了主播队伍。

之后，两人一同找到了因残障致贫的贾仁平。

如今，姜亚丽已经是有几万个粉丝的主播，贾仁平也做得风风火火。礼县的"村播"正成燎原之势，对张加成的流言蜚语也逐渐销声匿迹了。

礼县是苹果大县，花牛苹果尤其有名。但是，这么多年了，礼县苹果没有一个统一的质量标准，产业链薄弱，竞争力低，果农难以靠苹果真正致富。

在电商方面尝到甜头的姜亚丽约同尹贻盼，与副县长刘建勇、苹果商家赵映开了一次重要的会议，大家决定去江西赣州引进一套苹果检测机器。

这套机器可以检测苹果的甜度、成熟度、黑心等指标，其实并不

礼县先进的苹果选果线

是一个新生事物，只是在礼县，从来没引被进过。

"它可以让一部分礼县苹果走出低价困境，走向品牌化、标准化、高溢价。"尹贻盼说。采购这套检测机器花了130万元，这是中国第一套花牛苹果选果线。

此前，礼县苹果一箱10斤，也就卖二三十元钱，最便宜的时候几乎是几毛钱一斤收购，如今，已经有一部分苹果可以卖到198元一箱，一箱6斤左右，相当于能卖到30多元钱一斤。

"我们不想再把礼县苹果只当水果卖了，品相好了，就可当礼品卖。大家在这一点上观念改变很大。"姜亚丽说。

尹贻盼还有下一步的打算，苹果做好了，可以复制到核桃、蜂蜜、花椒的产业链优化上。"这样的话，一年四季，礼县就都有品牌农产品可以卖了。"

张加成曾跟尹贻盼说起过，20世纪八九十年代，村子里有1万元的人就很有钱了，当时叫万元户。成为万元户一直是张加成的梦想。他悄悄地和尹贻盼说，这两年，他的苹果已经卖了50万元了。

9. "益明" 惊人

从农村走出来的王巍没想到，近 20 年的职业生涯，竟然都和农业联系在了一起。

在 20 世纪 80 年代的东北农村，王巍和大部分孩子一样，都曾被父母拖着做过农活。真正亲历过农村生活的人，大多很难再把干农活当成一件乐事。

为了离开农村，王巍发奋读书。为了上高中还是上中专，他曾和父母闹僵。东北因工业而兴，那时，人们的思想被"专科是硬通货"的实用主义束缚，都说"成绩好的上中专，成绩差的上高中"。父母当然希望王巍念中专，将来靠手艺吃饭。最终，在教导主任和老师的多次上门劝说下，王巍才有了读高中的机会，就这样一路走到了城市。

没想到，王巍在大学毕业时还是选了农产品采销的工作。回忆起择业原因，王巍表现出和父母一致的实用主义："当时就觉得，做农产品，和吃的有关，就不会失业。"

毕业后的18年，也是跟农业打交道的18年。其间，王巍跑遍了全国七八百个县，熟悉市面上所有的农产品，对水果和蔬菜更是如数家珍。他的脑子里有张完整的"水果地图"——每个水果的产区在哪，各产区水果的特点是什么……

王巍在田间地头

这个优秀的水果猎手，在2016年加入阿里巴巴，并成了阿里巴巴数字农业团队核心成员，他有了一个花名——"益明"。语出朱熹《朱子语类》：“知之愈明，则行之愈笃；行之愈笃，则知之益明。”

对农业、农产品的理解已经成为王巍的肌肉记忆，他在阿里干起活来游刃有余，曾帮助奉节脐橙做强品牌。重庆奉节，原本所有脐橙都在线下销售，即便好吃，其名声也走不出重庆。王巍和团队帮他们打开了电商销路，如今，奉节脐橙已经成为全国著名品牌。

农业老兵的滑铁卢

这个农业经验老到且有傲人战绩的阿里人，却在甘肃中部一个曾经的贫困县屡屡碰壁：不止一次吃闭门羹、不止一次被当作骗子、不止一次和对方提前约好登门拜访却被“放鸽子”……

这是他自己选择的路。有时难走，但从未后悔。

2020 年，王巍报名参加阿里巴巴脱贫特派员的招募。他因特别熟悉农业领域而被破格录用。当年 4 月 13 日，他赶往甘肃省定西市渭源县，从此开启脱贫特派员之路。

脱贫特派员，在很多人眼里只是一个虚名。这是一项全职的公益事业，意味着一个正处在事业高峰期的员工必须放弃手头所有业务，停下既定职业规划，全身心地扑在农村，在当地政府的支持和领导下，助力当地百姓致富。不过，王巍觉得自己在做一件功德无量的事。

从事农业工作的 18 年里，他见过太多艰辛的农民。

十几年前，王巍还在为一家大型商超品牌做采购。他看到田埂边蹲着的农民，嘬着香烟，满面愁容，还硬塞了 50 元钱给采购商，哀求他们把地里的白菜直接拉走，不用给钱。

都是采购商给农民钱，哪还有反过来的道理？

这些白菜滞销了。没有采购商收购白菜，农民还得花钱找人来收割，再找车运走。一亩地，七八吨白菜，人工费和车费，远不止 50 元钱。

滞销，仿佛是农民和老天、市场的三家对赌。

农民一直都是这么苦过来的：没有宏观指导，很难预判大环境和趋势，只能看着眼前的利益做决定，今年种白菜赚钱，明年种的人就多，一旦遇到丰产年，供大于求，菜价就贱。渭源农民种土豆，也经常遭遇丰产不丰收，种一亩土豆，有时收入两三千元就很好了。王巍希望数字农业能帮农民们破滞销困局，在电商平台和田地之间搭起一座桥梁。

但是，苦心最开始往往不能被理解。

渭源给王巍的第一感受是"小"。到渭源的第一天晚上，他用 2 个小时绕着县城走了一圈。要知道，绕西湖走一圈都得花 3 个小时。

这里山高坡陡，水土流失，十年九旱。祖辈们有民谣这么唱道："山是和尚头，沟里没水流，田是'三跑田'，年年人发愁。"过去，农民辛劳大半年，也难以自给自足，经常是"种了一坡、收了一车、打了一斗、煮了一锅"。

清朝末年，陕甘总督左宗棠曾写道："陇中贫瘠甲于天下。"20 世纪80 年代，一位联合国官员访问定西，说这里不具备人类生存的条件。

1994 年，包括渭源，定西市下辖的 7 个县区全部被列为国家重点扶持贫困县。

一方水土难养一方人——这是多大的悲哀，又是多么大的改造动力。为了脱贫，渭源几代人想破了脑袋，国家也持续不断地扶持。早在 20 世纪 80 年代，这里开始实施"洋芋工程"，扩大马铃薯种植面积，此后又种植当归、黄芪、党参等药材。几十年过去，渭源终于成为中国知名的马铃薯良种之乡。

令人兴奋的是，这座位于黄土高原边缘的县城在 2020 年 2 月摘掉了贫困县帽子。贫困终于消失了，这里的梁峁沟道以及被改造后的梯田，都能讲述渭源人民与贫困斗争的奇迹发展史。

初到渭源时，王巍野心勃勃。他相信这里虽然偏僻，但只要脑子活泛，手脚勤快，总能找到致富的机会。他过去接触了好多企业，也接触过全国各地的农民，对遇到的一切困难都有过预想，只是没想到在渭源，多的是看上去不难的"难事"。

第一件难事，就是说服企业真正认可互联网的魔力。王巍到达渭源后发现，县里还没有一家天猫店，也没有一个正规经营网店的人。

当地商务局盘点出一份有意愿做电商的企业名单，王巍拿着这份名单一家一家地走访沟通，不少企业的意愿只停留在嘴上。"他们对电商完全不了解，也不信任，还有人抗拒。"王巍回忆道。

那时，王巍的很多时间都"浪费"在一次次约见、一次次被"放鸽子"和重新约见上。有时，他几近崩溃，但也表示理解。大家对他没有信任，也不把互联网当回事时，自然会把一个"无关紧要的约见"往后排序。他也是跑了七八百个县的老江湖了，便安慰自己："做这件事很难，但不停地沟通，总有成功率的嘛。"

从线下到线上

渭源当地的"轮椅女孩"李晓梅，曾和王巍遇到过一样的烦恼。2007年，李晓梅投资200万元，买了一批优质的土豆原种分给乡亲们，还请了专家上门培训指导，乡亲们只需要提供劳力和土地，收成后就能以高于市场收购价的好价卖给李晓梅。当时，有很多人不理解，甚至有人说："我种了几十年的土豆，可你一个小姑娘分的土豆种，能种出来吗？"

第一年，土豆的喜人长势很快就回应了质疑——一亩地至少增产1500斤。乡亲们和李晓梅签了2毛9一斤的保底价，也比市场上要高一些。

命运多舛，2008年，李晓梅遭遇车祸，高位截瘫。躺在病床上一年，她还得咬牙打电话鼓励同事："该发展的不要停下来。"

王巍去渭源后，知道了李晓梅，几次登门拜访后说服李晓梅通过电商卖货。当然，王巍还有一个更远一点的想法：李晓梅展现出的坚韧形象，非常适合成为当地的脱贫标杆。

此前，李晓梅开过网店，但只是上架产品，并没有美化店铺，更没有店铺运营。从未感觉到被电商惠及的李晓梅，一开始心怀疑虑，但在王巍屡屡拜访，并提出了切实可行的解决方案后，李晓梅听进去了。

李晓梅的红油面皮生产线

根据李晓梅的企业实际情况，两人就商量在网店上卖土豆加工后制成的面皮。经过深加工的农产品，更适合电商，也更多附加值。

为了帮助李晓梅的线上生意，薇娅决定为她的红油面皮带货。李晓梅以前只有线下渠道，王巍特意在直播前夕邀请了两个菜鸟的同事，帮助李晓梅团队重新梳理了供应链。

直播当晚，订单潮如期而至，李晓梅的天猫店只用了一天就把25000单全部发出。

扶贫，有时是搭起一座桥，让优质的农产品和消费者见上面。王巍想得更多、更深，找销售渠道、梳理供应链、降低物流成本，甚至上溯到农产品生产、分拣……

电商脱贫看农产品上行，而农产品上行的关键则是看农产品的标准化。过去，农民们从地里挖出土豆，不分好歹，便按统一收购价卖出去。现在，他们把土豆分拣出来，有的用来制作淀粉，有的卖给采购商，有的深加工后上线销售——看似简单的工作，干起来可要磨破嘴、跑断腿。

王巍给每一家公司量身定制电商方案，手把手教学。几个月后，当地又多了三家从零起步的天猫店，一家卖面皮，另外两家卖党参、当归、黄芪等当地药材，他们原本对电商都毫无感知。

王巍极力扶持当地电商的发展，不仅为了商家致富，更想以此破解农产品滞销这个难题。"丰产不丰收就是因为没有数据支撑，数字农业可以突破这个怪圈，通过大数据判断趋势，以销定产。"王巍对数字农业很有信心，对接数亿消费者需求的电商平台们以及在中间修路搭桥的特派员们，正是打破滞销困境的利器。

如今，在渭源，离农产品最近的农户、采购商们，逐渐见识到互联网的魔力，也学着使用数据，用消费指导生产。

在国家政策的大力扶持下，除了土豆和药材，能为渭源带来收入的方式也增加了。过去，人们不敢相信黄土地上也能长出鲜花，2020年，渭源竟然举办了一次鲜花节！

这个项目，集合了几方力量：国务院扶贫办引进项目，当地政府投入基础硬件设施，外地鲜花企业投入技术，当地老百姓拿着土地入股。县领导第一次直播鲜花带货，曝光量为1.45亿次，直播观看量破了100万人次，盒马鲜生近百家门店上架，直接把整个鲜花基地的当季鲜花都卖断了。盒马看上渭源鲜花，是因为个头大，花秆粗，花瓣厚。

"渭源海拔高、温差大，和云南的地理条件是相似的。云南能种鲜花，那这里的大部分地方就能种。"王巍说，渭源还可以和云南鲜花形成季节性互补——冬天是云南的花期，夏天则是渭源的花期。

这里的鲜花产业起步晚，还无法大规模销售，但在品牌上先卡了位，打出了西北鲜花的名头。接下来，渭源鲜花节还会继续办下去。也许在未来某一天，土豆之乡会多一个响当当的名头——"鲜花之乡"。

来渭源的时间长了，王巍已经没有了刚来时想"一鸣惊人"的野心。那时，他以为可以立刻改变当地的面貌，如今却有了"闻鸡起舞"和"铁杵磨成针"的恒心，要先找到一个点，再带动一个面，慢慢来，扎实做，踏石留印，抓铁有痕。他希望在完成特派员使命离开渭源时，看到的不是帮助当地企业卖出了多少货，而是帮助他们修炼出了自我造血能力。"留下一份宝贵的经验，培养一批优秀的人才，他们就是火种，能带动更多人做电商，带动更多老百姓增收。"

就像王巍的花名——益明，这何尝不是另一种"益明"惊人？！

10. 昌征长征

桃源小木耳实业有限公司董事长孙永芳第一次体会到了什么叫爆仓。

2020 年 9 月 13 日，薇娅的吉林带货专场，作为唯一来自汪清县的农产品——桃源小木耳，亮相直播间，当天，一包 248 克的黑木耳卖了 40000 多包。

这次带货有超过 1200 万人在线观看，3 分钟时间里，孙永芳的手机响声没停过。"直接成交是 31000 多单，10 秒钟直接收益达到了 125 万元，几秒钟完成了平时差不多两三个月的销售额。"孙永芳说起带货当天的情况，依然有些兴奋。

最开始，孙永芳夫妻俩坐在边上喝茶，对这次活动他们没有大的预期，纯粹是"配合一下"，后来，看见交易额一直往上涨，两口子坐不住了，都跑到了手机跟前，两眼放光。姜昌征笑问："看吧，怎么样？"

姜昌征是阿里巴巴脱贫特派员，过去近一年时间里，他一直被派驻在吉林省延吉市汪清县，帮助村民脱贫致富，把汪清县的农产品卖到更远的地方。

姜昌征（右）与农户聊天

朋友圈是啥？

2019 年 12 月，阿里巴巴第二批扶贫特派员开始招募，姜昌征马上报了名。他从小在农村长大，家里条件不好，受了很多人的帮助，现在，他想回到乡村帮助别人。他的妻子也是农村出身，对姜昌征的做法很是支持。

2020年3月15日，姜昌征来到汪清县，当时正赶上疫情，隔离了14天后，他走上了调研之路。花了两个多月时间，他把汪清县9个乡镇150多个村子走了一遍。

汪清县很漂亮，绿水青山，风景如画，自然环境好，村民们种植的农产品长势喜人，尤其是汪清县有名的黑木耳，从大棚里长出来，每一朵都是农家的希望。

但是，这些好东西"藏在深闺无人识"。

早在2014年，汪清县就不断尝试发展电商，可经营效果大多一般。整个县城只有两家还不错的淘宝店，还是父子俩做的生意，卖的是汪清县外的产品，本地产品卖得好的电商企业几乎没有。

姜昌征去村民家聊天，有个农民大叔告诉他，自己早就注册了淘宝店铺，但是一年下来没几单生意。大叔说，上面也来过专家团队，每次组织培训，他都会过去听几天课，可课听完了，还是不知道怎么做。

姜昌征教他要拍专业产品照片，给产品写卖点，可大叔不知道啥是卖点，他的淘宝店里的文字都是从百度里复制粘贴的。姜昌征写好了卖点，让大叔放在详情链接里，这才发现，大叔不会打字。汪清县的朝鲜族人会说汉语、认汉字，但很多人不懂拼音，最后，姜昌征让他用语音输入法，先说出来，再改错别字。

终于把淘宝店完善好了，姜昌征说，那就发朋友圈宣传一下吧！

大叔问他，什么是朋友圈。原来，大叔只会用微信发消息，从来没有用过朋友圈功能。他又开始教大叔发朋友圈。

当地很多村民都是这样，他们知道电商，但不会运营。很多店主不会写卖点、不会打字、不会分享链接，"三不会"的村民们，很难把网店做起来。

有些大企业做淘宝也失败了，姜昌征认为其失败原因是对用户了解的不足。当地龙头企业桃源小木耳实业有限公司的黑木耳质量很好，放在淘宝上，最便宜的一款木耳老板定价 180 元一斤，相当于市场上 3 倍的价格。

"购买这么贵的木耳的人比较少。"姜昌征说，"如此定价，其实是老板按自己的消费理念考虑的。"当初，投资两亿多元建厂，可线上营业额一年不到 10 万元。

淘宝做不好，信心受影响，姜昌征去给他们出主意，要做用户分层，做产品规划，做包装设计……但是，村民们不愿意做尝试，他们失败太多次了。

姜昌征想过，从杭州来到汪清，走的就是属于自己的一条长征路，只是没想到长征之路起步如此孤独，几乎从零开始。

他开始想新主意，要先让村民们重视电商，就必须让他们直观地看到电商的力量。

特派员走在一线，背后是阿里巴巴脱贫团队中台系统的支持。姜昌征联系到中台，希望能促成一场大型公益直播，把汪清县的好产品带到台前。

最终，敲定了淘宝的大主播薇娅。

薇娅的直播间，每晚都有上千万人等着下单，2020年"双11"当天，薇娅直播间销售额达到11亿元。

汪清黑木耳能进薇娅直播间，这是个天大的好消息，可是，当姜昌征找到孙永芳时，收到的竟是拒绝。

孙永芳没听说过薇娅，觉得网上卖的东西乌七八糟，还担心把产品挂在网上影响自己的品牌调性……

接下来的一个月，姜昌征踏上了去孙永芳公司的"长征"之路，几乎是一有空就跑过去，跑的次数多了，老板不愿意见他，他就拉上政府工作人员一起去。

为何要求着孙永芳的桃源小木耳实业有限公司？

姜昌征看中的是这家龙头企业对当地农民增收的巨大带动作用。"做好这一家，就能极大地促进全县的黑木耳产业发展。"

动员了一个月，孙永芳松口了："看你也不容易，要不就做一次。"

姜昌征知道薇娅带货的能力，他告诉孙永芳，得提前做准备，可能会卖出上万单，还要在48小时内发货，光是打包的人手可能都不够。孙永芳完全不当回事，只说："你放心，有的是人。"

等到直播当天，孙永芳惊呆了，第一次意识到直播带货的威力，工厂所有员工全部都调来打包，工人们排队用电子秤称重，一袋248克，手忙脚乱地搞了3天多才发完货。

姜昌征（左）在和当地商家一起直播卖货

"村播"满天星

薇娅直播带给汪清县很大的触动，当地企业家和普通老百姓实打实地看到，电商是农产品上行的好帮手。

往常，汪清快件少，一天只有几千单，快递平均两天多才能发出去。薇娅直播后，姜昌征推动当地几家物流公司联合起来，在三天内发完了全部包裹。物流量提升，配送成本从1.2元降低到7.9元，发件费用从5元降到2.8元。直观来说，卖一件产品能多挣两块二毛钱了。

汪清县有个满河村，现在已有33家淘宝店和20多个农民主播，这都是姜昌征来这以后，在不到 1 年时间里培养起来的。粉丝最多的一个"村播"有 1200 多个粉丝，1 年卖了 10 多万元。

满河村最大的淘宝店主是个 60 多岁的大爷，大爷在山里生活了半辈子，从小就养蜜蜂，姜昌征建议他走专业路线，在淘宝卖自产销的土蜂蜜，开直播给人讲解蜂蜜专业知识。

前两个月，生意不好，但在姜昌征的鼓励下，大爷没放弃。直到新年初，大爷的有个视频突然火了一把，店里一下成交了 5900 元。对于一个农民来说，卖了 5000 多元那就是非常火了。

姜昌征告诉"村播"们，无论是卖蜂蜜、卖人参，还是卖山货，

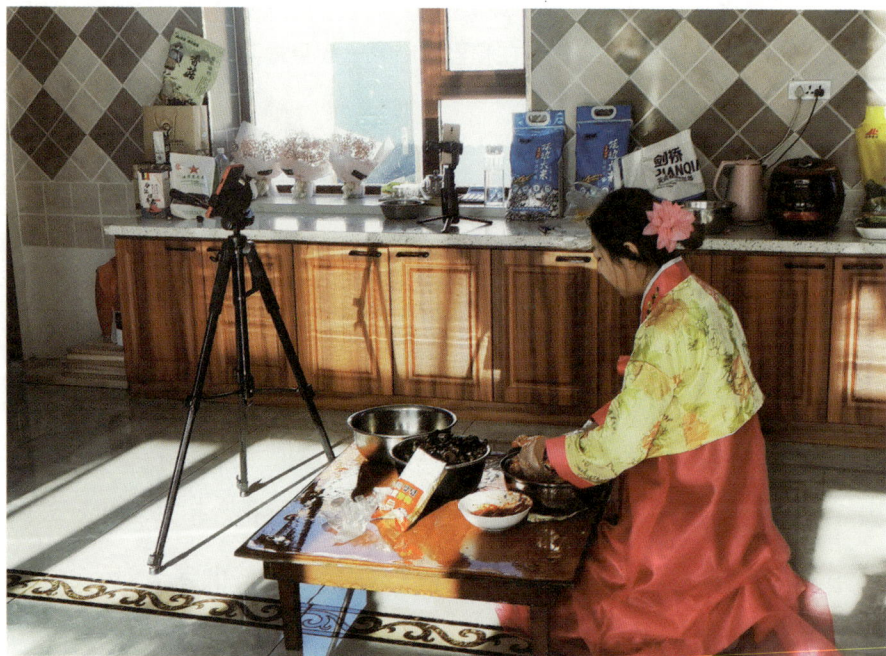

"村播"上阵

每个人的第一个目标是培养 200 个铁杆粉丝。"200 个人相当于 200 个家庭，从大米到松子、榛蘑、玉米，只要把品质做好，把用户体验做好，每个人 1 年在你这里买 1000 元的东西，一年就是 20 万元。"

姜昌征让满河村的淘宝店家拉了个群，不管谁成交了订单，都要在群里晒一晒。村民们互相约定了不说挣了多少钱，只说"今天赚了一包'华子'"。"双 11"期间，有人一天赚了两条"华子"。"华子"就是"中华牌"香烟。

在到汪清县不到一年的时间里，姜昌征组织了 40 多场培训，共 2600 多人次到现场，线上培训的村民就不好统计了。这些村民都是他实打实接触过、手把手教过的好朋友。

如今，他闭上眼睛都知道去哪个村子走哪里更近，哪户人家有好货，甚至哪个"村播"是啥脾气。掌握这些，没有捷径，那都是一步一个脚印走出来的。"这就是我姜昌征的长征，脚下辛苦，脸上幸福，尤其看到一个个'村播'走上脱贫致富路的时候。"姜昌征开心地说。

他给农民主播起了名字，叫"满天星"。他认为，一个村打造两个明星主播，就能形成示范效应，影响带动更多村民，村里就会逐渐出现一批新型的营销高手。

从 2014 年到 2019 年，姜昌征在阿里乡村事业部工作，5 年走了 15 个省 100 多个县，到交通不便的村子，就帮助村民们开淘宝店。"很多村子都有原生态的好农货，过去大都以低价卖给二道贩子。电商可以帮助村民把好东西卖出好价格，让村民在家里创业，在农村享受与城市一样的生活。"

自孙永芳卖断货后，他们便隔三岔五邀请姜昌征去公司讲课。姜昌征经常讲企业公益，孙永芳便在公司成立了社会公益部，仿照阿里巴巴特派员模式，把公司的农业技术特派员派到村民家中，教村民种植黑木耳，还联络当地银行，为村民提供低息涉农贷款……

11. "萍踪侠影"

2020 年 4 月 1 日，河南省民权县，因为疫情，街上冷冷清清的，商摊落寞，行人稀少。

一个男人骑着自行车，东张西望，在县城大街小巷穿梭。

他对庄周故里、平原林海等旅游景点无动于衷，看到路边的商店却两眼放光，即便门锁着，也要趴在窗户边瞧上两眼；遇到美食小摊，还时不时地停下围观，一边看，一边脑子里条件反射般思量：这东西，搬上网，能不能成爆款？

这个男人叫徐强，是阿里巴巴派驻民权的特派员。他喜欢武侠小说的侠肝义胆，爱看梁羽生的《萍踪侠影录》，给自己起的花名是"踪萍"。

徐强，武汉人，入职阿里巴巴 16 年，跟其他特派员一样，他曾是阿里巴巴"中供铁军"麾下一员，后在农村淘宝工作了 5 年。16 年来，他走南闯北，跑销售、谈合作，也跟县域商家、农民打了不少交道。

得知阿里巴巴招募第二批脱贫特派员后，他果断报名，一路过关斩将，最终奔赴脱贫不到 1 年的国家级贫困县河南民权，成为民权县脱贫攻坚指挥部副指挥长。

到达民权后，因疫情在宾馆被隔离时，他就找来一堆资料研究：

民权盛产葡萄酒，有甜白和甜红两类，当地葡萄酒厂已有 60 多年历史；这里的花生也好吃，果仁大，双仁率在 85% 以上；

麻花庄的麻花有200多年历史了，酥脆，乾隆年间被列为贡品……

隔离的日子，他不断打电话骚扰总部同事。不是拉着支付宝、淘宝的同事聊美味佳肴，就是追着菜鸟的同事沟通物流等事宜。

作为南方人，他不习惯面食。到了民权后，开始把麻花当饭吃，托人买了一堆麻花，一天三顿饭，顿顿吃麻花。

他吃麻花，是为了研究麻花。

当地的麻花多在线下销售，辐射周围几个县城，包装极其简单，用塑料袋裹一下，就直接卖。隔离结束后，徐强直接跑到商家那里，劝说商家把麻花搬上网。他跟商家讲，用塑料袋的话不管怎么裹，运输时都容易坏；一边则掏出手机，现场展示盒子加防震膜的包装。卖麻花的商家，一边听，一边点头称赞。

他又跑到卖花生的商家那里，讲直播、话网红，讲述如何把地标

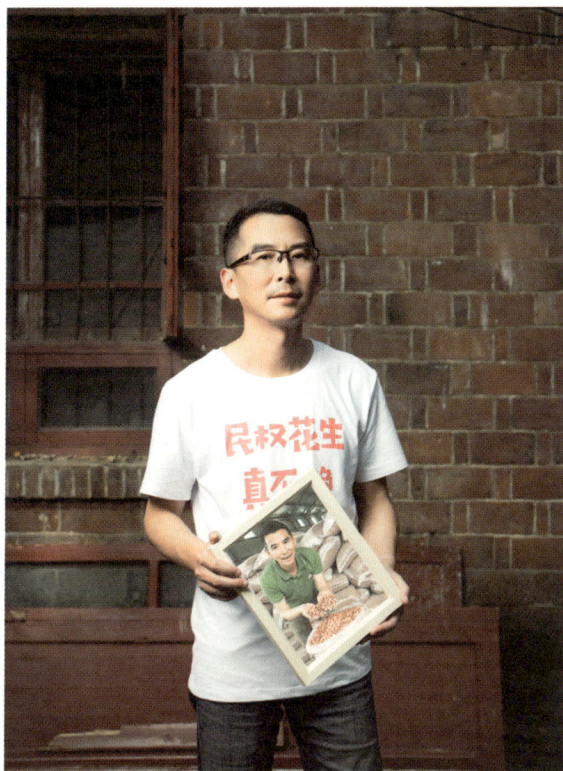

徐强在民权

产品卖向全国的梦想。

徐强也不知道别人听懂还是没听懂，他决定直接用数据说话，推荐产品上薇娅直播间。这一年9月，花生和麻花在网上卖出800多万元。

看到大伙儿的收入增加了，他心里高兴，想再多搞几次大活动，但放眼全网，美食琳琅满目，要想走向全国，必须打造民权的核心竞争力。

民权是全国县级跨境电商唯一试点县。2019年，当地政府就启动设立民权保税物流中心，要在一个县设立保税物流中心并非易事。政策上，海关总署批准民权试点开展跨境电商零售，运营上还需要技术等各种配套。

"阿里正好有平台资源和技术支持。"徐强赶紧协调阿里各方资源，半年时间里，徐强紧盯阿里伙伴的流程进度。2020年10月，保税物流中心建成，封关运营，目前已有2000多个商家入驻。

随之而来的是民权县对电商人才需求量的增加，徐强推动阿里巴巴在民权县成立了客服中心，专门培训客服等专业人才。

站在客服中心大楼里，徐强描绘着对未来的憧憬：将来会有上千人在这里工作，他们是保税中心的储备力量，不用远离家乡，就能有一份很好的工作。

徐强喜欢武侠，憧憬侠肝义胆、仗剑天涯。在工作生活中，不管是不是分内之事，他都愿意热情相助——这是他心灵深处的"萍踪侠影"：

他在与当地工厂沟通时了解到，民权是中国制冷设备产业基地，不少年轻人从职业学校毕业后，便到各大制冷工厂工作，担任基础职位，月薪不高，对未来迷茫。于是，他请来专业制冷设备讲师，和职业学校一起研究修订课程，推动学生更加系统地学习，活跃课堂气氛。学校还成立了民权制冷学院，给参加专业培训班的学生颁发大专证书。学生毕业后，就能拿到更好的Offer。

徐强在民权待了不到一年，去当地学校时，他发现很多孩子课间操不跳广播体操，都跳广场舞，要么是《小苹果》，要么是凤凰传奇的歌，动作大同小异。他觉得孩子们可以学更多元更有趣的东西。了解到有的学校，老师既要教语文、数学，又要教体育、音乐，有的学校甚至没有音体美课程，他就从外地邀请专业老师，让孩子们看到更远方的世界，他还把"壹基金运动汇"项目引入民权，前期先为 10 所乡村小学建设塑胶运动场，并在后续运营中对学校体育老师展开系统培训……

徐强喜欢他的花名"踪萍"，他也欣赏"事了拂衣去，深藏功与名"的洒脱。加入阿里巴巴，来到民权，他与一群有情有义的人做了一件有意义有价值的事。他看到，在国家政策和当地政府强有力的推动下，民权每天都在实现细微而美好的变化。他觉得，他在这里实现了他的武侠梦。新的一年，他将继续在民权上演他的"萍踪侠影"。

这事，中！

阿里巴巴脱贫基金介绍

工作使命

贫困不是农民不努力，而是农业文明和商业文明没有完美地结合起来，关键是要改变发展模式、发展理念，走出思想的困局。阿里巴巴希望，通过技术的支持和平台的助力，让更多的人参与进来，关注教育、关注健康、关注女性、关注生态、关注产业，用新的技术重新塑造传统的生产方式、生活方式和思维方式，帮助更多的贫困人口享受互联网发展带来的时代红利，让人人享有发展机会。

工作愿景

脱贫如果不能持续，不能稳定，脱了贫还是有可能返贫。只有把钱变成财富，真正具有内生的发展动力，才能够真正地摆脱贫穷，致富是脱贫的唯一手段。阿里巴巴希望，技术不仅可以帮助农民增收，还可以从根本上改变农民的生产和生活，实现农民致富，进而实现农村的可持续发展。过去农民是"面朝黄土背朝天"，未来的农民将手机变成新农具，"面朝屏幕、背朝计算"，从"靠天吃饭"变为"靠技术吃饭"。阿里巴巴在做好脱贫致富工作的同时，还要通过技术加强农业、商业、科技、金融、信息等农村基础设施，以及教育、医疗等社会公共事业，为中国农业农村的信息化、数字化、智能化进程助力。

工作模式

教育脱贫是面向未来，旨在通过乡村教育和职业教育计划，实施教育激励措施，提升农村教育水平，这是实现脱贫的根本保障；健康脱贫是基础保障，有了人的健康，家庭才有脱贫致富的可能；女性脱贫影响的是一个家庭，通过获得全方位保障，贫困女性的安全感、成就感和幸福感得到提升；生态脱贫更多的是树立生态价值品牌，在保护环境的同时，反哺在生态保护中作出贡献的群体；电商脱贫旨在通过依托当地资源发展支柱产业，为当地发展培养更多人才，促进产业振兴。阿里巴巴五大脱贫方向相辅相成，构成了一个有机的整体。基于这五大方向，阿里巴巴做了许多有意义的探索和实践。

健康脱贫
关注贫困人口的健康问题
聚焦基层医疗可持续发展

教育脱贫
乡村教育计划
职业教育计划

女性脱贫
贫困女性保障
困境女性多元发展支持
"养育未来"计划

生态脱贫
植树造林带动绿色就业
模式创新——可以"吃"的"蚂蚁森林"
构建脱贫"生态"

电商脱贫
平台模式
一县一业模式
直播模式

工作理念　阿里巴巴和蚂蚁集团相信，企业的社会责任应内生于商业模式，并与企业发展战略融为一体，只有使社会责任成为企业内在的核心基因，才能具备恒久性和可持续性。脱离商业模式、发展战略与核心价值体系等企业立身之本去架构社会责任，将很难获得持续推进的内在动力，很难行之久远。因此，在脱贫攻坚实践中，阿里巴巴坚持"公益的心态，商业的手法"，不断整合技术、产品、运营等方面的资源优势，用市场的思维与方法，推动脱贫工作与阿里巴巴自身业务深度融合，实现脱贫工作的创新与突破。

工作特点　可持续：阿里巴巴脱贫基金旨在探寻脱贫工作的长效机制，不仅授人以渔，更要帮助贫困地区培育造血能力、增强自我发展动力。同时，回归人本身，通过教育和培训，帮助个体提升能力、激发意愿。只有实现人的可持续发展和脱贫机制的可持续发展，才能推进乡村发展的可持续。

可参与：独木难成林，脱贫不是"小而美"的盆景，而应是社会力量的大协同。借助于阿里巴巴的平台和能力，调动阿里巴巴的每个单元，连接更多的社会角色、千千万万的人，共同参与到脱贫事业中去。因脱贫事业而汇聚的善意、资源和能力，将有效助力乡村的脱贫致富。

可借鉴：阿里巴巴脱贫基金基于互联网、云计算、人工智能等技术，不止于具体脱贫项目的"一县一策"，更注重从中探索和总结提炼，形成经验、模式和方法论，供贫困地区因地制宜地借鉴参考，这也是阿里巴巴"公益的心态，商业的手法"理念的体现。

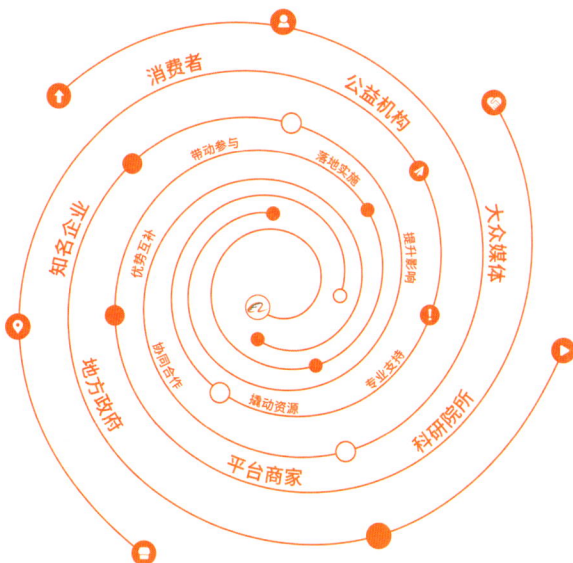

阿里巴巴脱贫基金大事记

ALIBABA

2017-2020

2017年

2017 年 12 月 1 日

阿里巴巴脱贫基金正式成立。

2017 年 12 月 4 日

在第四届世界互联网大会上，阿里巴巴和蚂蚁集团分别与两个国家级深度贫困县甘肃定西、湖北巴东签约结对帮扶，点对点帮助这两个地区脱贫。

2018年

2018 年 1 月 18 日

在"电商脱贫（重庆）高峰对话会"上，阿里巴巴发布电商脱贫战略，并宣布十个电商脱贫样板县。

2018 年 1 月 21 日

第三届"马云乡村教师奖"颁奖典礼在海南省三亚市举行，100 位乡村教师获奖；同时，发布乡村寄宿制学校计划，号召更多企业家参与教育脱贫，为家乡作出贡献。

2018 年 3 月 8 日

阿里巴巴脱贫基金女性脱贫启动"魔豆妈妈创业大赛"，淘宝大学正式成立"魔豆妈妈"电商学院。

2018 年 3 月 25 日

阿里巴巴脱贫基金与淘宝大学举办首期脱贫攻坚县域示范班，21 个国家级贫困县 50 名扶贫分管领导参加，共创脱贫方案。

2018 年 4 月 11 日

在陕西省宁陕县举办的女性脱贫交流会上，阿里巴巴脱贫基金副主席彭蕾发布女性脱贫战略并宣布阿里巴巴集团与湖畔魔豆公益基金会共同开展的"养育未来"项目在宁陕开启试点。

2020 年 9 月 10 日

2017年"马云乡村教师计划"获奖教师王菲荣获中宣部、教育部、中央广播电视总台联合评选的"2020最美教师"称号。

2020 年 10 月 16 日

蔡崇信公益基金会在安徽金寨技师学院发布职业教育项目脱贫成果，并将通过专业共建打造品牌专业，持续推动职教课程体系升级。

2020 年 12 月 2 日

"顶梁柱健康扶贫公益保险"项目迎来 3 周年，在过去 3 年累计为全国 12 省 80 县（区）的建档立卡贫困户免费提供 1012.93 万人次补充健康保障，这是全国5.1亿名网友、188 万户爱心商家为贫困家庭里的"顶梁柱"送出的一份支持和爱心。

2020 年 9 月 28 日

马云公益基金会宣布捐赠 1 亿元助力云南少数民族乡村教育，持续推动云南少数民族乡村教育发展，提升少数民族乡村学校师资能力，推进乡村学校并校。

2020 年 10 月 17 日

"全国脱贫攻坚奖表彰大会"在北京隆重举行。继 2019 年阿里巴巴成为首家获得全国脱贫攻坚奖的互联网企业后，阿里经济生态再获国家最高表彰，其中淘宝主播薇娅、淘宝店主赵海伶获得"全国脱贫攻坚奉献奖"，"魔豆妈妈"付凡平获得"全国脱贫攻坚奋进奖"。

2020 年 12 月 3 日

阿里健康联合蓝农公益基金、复旦大学附属华山医院感染科主任张文宏教授，启动耐多药结核病消除帮扶工作，上线由阿里健康搭建的项目统一工作平台，帮助公共卫生基础薄弱地区进行耐多药结核病防控和规范治疗。项目以云南为起点，计划帮助当地全年一半以上新发耐多药结核病患者，同时沉淀科研数据，为探索适合我国国情的耐多药结核病"中国方案"提供临床依据，助力更多贫困地区消除结核病危害。

图书在版编目（CIP）数据

梦想必须有：阿里巴巴脱贫实践全记录 / 阿里巴巴公益基金会著. —杭州：浙江人民出版社，2021.7

ISBN 978-7-213-10161-8

Ⅰ. ①梦… Ⅱ. ①阿… Ⅲ. ①纪实文学–中国–当代 Ⅳ. ①I25

中国版本图书馆CIP数据核字（2021）第101516号

梦想必须有——阿里巴巴脱贫实践全记录

阿里巴巴公益基金会　著

出版发行：浙江人民出版社（杭州市体育场路347号　邮编　310006）

市场部电话：(0571)85061682　85176516

责任编辑：郦鸣枫　周思逸

营销编辑：陈雯怡　陈芊如

责任校对：戴文英

责任印务：刘彭年

封面设计：王　芸

电脑制版：杭州兴邦电子印务有限公司

印　　刷：浙江新华数码印务有限公司

开　　本：710毫米×1000毫米　1/16　　印　　张：22.5

字　　数：226千字　　　　　　　　　　插　　页：7

版　　次：2021年7月第1版　　　　　　印　　次：2021年7月第1次印刷

书　　号：ISBN 978-7-213-10161-8

定　　价：86.00元

如发现印装质量问题,影响阅读,请与市场部联系调换。